启真馆 出品

三味
书屋

书里画外

刘 柠 著

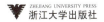
ZHEJIANG UNIVERSITY PRESS
浙江大学出版社

图书在版编目（CIP）数据

书里画外 / 刘柠著 . —杭州：浙江大学出版社，
2022.6

（三味书屋）

ISBN 978-7-308-22163-4

Ⅰ.①书… Ⅱ.①刘… Ⅲ.①随笔—作品集—中国—
当代 Ⅳ.①I267.1

中国版本图书馆CIP数据核字（2021）第266938号

书里画外

刘 柠 著

责任编辑	叶 敏
责任校对	汪淑芳
装帧设计	蔡立国
出版发行	浙江大学出版社
	（杭州天目山路148号 邮政编码310007）
	（网址：http://www.zjupress.com）
排 版	北京辰轩文化传媒有限公司
印 刷	北京中科印刷有限公司
开 本	880mm × 1230mm 1/32
印 张	10
字 数	182千
版 印 次	2022年6月第1版 2022年6月第1次印刷
书 号	ISBN 978-7-308-22163-4
定 价	79.00元

序

读书话，话读书

刘柠又出书了。

印象中的频率，大概是每一两年一本吧。如 2009 年的《穿越想像的异邦：布衣日本散论》，2010 年的《"下流"的日本》，2011 年的《前卫之痒》，2013 年的《竹久梦二的世界》，2014 年的《中日之间》，2016 年的《东京文艺散策》，2018 年的《这么多年了，我们还是不懂日本》。在《东京文艺散策》这本书中，我还记得阅读过的内容：在本乡三丁目的"心"（夏目漱石手书体"こころ"）咖啡店，先来上一杯冰水，然后是一杯"漱石热咖"。店里只有一位老太管看着，但她头也不抬，一直在看报，而且看的是《读卖新闻》。

刘柠出版的书，叠加起来，也要占书橱的一排了吧。这里就引出一个问题，这么多书，已经是读不完了，但我们的文人还在写书出书，还想将自己的书往书架上送。这是为什么？在书海中，添上自己的一本，出书人可能会有快感，出版人可能会有业绩。但诚如以前李泽厚的一句设问：已经有这么多书了，我为什么还要锦上添花？因此他说他决定封笔不出书了。说是不写不出，但还是有书出，而且越出越快。看来他也是挡不住出书的"色香"。

书比人长寿。这是刘柠新书中的开首第一篇。对了，可能基于这个原因，文人总是想写书出书。有限的生命体岂能扛住岁月的无情，但纸质书却能轻巧地越过千年百年之寂，为后人留下不朽。早在《左传》的那个年代，中国古人已经洞察出世界上只有三样东西可存不朽：立德，立功，立言。哦，原来文字可以不朽。文字可以不朽，那么肉体呢？看来肉体只能是腐朽了。所以文人要写书出书，欲留古今多少事。那么各类大小不一的书店，无论是脏兮兮的旧书店还是豪华至极的新书店，就做起了不朽与腐朽之间的买卖，或者嫌"买卖"二字不好听的话，就是做起了不朽与腐朽之间的"文化传承"。所以，书店就其机质而言，不可能不朽但也不可能腐朽，它永远是中间色，一如日本人说的"利休鼠"。

有人写书出书，那么就有人买书读书。刘柠的这本书，就是读书的书。他喜欢书，买了很多书，读了很多书。读他人的书，用自己的思考去接续他人的思考，用自己的知性去接续他人的知性。而他人的他人再读刘柠读书的书，再写下自己的文字再出书，这就接续了刘柠的知性。人类理智就是这般如此地作圆圈状，连绵不绝，生生不息。

人的一生要读多少书？实在没有定数。在日本，江户时代德川家康的御用大文人林罗山，曾经拜访比他更大的文人藤原惺窝。林罗山发现他家里只有 500 本书。那个时候没有图书馆，家里有多少书，基本就读多少书。那么这个叫作藤原惺窝的大文人，一生充其量也就是 500 本的读书量，倒也成了日本首屈一指的儒学大师。这样来看当时一个大师级别的文人，也就抵500 本书的价值。到了现在，这个数字可是万万不能的了。即便是作家，如井上厦，家有 13 万册藏书，这恐怕是私人藏书之最了。而司马辽太郎则用卡车将神保町的旧书往家里运，是为了写历史小说。由此想见现代人要做文豪也确属不易。据统计，现在日本人人均读书量一年大体为 45 本书。以此计 10 年就是450 本书。现在是人生 100 年的时代，假设从 10 岁开始读书，到 100 岁时是 4050 本书。在当今知识高度综合和变异的时代，读了 4050 本书，可能还什么都不是，更不要说成为大师级人物了。从这个角度来看，未来社会的一名大师级人物，读书量至少要在 4050 本后面加个零，否则就免谈。当然要完成这个读书量，对欲望多多的现代人来说，绝对是个难以突破的极限。于是，读读书的书，就有可能为人类理智的"速成"提供一个散而庄、淡而腴的"寿司餐"。于是，写读书的书，就有可能会在一个知识的海洋里，让人任桨板拍碎湖波。所以从这点看，笔者以为刘柠写读书的书，出读书的书，本质地看倒不是为了在观念上完结"书比人长寿"这个命题，而是为了让更多的人在理智知性上，走出比书更健康、更长寿的路径。

你看，在这本书里，刘柠读谷崎润一郎的《痴人之爱》，看到人性这东西，有的时候就是"自我的卑贱"。说"我"只是被她的肉体拖拽着前行，"这既是娜噢宓（她）的堕落，也是我（让治）的堕落"。他读昭和腐女森茉莉的《甜蜜的房间》，给出的亮点是有一类作家，其生活面基本与文学史无关，但其作品却改写了文学史。可以说，"森茉莉就是这类作家"。他读远藤周作的《沉默》，认为不如《深河》和《我遗弃的女人》。这是因为这两部作品的异教徒气质更浓烈，且都有一种"超越宗教，直抵人心的力量"。他读旅日随笔家李长声的海量随笔文，得出的一个结论是："如果你仔细读过知堂的《日本管窥》等文字的话，便知长声的开掘不可谓不深。"在刘柠看来，同样是写日本，李长声在某些方面"已经超越了周作人"。且就文字的清爽活泼而言，"长声也并不逊于知堂"。他读《沧海》和《沧海之后》，将刘海粟拉下神坛，因为他发现刘海粟也有"伟大牛皮吹破的时候"。这至少令我长了见识。可见，这种深刻、机智，一语道破的学术或生活见解，确实有如林下漏月光，疏疏如残雪，令人有不看原著，心头也清爽的感觉。

在知识也步入"5G"的大时代，需要有更多的人写读书的书，出读书的书，读读书的书。但在我们这里，鲜有读他人写他人的文化氛围。对这句话的一个注解就是前两年好景不长的《上海书评》的停刊。这个停刊表明我们的思维可能还停留在什么都不能停，唯有书评能停的前现代，但这个逻辑的颠倒才是连带着一国的文化和精神的强盛：什么都能停，唯独书评不能停。你看，人家的《纽约书评》《伦敦书评》与全球精神面对接得多么精彩，东京虽然没有《东京书评》，但日本人每年出版的读书的书，看都看不完。民智不足可能在这里，差距也可能在这里。那么，从这个意义上说，刘柠这本读书的书，在我们当今的读书市场，就显得前卫，显得弥足珍贵。当然，刘柠是相信书比人长寿的。他说："人生几何，譬如朝露。而学术文化之栉风沐雨，薪火相传。"他，或许心头还留清兴。古罗马哲学家西塞罗说，没有书籍的屋子如同没有灵魂的肉体。那么顺着这个逻辑，可否这样说，没有读书的书，书籍的屋子也是万古长如夜？

是为序。

姜建强

目　录

1　书比人长寿

　　所谓"书比人长寿"，是费正清给友人、前良友图书公司的编辑赵家璧信中的一句话，后被赵先生拿来用作了他一本书的书名。

《书比人长寿》，赵家璧著，香港三联书店 1988 年 1 月初版

　　早在 1946 年，为促进中美两国的文化交流，增进两国人民的相互了解，时任美国驻华使馆新闻处的费正清博士建议中国出版一套"美国文学丛书"。此建议立即得到中国进步文化界的响应，并由郑振铎、夏衍、钱锺书、冯亦代、王辛笛等组成编委会，分别约请焦菊隐、罗稷南、洪深、毕树棠等十余人执笔迻译。翌年，郑振铎把《美国文学丛书》的全部译稿（共计 18 种、20 卷）交给了赵家璧。彼时，赵已从重庆回到上海，主持晨光出版公司，遂编入"晨

光世界文学丛书"，至 1949 年上海解放前夕，全部出齐。如此大规模地系统译介外国文学，在当时是空前之举。20 世纪 80 年代，经过整整两代人的隔绝，中国对西方求知若渴，青黄不接。这套丛书中的若干种，又经过修订，重新再版。而此时，很多译者，包括主编郑振铎都已不在人世了。费正清读了赵家璧在《读书》杂志上的回忆文章，致信赵，感慨道："我深信刊印书籍的价值，比起人来，更为长寿。"

不久，赵家璧先生自己也因一件"遭遇"，而发出了同样的慨叹。20 世纪 20 年代，赵家璧曾主编过一套著名丛书"中国新文学大系"，由良友出版公司出版。作为中国新文学运动第一个十年的总结，由鲁迅、茅盾等人编选，蔡元培作总序，皇皇十卷本，蔚为大观。抗战结束后，赵家璧收到日本汉学家仓石武四郎先生的一封信，云"拟翻译并出版十卷本"大系"，因篇幅太大，将

《中国新文学大系·诗集》，朱自清编选，1982 年影印良友原版

日文版《中国新文学大系》第一卷（小说一集之上），大日本雄辩会讲谈社，仓石武四郎监译，昭和二十一年12 月初版

分册译成日文，不加任何更动"，"征求我的同意"。赵家璧先生并不了解日本出版界和汉学界的情况，因仓石武四郎自我介绍是谢冰心的朋友，便"复信同意了"。1946 年年底，赵收到了一册由"大日本雄辩会讲谈社"（讲谈社前身）寄来的茅盾编选的《小说一集之上》（即全二十五卷中之第一卷——笔者注）的样书，书中夹着"大系"的出版广告，"此后，就如石沉大海，再也没有下文"。

1954 年，日本作家代表团访华，上海作协举行座谈会，赵家璧被夏衍点名参加，"说是有位日本作家指名要见我"。到了那儿，"才知道正是神交已久的'大系'日译者仓石武四郎"：

当我问起他关于"大系"日译本的情况时，他非常抱歉地告诉我，他的翻译计划仅出一卷就停了，因此没有再寄书给我。我猜想肯定是销路呆滞影响了出版，他摇摇头，但又支吾其词，似有难言之隐。初次相见，我也未便继续追问。当时，我已调在上海人民美术出版社工作，与文学已无多少缘分了。

20 世纪 80 年代，"拨乱反正"，"知识分子的春天到来"，赵家璧为撰写 30 年代文学编辑回忆，想了解"大系"日译本中止出版的原因。为此，致信 30 年代的友人、东京内山书店的老板内山嘉吉。但内山自己也不清楚，只回信告知："可能出版社的方针有了变化，终于使继续出版一事也不可能了。"直到1984年9月，赵家璧有机会访日，造访讲谈社时，问及情况，出版社的现任领导对近四十年前的陈年旧事已不甚了了，只知道是被GHQ（即美国占领军总司令部）叫停的。后查阅社史，才知道：讲谈社在内部讨论是否应该继"大系"第一卷后，继续出版事宜时，"恰巧赶上美国占领军总司令部对共产党开始弹压。而收在'大系'里的多少是新文学，代表中国的新倾向。因此，美国占领军总司令部说什么也不批准。终于……不了了之"。

这套丛书的日文版，从战时即开始运作，到战后才出版第一卷。其间，日本发生了巨大的历史性变化，其凝视中国的"焦距"，也相应漂移。而此丛书，原本是日本了解中国的绝好窗口，可不承想，竟成了"Red Purge"（战后，美占领军主导的"扫红"运动）和"冷战"的牺牲品。对"大系"翻译出版的主导者、日本汉学界承前启后的灵魂人物仓石武四郎来说，丛书出版还有另一重意义，那就是战后日本汉学界重新集结、出发和切入新中国研究的契机。正因此，当第一卷付梓时，仓石对译者之一、弟子玉贯公宽的英年早逝，深感痛心。他在此书前言《监修者的话》的"补记"中写道：

……特别是曾为本书始终努力的玉贯公宽君，未能亲见印刷成书，以至于我不得不补叙这一凄惨的事实，诚非始料所及。我方才沉浸在年轻学者锻炼成长的喜悦中，不料竟需将此"大系"之第一册供奉于其中一人之灵前，这是何等惨痛之事实！我真想掷笔恸哭，以致仅仅为补写此数行之工作，竟费去了一个月的时间，不，几乎无法完卷。但不能听其如此，这世上还有许多年轻人将跨过尊贵的同志的遗体勇猛奋进，因此将此书赶快出版。

仓石的拳拳之心和苦心孤诣，终化作泡影。当赵家璧访问讲谈社时，只见到一本早已绝版的"孤本"样书，而"始作俑者"仓石武四郎，已于1975年作古了。

2019年，一个偶然的机会，我从东京的古书店入手了一册"大系"（第一卷）。70余年前的"古本"，从纸张上能看出是战后初期的出版物，但装帧、题签和卷首绘均出自名画家川端龙子之手，透着一种民艺风的朴拙味道。读仓石的引言和补记，颇能感到这位汉学家对中国文学，特别是五四运动以降新文学精深的理解与热忱。短短1700字左右的篇幅，高度凝练地概括了中国文学的传统和近代以来建基于对西方小说译介之上的新文学的历史。鉴于第一卷是对文学研究会派的检阅，还介绍了作为"人生派"文学的重要团体"文学研究会"及其机关刊物

《小说月报》，特别是对新文学中的"闺秀作家"现象，做了一番评述。两位"闺秀作家"——冰心和庐隐排在目次的最前面，其中，冰心还是仓石的友人。仓石回忆翻译"大系"的时日，市川安司、玉贯公宽等五位译者，加上杨耀宗、杨寿聃等四位中国留学生，每日关在东京帝国大学文学部支那哲文学研究室里，切磋琢磨，直到晚十点正门关闭，连暑假都搭了进去，"逐字逐句，热心讨论，个中甘苦，说只有当事者才解其三昧亦不为过"。

"中国新文学大系"，作为对"新文学运动"第一个十年（1917—1927）的总结，赵家璧主编（鲁迅、茅盾、朱自清、洪深等分别担纲有关分卷的编选），1935年至1936年，由良友公司出版（笔者从未考证过，但我怀疑出版"大系"的做法，连同"大系"这个词本身也舶来自日文），曾发生过广泛的影响。民国原版早已绝版，只被国内有数的几家图书馆作为善本收藏。1982年，国内曾根据良友原版影印过20000套，聊解思想解放运动时期国人的文化饥渴。2003年，又增印3000套。20世纪80年代初，我曾从中原地区一个县城的新华书店，买过一册由朱自清编选的《诗集》，爱读多年。正是从那本书中，我最初见识了周作人、姚蓬子和邵洵美等一干因种种原因，只闻其名、不见其文的作家的新诗。

"大系"日文版，应该是这套曾光耀中国现代文学史和出版文化史的丛书唯一的外文版。遗憾的是，因意识形态的原因而夭折。1975年，仓石武四郎去世。对此，赵家璧感慨万千，访日期间及其后，曾千方百计地推动《大系》剩余诸卷的出版。可毕竟时代不同了，事随境迁，在高度市场化的日本，重启一套逾20卷的出版"烂尾"工程谈何容易！

其实，文人爱讲"书比人长寿"，何独费正清者乎？这话听上去多少有些陈词滥调，有些矫情，像是读书人的呓语，但的确是一句大实话。新近发现的最古老《圣经》版本——西奈山抄本（Codex Sinaiticus），是用古希腊文手抄在羊皮纸上的卷子，距今约1600年。一百多年前发现的敦煌藏经洞，藏有公元4至11世纪佛教经卷和社会文书数万卷。中国有漫长的藏书史，除了服务于朝廷的官府藏书外，还有民间的私家藏书。至清代乾嘉时期，江南已遍布藏书楼，规模了得。其中，宁波的天一阁，素有"天下第一楼"之称，乃至被乾隆钦定为样板书楼，并下旨四库七阁务须仿照之。千年易逝，冢木已拱。昔日的王公贵族、高官显宦、英雄美姬今何在？而虽然饱经兵燹人祸书厄，可敦煌犹在，天一阁犹在，《四库全书》犹在——这难道还不足以说明"书比人长寿"吗？

说起来，书籍真是一种奇妙的媒介（或曰工具）。虽说归根结底书也是人的造物，但与那些纯粹物化形态的造物不同的是，它具有物理与超物理的双重属性。前者简单：它是由纸张、油墨、布料等物质材料制成的，具有一定重量、一定开本和体积的纸制品；后者却很难定义，因为它既不同于钟表、家私等物品，也不同于艺术品，是一种知识的载体，其价值也言人人殊，甚至因人而异——即使同一种书，经不同的使用者、收藏者之手，价格却可以有霄壤之别。近读著名版本学家沈津先生的著作《书海扬舲录》了解到，国际汉学研究重镇——哈佛燕京图书馆拥有 120 万册馆藏，且无复本。哈佛燕京购书，每种书只收一本，但所有书都是精装。收到平装本的话，会拿到外面去重新装帧，以便于保存。不管厚薄，收购价格一律是 80 美元一册，"包括油印本、征求意见的本子，有些甚至是从废品回收站等处觅得的。所以供书的那些书商，都富了"。而如果有幸进入《美国哈佛大学哈佛燕京图书馆藏中文善本书志》(广西师范大学出版社，十六开，六卷本，2011 年 4 月初版) 中的话，那不用说，作为印刷品的书籍，已然成为文物。

最近，我从房地产交易中学到一个新词：土地流转。但我对这个词的兴趣，其实仅限于后半，即"流转"。一本书，从书店，到一个人的手中。在陪伴那个人或长或短的一程之后，又到了另一个人手里。如此循环往复，悠然跨越一个人的生理寿限，不在话下——"流转"云云，真是一个太形象的表述。然而，看似从 A 到 B、B 到 C、C 到 D 的流转，像一种偶然的传递，其实冥冥中也有着某种"规定性"。作家井上厦把这种规定性称为"命运"：

> 在书店，冷不丁的，一本书进入了视线，手伸了过去。这种时候，总会让我觉得有种不可思议的力在驱动。究竟是我身体中的某种东西，让我的手拿到了那本书呢，还是书在对我说"请你读"呢？就这种邂逅而言，书之于人，确实带有"命运"的性格。

井上厦是著名的剧作家，曾任日本笔会会长，也是大藏书家，他的书房兼工作室的地板，曾经因书而塌陷、倾斜。但他长期以来，并不清楚自己有多少册藏书，一直以为有3万册左右。后因妻子出轨，经历了一场离婚，井上"净身"出户，只带走了全部藏书。可直到搬家时才知道，原来竟有13万册！井上习惯把重要的书，钤上藏书印，并随手在扉页上记录入手的时间。早年因藏书空间所限，曾"含泪"出手过一套岩波书店初版的《漱石全集》。因了他的藏书积习，多年后，一位日本留美学生来信，告知他所藏的《漱石全集》被收藏在以语言学研究而著称的爱荷华大学图书馆。这个消息让他觉得非常奇妙，有种莫名的感动：那是战后初期，国际旅行尚不自由的时期，"书先于我去了美国，藏书竟然比藏书者更富于行动力"。不过，井上更多的藏书毕竟没有"越境"，而是捐给了作家故乡山形县川西町，以作家生前书斋的名头，建了一座"迟笔堂文库"图书馆。以这种形式，继续着与无数读者之间的流转。

意大利作家安贝托·艾柯生前拥有5万册藏书，其中珍本约1200册。艾柯是在世时便得享世界声誉的大作家，其作品被译成各种文字出版。作家生前，曾突发奇想，把《玫瑰之名》的外国译本，寄往监狱，"我当时想，在意大利监狱里，德国人、法国人和美国人不如阿尔巴尼亚人和克罗地亚人多。因此，我就寄后两种语言的译本"。

作为对书有深度恋物情结的藏书家，艾柯生前似乎就想好了身后藏书的流转方式：

> 我可以想象，我太太和女儿将卖掉我的全部或部分藏书，用来付清遗产税等等。这个想法并不悲哀，恰恰相反：旧书重返市场，彼此分散，到别的地方，给别的人带来喜悦，激发别的收藏热情。

他甚至想象过自己的藏书被中国人买走的情形：

> 我曾收到一期在美国出版的《符号学》杂志，那一期是中国符号学专题。杂志引用我作品的次数甚至超过了一般专著。也许，有那么一天，我的藏书将引起中国研究者

的特别兴趣，也许他们将会比别的人更有志了解西方的种种荒唐。

因中国的公共图书馆事业尚比较低端，按说文人藏书的流转渠道应该更分散、更多元，可实际上，恰恰是比较单一，基本上仍不脱"文人—书商—文人"型的流通模式。一个作家去世后，其藏书如果不能被后人继承的话，那么十有八九，是去中国书店（近十数年则是潘家园）。然后，再从旧书店（潘家园）分流到一群文人的手中，成为别人的收藏。我记得，1995年，作家荒芜去世后，其生前藏书充斥于北京多家中国书店的店头。我自己也从当时的新街口中国书店入手了两册，均为萧乾签赠给作家的签名本：《一本褪色的相册》（百花文艺出版社，1981年4月初版）和《搬家史》（湖南人民出版社，1988年10月2刷）。

萧乾赠荒芜签名本两种：《搬家史》和《一本褪色的相册》

笔者最近一次亲历私家藏书的流转，是在几个月前。2006年，日本汉学前辈，鲁迅研究家、前东京大学文学部教授丸山升先生去世后，其藏书流落坊间。2019年，我从一位丸山先生的弟子、在北海道札幌经营旧书店的友人处，入手了丸山藏书七十余种。其中大部分是中文图书，小部分是日文书。很多是中国和日本、美国学者赠予丸山先生的签名本，还有一些是丸山先生收藏的内地和香港于"文革"前出版的中文书籍，多为珍本。除了学者、作家和学术机构赠呈的签名本，绝大部分书籍均钤有丸山先生的藏书印或名章，有些书上则留有丸山先生用蓝、红色钢笔的批注，甚至夹着便签，有的书中还夹着作者致丸山先生的信笺。如北大中文系几代教授，从王瑶、严家炎，到钱理群、陈平原，几代鲁研家（包括周作人研究家）如倪墨炎、张铁荣、王得后、张菊香、王锡荣、刘扬烈等人的签名本，如日本作家鹿地亘、学者伊藤虎丸和美国学者葛浩文

王瑶赠丸山升签名本《中国新文学史稿》（上、下），钤有丸山藏书印

（Howard Goldblatt）等日美学人的签名本及亲笔信等。于 1967 年发行，日本大安株式会社影印民国三十七年（1948 年）开明书店版的《闻一多全集》（函套精装四卷本），据说是丸山先生生前爱读不已的一套书，函套已呈浅咖啡色，透着岁月的痕迹。每卷的上书口，夹着很多小贴纸。在第一卷的目录处，用红笔小字，细密地标注了相关文章的原

日本大安株式会社影印"民国"三十七年开明书店版《闻一多全集》（函套精装四卷本），1967 年发行

发出处，如《龙凤》一文的旁边，注有"四四，七，二，《中央日报星期增刊》"的字样，《论文艺的民主问题》旁边，则注有"四七，三，二四，《文汇报》"，《庄子内篇校释》一文旁边，注有"四三，九，一，《学术季刊》"，并在很多篇目上，用铅笔打了钩，显然是着重强调的意味。

丸山升先生是日本战后一代汉学大家，桃李满天下。我自己的朋友中就有丸山先生的弟子。其中一位知道我最近生病，还用丸山先生的话来勉励我："对疾病，要不服输、不硬顶、不焦虑、不断念、不张皇。"早在 20 世纪 80 年代，我就听过不少关于他的趣事。据说，在东大文学部，一向有所谓"东方红，丸山升"的说法。一方面，因为丸山是日共党员，且在党内隶

属于宫本（显治）派（但对中国"文革"则始终持批判立场）；另一方面，也透出丸山在汉学研究领域当仁不让的权威。作为中国近现代文学专家、鲁研家，丸山先生与中国学界有很多交往，其交集之浓密、交流之深入，令人吃惊不小。仅笔者记忆所及，严家炎、孙玉石、金开诚、萧乾、文洁若、钱理群、陈平原、赵园、陈子善、孙郁等学者都曾写过与丸山先生交游的文字。2015年，文洁若先生还编了一本与丸山先生的通信集——《君子之交——萧乾、文洁若与丸山升往来书简》（上海人民出版社，2015年6月初版）。萧文伉俪与丸山先生私交甚笃，在笔者此番入手的丸山藏书中，就有若干种萧乾研究资料（评传、书评研究等）。还有一套台版《萧乾与文洁若》（函套两卷本，天下文化，1990年元月初版），上卷中夹着一通短笺，写在"天下文化"抬头的稿纸上：

丸山升教授大鉴：

文洁若女士嘱咐我们为您寄上新书《萧乾与文洁若》2套，请查收。

天下文化出版公司 编辑部

曹郁美 敬上 2/26/1990

检索电子邮件发现，我其实在丸山先生去世的翌日，便听闻噩耗。2006年11月27日，丸山先生的女弟子，一位以中国知识分子问题研究而名世的学者友人来信：

> 昨夜，恩师丸山升先生离世了。近一个月来，先生一直在住院，后辈每天用电邮通报先生的病情。据说是长达30年的人工透析而带来的弊害所导致的肺炎，享年75岁。我之所以能坚守中国知识人的研究至今，可以说端赖丸山先生的影响。我在这世上赶路，先生经常示我以路标，教我懂得学术研究之艰辛。（我爱探索那些被政治所折腾的人的内心世界，而养成我的这种探求心者，亦是丸山先生。）
>
> 恩师留下的遗产，我们要像传递接力棒一样，发扬下去。我觉得，我们只能写作，持续不辍地写下去，且不管别的。
>
> 尽管现在究竟该如何面对这份深痛，我尚不知，但生命中重大的别离，却还是如此残酷地到来了。

十余年后的今天，犹记得连夜回复邮件，接着又在MSN上安慰友人，共同追缅先生学术生涯和事功的情形。我虽非丸山升先生的门徒，无缘亲炙教诲，先生生前甚至缘悭一面，但在他身后，却得以沐泽其孜孜矻矻、苦心建构的学术庋藏，也未尝不是某种机缘。

人生几何，譬如朝露。而学术文化之栉风沐雨，薪火相传，其实多亏了机缘背后生生不息的流转——借一个用烂了的表述，叫作"文化传承"。

2 在泡沫的沧海中浮沉

阅读《沧海》和《沧海之后》，真不是一次愉快的行旅，甚至堪称"苦行"。何出此言呢？盖有两重原因：绝望之书和失败之书。好在我是把这书当成劣酒来喝的：明知是勾兑的，成分不纯，喝了就高，高了会很难受，但还是一仰而尽，爱谁谁——也是醉了。读之前，因多少了解一些书的背景和口碑，乃至《沧海》（上、下）在我的书架上一睡十年，竟未敢开卷。直到《沧海之后》付梓，我才在心中对自个说：臭豆腐再臭，一旦启封，味道既出，也就到这儿了吧，我何不亲口尝一尝呢？结果，到底还是给呛着了。——先从我的绝望感谈起。

《沧海》和《沧海之后》，均为纪实体，或曰非虚构作品，写的是作者先后与两位前辈艺术家的恩怨纠葛：前者是刘海粟，后者是丁绍光。二书有一定的连续性。作者简繁1982年毕业于南京艺术学院（南艺），是刘海粟生前所带的唯一研究生和艺术助手。1990年8月，赴美留学，又卷入了与旅美艺术家丁绍

《沧海》（上、下），简繁著，人民文　《沧海之后》，简繁著，人民文学出
学出版社 2000 年 8 月第 1 版　　　　版社 2015 年 1 月第 1 版

光的一段扯不清的缠斗，其间还有老师刘海粟的牵涉，真正是
"剪不断，理还乱"。

　　作者自 1979 年考入南艺，攻读中国画硕士学位起，跟随刘
大师逾六年，是刘事实上的秘书、助手。后又在美国洛杉矶，与
大师同沦为"天涯畸零人"，一起"走向世界"，知之不可谓不
深。他从一开始便意识到刘海粟在中国现代艺术史上的重要性，
故有意识地搜集一手资料，记了 20 多万字的笔记，录了 128 卷
刘海粟谈话的录音；海老故世后，又录了其夫人夏伊乔的谈话
录音 151 卷磁带。因此，"我写的不是传记，也不是纪实性的
小说，书中的每一个人，每一件事，乃至于每一句话都是真实
的"——对此，我丝毫不怀疑。因为作者根本就无需造神，造
神者恰恰是传主自己——刘海粟和丁绍光，特别是刘海粟——
作者只需从传主的叙述中挤干水分，抽出干货即可。

刘海粟的神话比比皆是。其荦荦大者，如作为"艺术叛徒""东方画坛的狮子"，建立了中国第一所美术学校，第一个使用人体模特，云云。但据艺术史学者陈传席的考证，中国史上最早的美术学校是三江师范学院（后改名为两江师范学堂，即今天南京师范大学美术系前身），创办于1902年。稍后，上海徐家汇出现了外国人办的美术学堂。1908年，周湘从日本、欧洲学画归来，先后在上海开办了布景画传习所、上海油画院等四所美术教育机构。据简繁记录周湘之子的陈述，在其中的一所，刘海粟也曾短暂研习，但被周赶走。刘海粟声称自己创办的美术学校上海图画美术院（即上海美专前身），其实起步于1913年，创始人和首任校长是乌始光，第二任校长是张聿光。刘海粟当时才17岁，并未受过正规美术教育，挂名副校长。而首倡人体写生，并最早在创作中尝试用裸体模特的"始作俑者"，是李叔同，此乃美术史常识。[①] 早在东京美术学校留学时期，李叔同就以房东的女儿雪子为模特，开始了人体写生，后雪子成了李的第二位妻子。回国后，李在浙江第一师范高师图画手工科教人体写生，应该也早于刘海粟。

　　刘海粟虽然很早就跻身名流，却喜欢攀龙附凤，或炫耀与他们的关系，借以抬高自己的身价。而他所炫耀的"资本"，则

---

① 《近代中日绘画交流史比较研究》，陈振濂著，安徽美术出版社2000年10月第1版，76页。

真真假假，闪闪烁烁，一生中屡屡提及，可每次的说法都不一样。他对弟子简繁曾如此谈及陈独秀：

> 其实，共产党最早是陈独秀成立的。这个人有学问，在北京大学做教授的！五四的时候同胡适……还有我，一起领导新文化运动，地位高得不得了！所以，他们把他关在监狱里，给他的条件还是很好，两间房子，里面一间睡觉，外面一间当书房。他一见到我，高兴啊！拥抱！他说，海粟兄，你是旧艺术的叛徒，我是旧社会的叛徒，我们都是叛徒，都是伟大的叛徒！噢——这个话说得多好！没有学问说不出来啊。他说，你敢第一个画人体模特儿，同军阀孙传芳斗，你刘海粟了不起啊！我说，你在法庭上那样大义凛然，你才是真的伟大！陈独秀说，我们都伟大！[①]

诸如此类仅见诸刘个人的表述，在其他任何地方都死无对证的孤证，俯拾皆是。

刘海粟生前多次宣称，周恩来是他的"老朋友"。20世纪80年代，邓颖超对刘海粟的接见，似乎强化了刘的"证据链"。刘"用大拇指从正面指着自己的胸脯"，对简繁说："这件事最说明问

---

① 《沧海》（下），简繁著，人民文学出版社2000年8月第1版，685页。

题！这次邓颖超请我去，不是说随便弄个饭店，吃一顿饭就算了，她是请我到她的家里去做客，很高规格的！她说，我欢迎你来我的家里做客啊！我和恩来30年代就知道你刘大师了！""真的！从前在法国的时候，周恩来、邓小平就叫我刘大师、刘大师的。"说到得意处，又再次端出与徐悲鸿的个人恩怨：

> 1953年，周总理就请我去北京，结果徐悲鸿害怕极了，给毛主席和周总理写信，到处散我的传单。他现在这个老婆廖静文，也到处写信，散传单。有许多人不明真相，都受她的影响。《张玉良传》本来预备好了要拍电影和电视的，剧本已经统统弄好了，拿来给我看过了，但是上面指示不同意拍。噢——邓颖超这个人了不起！她懂！我告诉她，我很怀念周总理啊，时常想起当初在巴黎一起闹革命的事情。真的！①

刘的说法，令其传记作者柯文辉异常困惑："老先生说他和周恩来在法国的时候就是老朋友了，我查了一下，周恩来离开法国是1924年，老先生第一次去法国是1929年，起码时间就对不上。但是我只能按照老先生交代我的写，还是那句话，我

---

① 《沧海》（上），简繁著，人民文学出版社2000年8月第1版，538~539页。

不写他可以换别人写。"①

刘海粟与徐悲鸿结怨之深，可追溯至1932年的"徐刘论争"。此前，刘海粟第一次从欧洲归来，在上海举办画展，动静不小，颇受舆论关注。一位叫曾今可的作家在《新时代》杂志上发表了一篇评介文章，称"国内名画家徐悲鸿、林风眠……都是他（刘海粟）的学生"②。徐悲鸿作为饱沐欧风美雨的艺术精英，自视甚高，出国前短短数月的学艺经历，不提倒也罢了，冷不丁被人拎出来，大为光火，遂投书报端，指刘海粟用一张与法国美术学校校长的合影照片招摇撞骗，欺世盗名，"伟大牛皮，通人齿冷"；"今流氓西渡，惟学吹牛，学术前途，有何希望；师道应尊，但不存于野鸡学校……蟊贼败类，无耻之尤也"。被骂得狗血淋头的刘海粟，相隔一天，也在《申报》上刊登《刘海粟启事》，愤而应战，骂徐为"枭獍之徒"，"惟彼日以'艺术绅士'自期，故其艺沦为'官学派'而不能自拔"。四天后，徐悲鸿再次在《申报》上发文回应，措辞更为尖刻。但这次刘海粟居然忍住，未再对骂。据刘后来回忆，"在看到徐悲鸿的第二个启事后，想要提笔再战，写到一半的时候，收到了蔡元培和梁宗岱的信。两人都劝他，说刘海粟的名气比徐悲鸿的大，如果再要笔战岂不是帮他人提高知名度？不要把精力白白

① 《沧海》（上），简繁著，人民文学出版社2000年8月第1版，580页。
② 《海上画派》，斯舜威著，东方出版中心2010年8月第1版，271页。

浪费在争闲气上。"① 当然，这只是刘一厢情愿的说辞，并无蔡、梁二人的原信佐证。

刘海粟与徐悲鸿 20 世纪 30 年代结下的梁子，某种意义上也代表了两条不同的艺术道路，多少有种"路线之争"的性质，一直到 1949 年后，都未见消弭，甚至愈演愈烈。刘海粟实际上成了"徐刘论争"的失败者。他对徐悲鸿进京，步步高升，而自己苦心经营的美专被人并掉，并弄出上海，变成江苏的地方学校始终耿耿于怀，内心一直不服："现在他的学生都占着各个重要的位子。老实不客气讲，他那么多学生，没有一个是真正有学问懂得艺术的。"他曾对简繁坦陈：

> 新中国成立以后我吃亏最大。因为全国都提倡苏联的院体派，同徐悲鸿正好结合起来，徐悲鸿追求的正好就是院体派。……噢——我完全被孤立了，痛苦极了！无奈极了！连学校也给他们弄掉了，逼迫我同意调整为华东艺专，做这个不伦不类的校长。徐悲鸿给他做中央美术学院的院长，又做全国美术家协会的主席。徐悲鸿拼命推行苏联院体派的东西，我是一直不买院体派账的。他又在北京，天天同中央的高层联系，动不动一个报告给你打到上头去。

① 《海上画派》，斯舜威著，东方出版中心 2010 年 8 月第 1 版，274 页。

噢——痛苦极了！无奈极了！但是，我不屈服的！我天天画画，从来不管什么华东艺专不华东艺专的事情，我相信总有一天画会说话。[①]

刘海粟受伤之深，直到晚年，每每谈及徐悲鸿，必与"反动派"并称："噢——我一直被打压啊！军阀孙传芳打压我，通缉我。国民党打压我，迫害我。'四人帮'打压我，迫害我。徐悲鸿打压我，迫害我。他们统统打压我，迫害我！但是我从来都是不怕的！统统不怕！从来不怕！"但三十年河东，三十年河西，"徐刘论争"最终的胜出者却是刘海粟。而胜出的原因，不是别的，而是徐的短命和刘的长寿——诚所谓"谁笑到最后，谁笑得最好"。

民国时期的丹青人士，出于职业特点，都与三教九流少不了瓜葛，许多人身上都有或轻或重的江湖习气，如齐白石、张大千、溥心畬等。刘海粟身上，江湖气息更为浓厚，兴之所至，信手拈来。如他说曾给蓝苹画过裸体画：

　　我这个侄儿刘狮当年很风流啊，他同赵丹他们时常有来往，后来由他出面把蓝萍（苹）约来给我画过两张油

---

① 《沧海》（上），简繁著，人民文学出版社 2000 年 8 月第 1 版，449 页。

·024·

画。前面一张是清晨欲醒还睡的姿态，后来一张是像安格尔那种样子的躺姿。噢——尤其是前面一张我花了很多功夫，画得好极了！一大清早，太阳光线还不是很强，淡淡地从窗帘外面透进来，噢——美极了！蓝萍（苹）这个人单说外表并不出众，但是她身上的……都非常好。还有一点，这个人倒是有一些艺术天分的。你同她说什么，她都能理解。……有一种女人，面相一般，但是身躯非常优秀。蓝萍（苹）就是这种女人。她好的东西都遮在衣裙里了，一般人不知道，所以不理解。只有真的见过了，你才会着迷！①

不过，这画到底有没有，只有他知道。据他说，"文革"伊始，一群红小兵在他家院子里烧了一批画，其中，就有那两张人体油画。后来，"又来了一批'四人帮'的特务，住在我家里搜，不停地审问。我猜想他们是冲着那两张画来的。这个时候幸亏已经被烧掉了，要不然就不得了啦！"

1989年6月4日当天，刘海粟携夫人夏伊乔从上海飞赴德国科隆举办画展。同年10月，转赴美国洛杉矶。先在侄子刘狮家借宿，后住进老年公寓。一对年龄加起来逾170岁的老人，在风烛残年切入事实上的准流亡生涯。简繁说："刘海粟在海外

---

① 《沧海》（上），简繁著，人民文学出版社 2000 年 8 月第 1 版，188-189 页。

飘零了五年，饱经冷落，一事无成，光是在洛杉矶金龄老人公寓里流的泪水，我想象就比他一辈子流过的总和还要多。"但刘海粟毕竟是刘海粟，一旦回到上海，"受到的仍是英雄似的欢迎"。

1994年3月16日，刘海粟虚岁九十九。基于民间"过九不过十"的习俗，上海市政府为刘大师接风洗尘，举办了百年寿诞庆典活动，盛况空前，"当身着大红毛衣的刘海粟出现在主桌的时候，祝寿会掀起高潮。而当海老致辞时，到会中外宾客纷纷起立"。大师说：

> 我100岁刚开始，我要十一上黄山，我要到三峡去……我各国都看了，哪里有我们强！中国的前途是不可限量的。所以，我在德国、美国，这些国家给我博士、院士、教授等各种荣誉，一定要给我绿卡留下来定居，我说我还是要回中国，我们中国第一。①

一番激情演讲之后，大师在一张六尺的宣纸上挥毫："遍历五大洲，四海风云；横跨三世纪，百年沧桑。"以浓墨重彩背书彼时方见轮廓、尚未充分清晰化的"中国崛起"。透过主流媒

---

① 《沧海》（下），简繁著，人民文学出版社2000年8月第1版，1177-1179页。

体的报道，弟子简繁在大洋彼岸，再次领略了大师的纯熟演技。当大师的养女拿着《洛杉矶时报》的报道，兴奋地指给不谙英文的简繁看的时候，简冷冷地回了句："有没有世界级大师这句话？"

对刘海粟到底是不是"大师"，是不是他所自诩的"世界级大师"的问题，涉及对其艺术成就的评价，姑且不论（鲁迅是持负面"酷评"的，《鲁迅全集》中对所谓"刘大师"的"载誉归来"，不无奚落）。但实际上，同时代的艺术家（有些就是他的弟子和朋友），对他的艺术从来就不乏客观、中肯的看法。如在《沧海》中，几乎是唯一被正面评价的艺术家袁云生，如此评价刘的艺术：

> 你也可以说，刘海粟是被中国的社会和政治耽误了，但历史是无情的，艺术也是无情的，他几十年没有进步，没有与世界同步发展，这却是事实。譬如说他的油画，除了加进了一点线条，现在画的跟六十年前几乎没有区别。他的中国画，虽然用了一点泼墨泼彩，但是从画面构成、山石结构、用笔的技巧和整体的意境，都与古人没有本质的变化。你不相信再去看看他的很多山水画，完全就是石涛的翻版。他所有的所谓艺术个性的展现，都只是"量"的而非"质"的。

另一位南艺出身的刘海粟弟子陈传席（在《沧海之后》中被化名陈月耕）则评价道："以高标准评刘海粟的画，颇不足；若以低标准评之，又非常之好。"承认其"设色之厚重，用笔之稳健，胆、魂、气皆不同凡响，虽不及齐白石，但在某些方面还是有突破的"。纵观其一生的艺术可发现，"七十年代末，他复出时，画艺大进"。对此，陈认为："1957年，他被打成右派，接着便是'文革'，他无事可做，在家中沉潜下来，练画练字"；"还是苦难玉成了他，此外还有他的长寿"。而对海老的艺术作如是观的学者、教授陈传席，后来也被简繁拉下了"神坛"——此乃题外话。

从《沧海》到《沧海之后》，中国艺术家轮番登场，刘海粟以降，张大千、徐悲鸿、潘天寿、华君武、黄胄、钱松嵒、丁绍光、范曾、史国良、陈丹青……像走马灯似的被依次推出、拉近、推远、淡出，一个个走下"神坛"，仿佛一部沉重的现代美术史，被置于审判台上。当你一路看下来之后，最终发现试图在索多玛城寻找"义人"的努力，顷刻间就西西弗化了——索性不如改寻找政客、表演艺术家、喜剧小丑，寻找故事、段子或八卦来得更现实、更有趣，也更有意义。

笔者在拙著《前卫之痒》中，曾写道："艺术，还是艺术家？这绝不是一个伪问题。在这个问题上，那种令我们耳熟能详的诸如'伟大的艺术首先基于艺术家的伟大人格'等陈词滥调可以休矣。我们看够了一面是惊世骇俗的不朽艺术，一面是猥琐卑污甚至到了无耻程度的艺术家，以及相反的情形。所以有时候，艺术家及其艺术，艺术和艺术家的这种在某种程度上有所'脱节'的事实，恰恰是对艺术和艺术家的双重安慰（或拯救）。"[1] 窃以为，这段话也适用于"刘海粟现象"。因为，刘海粟无疑是一个艺术与人格相当脱节的艺术家（或曰"大师"）。

刘本人终生对"沧海"的意象情有独钟，念兹在兹（也是其名"海粟"的来历）：一本在海老生前即付梓出版的传记，书名叫《沧海人生——刘海粟传》（石楠著）；一部以刘海粟的生平为题材、长达25集的电视连续剧巨制，片名为《沧海一粟》。如果把海老的一生比作"沧海"的话，活到九十九岁，仅差六年即跨越三个世纪的漫长艺术生涯，确实颇形象。只是，这海面上云蒸霞蔚，雾霭茫茫，就像海老生前十上黄山的那些泼墨云海图似的，一片云山雾罩之下，休想分清云、山、水、树的界面，从远望去，真像极了泡沫的"沧海"。

接下来，再扯两句失败之书。本文开头即吐过槽：《沧海》两卷90万字，《沧海之后》55万字，两部纪实作品加起来共

---

[1]《前卫之痒》，刘柠著，安徽教育出版社2011年10月第1版，22页。

145万字，但确确实实不是一次"悦读"。如果让我重新选择的话，我情愿重温一遍傅译《约翰·克利斯朵夫》或卢梭的《忏悔录》，我确信——那将是愉快得多的旅程。

再重复一遍开头说过的话：我丝毫不怀疑两部书作为纪实体的真实性。仅举一例足矣：《沧海》上卷中，刘海粟对作者炫耀其早年在恩师康有为身边的经历，说康"常常摆宴请客，都是要我来陪客的。有一次日本的首相叫大卫中兴，到中国来，康有为请客……"① 可日本史上并没有叫大卫中兴的首相，这显然是大隈重信的笔误。不，与其说是笔误，毋宁说是作者根据录音带整理文本时的照录。海老作为苏南常州人，把日文名"重信"（zhong xin）的字音读成了"zhong xing"。可作者显然不具备相关历史知识，加上对西姓"大卫"的想当然，于是便有了"大卫中兴"的表述。诸如此类的错误，文本中所在多有，足见其本着传主谈话录音整理而成、将错就错的创作"真实"。

我相信，不仅对刘海粟、丁绍光，作者对自己，应该也是本着"绝对真实"的创作态度，照单全录，尽最大可能"克隆"了一个现实的文本，然后告诉读者：看吧！这，就是真实！我并不怀疑作者创作态度的真诚。可是，真实，就能代表一切吗？真实，就是文学的最高价值吗（当然，你也可以说，非虚

---

① 《沧海》（上），简繁著，人民文学出版社2000年8月第1版，128页。

构文本，不是文学，是历史）？何谓真实？真实的标准、尺度何在？是物理的真实，还是情感的真实？卢梭的《忏悔录》，是追求"绝对真实"的经典文本，以前所未闻的骇世惊俗，大胆复原了自己"有时像阴沟一样肮脏恶浊的全部内心生活"，深刻地揭示了人性与社会现实的矛盾及其与世道人心对撞后，带给人的锐痛，从而吹响了启蒙时代资产阶级个性解放的号角。按说，《忏悔录》是一个真实得不能再真实的"非虚构"文本。可在欧洲文学史上，恰恰被看成是一个传奇故事，"是骗子无赖冒险小说里最好的一部"。因为，在法国作家安德烈·莫洛亚看来：

事实上，一种忏悔只能是一篇传奇故事。要是回忆录的作者是诚实的，在能回忆得起以及正确的叙述下，作品的事实就会和历史的真实完全一致，但感情则是想象的产物。在所有的人身上都有装假的一面。我们不仅为别人演一个角色，而且也为自己演一个角色。我们需要这样继续扮演下去，这就要求我们把不是出自我们本能的行动强加给自己。一切伦理道德都是建立在更为执拗的第二天性上的，因此每一个人都是一个合成的人物。完完全全的坦率就在于把两种角色都描写出来，但它们是矛盾的，作家很难照办。[①]

在很大程度上，简繁的创作是一次《忏悔录》式的尝试——作者不仅如实记录了刘海粟、丁绍光所陈述的各自的人生经历，其中也穿插、糅进了相当多作者自身的故事，包括暴露癖式的自我解剖和心灵忏悔。如作者不惜以大量篇幅讲述自己贫贱的出身、耻辱的童年生活、妻子的背叛和自己的出轨等殊难启齿的隐私，将其统统自我曝光没商量。但是，唯其竹筒倒豆般"原生态"的曝光姿态，却总给人以一种娱记爆料式的观感，挥之不去，且越到后来越强烈。

其次，对刘海粟这种经历丰富而传奇，并极擅长自我包装的"艺术人生"，照单全录肯定不是一个负责任的传记文本的好做法。连陈传席都知道，研究刘海粟之难，在于大量由他署名的文章，并非出自其手，不同时期，有不同的枪手。作为刘的传记作者，简繁虽然亦未尽采信，但甄别、考据、证伪的功夫显然是不足的。大量似是而非的材料，夹杂在刘海粟等人以第一人称直接引文形式的叙述中，让读者频频陷入"信也不是，不信也不是"的困惑，无力自拔。当然，这里也有文体的问题。

提到文体问题，不得不说，作者所采取的以大段直接引文

① 《忏悔录》（第二部），（法）卢梭著，范希衡译、徐继曾校，人民文学出版社 1982年9月第1版，831页。

为主的叙事方式，其实比较"业余"，基本还停留在 20 世纪 80 年代中国本土报告文学的层次（可能也与作者的经历有关）。这种文体，局限性大，不利于对人物、情节的立体呈现、推进，客观上，也是造成文本的甄别、考据、证伪不充分的瓶颈性成因。还有一点，反映作者文字驾驭能力段位相对"业余"的指标，是重复——过度的重复：不仅《沧海》与《沧海之后》，有大量重复；《沧海》的上下卷之间，也有不少重复；甚至《沧海》的一卷中，前后文也相互重复。这些时不时就冒出来的重复内容，像一道菜肴中的沙子似的，颇令人恼火，也是我把二著判为"失败之书"，当成"劣酒"灌自己的主因。

3　梅贻琦日记与梅氏父子

　　近出中华书局版西南联大日记两种——《梅贻琦西南联大日记》和《郑天挺西南联大日记》，其实只有后者是新书，前者曾于 2001 年 4 月由清华大学出版社出过一版，当时的书名是《梅贻琦日记（1941—1946）》。

　　两种日记一简一繁，不仅风格迥异，篇幅也相差悬殊。梅著要言不烦，只记天气、大事、人事和应酬，家事基本只限于孩子，偶有所感，也是点到为止，并不铺陈。而郑著则从起床、"入校治事"到就寝，中间做过什么，见了谁，所谈话题，从时局到市井，从旅行观感到读书心得，面面俱到，巨细无遗。这一方面是性格使然，同时也透出

《梅贻琦西南联大日记》，梅贻琦著，黄彦复、王小宁整理，中华书局 2018 年 5 月第 1 版

《梅贻琦日记（1941—1946）》，梅贻琦著，黄彦复、王小宁整理，清华大学出版社 2001 年 4 月第 1 版。梅祖彦先生为笔者在《梅贻琦日记》上签名

身份和角色的不同：梅贻琦作为职业教育家，是西南联大常务委员会主席，事实上的专职校长，须负责与教育部及最高领导当局的协调，还有海外事务；而郑天挺则是联大总务长，同时兼任文学院史学系教授和研究所导师，行政工作之余，读书作文授课，始终未脱学人本色。

笔者近日匆匆将两种日记浏览一过，一个基本判断是，作为学者日记，郑著理应受到更多重视。而梅著的价值，多在纯学术之外。因梅贻琦的特殊地位，其朋友圈远不止于学术界、文化界，触角所及，从政军界到实业界，从国内到国际，都不乏深耕式的经营。如为确保西南联大的教育和科研经费，梅需定期飞赴重庆，周旋于政府上下，方方面面，从党国大佬、部长主席，到行政院长，乃至蒋委员长，都是沟通对象。其间种种公关游说、折冲樽俎，甚至忍辱负重，可想而知。但在梅贻琦笔下，一派云淡风轻，基本只见事由和结论，几无交涉过程。对此，梅贻琦之子、已故清华大学水利系教授梅祖彦说："因为先父在公开场合一向不喜欢发表议论，所以在写日记时也不多做议论。今天我们研究这本日记，很希望知道当时针对那些困难的局面是怎样考虑的，最后怎样做出决定的。这方面，可惜他留给我们的太少了。"

不过，虽说如此，梅贻琦毕竟是联大暨清华的掌门人，对内协调北大、南开两校，对外斡旋政府和美英等主要庚款国，其日常职务行为，哪怕只是一次闲谈、一场饭局，往往也关涉风云甚深，动辄透出时代的张力。联大九年，梅贻琦的贡献是多方面的。但要言之，窃以为荦荦大者有二，即通才教育和学术自由。

梅贻琦之执着于通才教育，与自身的出身和经历有关。可以说，他自己就是通才教育的摹本。1889年12月29日，他出生于直隶天津。祖籍为江苏武进，远祖曾为明初重臣，后迁徙至天津，为津门望族。梅家历代以诗

梅贻琦（1889—1962）

书传家，到了梅贻琦这一辈，虽然家道已中落，但兄妹五人，"最小者亦能毕业于师范及南开大学"。梅贻琦作为首届庚款留美生，先后毕业于伍斯特理工学院和芝加哥大学，是一名物理学者，但打小的蒙学教育，却使他终身受益。新竹"清华"有位外国同事，称他为"博闻强记的中国儒士"。据那位同事回忆：

> 他有一次对我们说，假如我们之中有谁背诵任何中国古典经传有错漏，他可以接背任何章节。（He once told us that if we would repeat any line from the old Chinese classics, he could soon repeating the passage from where we left out.）[1]

身为理工男，梅贻琦并不掩饰自己身上的文人趣味。他爱杯中物，也有酒量，与清华和联大的众多学者同侪都有诗酒唱和之谊。据与他同期留美，在伍斯特校是同班同学兼室友的杨锡仁说，梅贻琦"暇时常背诵、深思林肯之著名讲演 Gettysburg Address 词"。梅是虔诚的基督徒，熟悉《圣经》。清华大学建校初期，校内有基督教青年会组织，为弘扬基督教义，并帮助学生提高英文阅读能力，组织了很多课外查经班。学生自愿参加，一些中外教师担任指导。梅贻琦也应邀负责指导一个查经班，

---

[1]《一个时代的斯文：清华校长梅贻琦》，黄延复、钟秀斌著，九州出版社 2011 年 4 月第 1 版，23 页。

后成为清华大学教务长的社会学家吴泽霖和心理学家潘光旦参加了他的班。据吴回忆：

> 圣经是用古英文译的，梅先生不是专攻英国文学的，在辅导阅读时不无困难。我们在阅读时所以尚能顺利理解，显然是梅先生事前费时推敲的结果。[1]

通才教育是梅贻琦教育思想的核心。教育的目标，是"在共同的文化中培养具有共通理想的公民"。因此，规定大学四年，至少有三分之一的课程属于普通教育，每个学生对于人文科学、自然科学、社会科学三种，都应融会贯通。梅贻琦的教育理念，得到了清华大学管理层和多数教授的认同，直到全面抗战爆发前，也与国家的教育方针相安无事。但从1938年开始，由于形势吃紧，当时政府的教育部认为，在战时从经济上已不允许开展研究生教育，因而主张在本科阶段实行大规模专业培训。为此，实行所谓"标准化"课程改革，大幅强化专业课程，加上体育、军训和三民主义这三门必修课，使学生课业负担陡增，通识选修课程被削减。在这种情况下，梅贻琦直言不讳，敬告蒋介石和教育部责任者陈立夫，大学教育"重心所寄应在通而不在

---

[1]《一个时代的斯文：清华校长梅贻琦》，黄延复、钟秀斌著，九州出版社2011年4月第1版，43-44页。

专"，教育部为了实用牺牲人文学科的做法是错误的，并要求政府允许学校执行这些规章时，享有"回旋之自由"。[①]

当然，以梅贻琦为代表的联大师生的诉求并没有，也不可能被当局照单全收。毕竟，联大的毕业文凭是要由教育部授权核发的。不过，美国历史学者易社强（John Israel）发现，"教育部于1938和1939年大张旗鼓颁布的新规定和课程表，事后证明是可以进行协商的，于是联大开始与教育部讨价还价"。包括梅贻琦自己在内，联大的管理高层几乎都是国民党，他们最了解与国民党博弈的游戏规则——所谓"上有政策，下有对策"。如1944年春，联大被迫举行总理纪念周活动。但校方刻意把纪念会安排在上午11:30开始，而这正是学生午餐的时间，所以只有很少学生参加。[②] 另一项被认为是"洗脑"的三民主义课程，"除了三青团成员外，几乎没有学生上过这门课。一位现居美国的1943级毕业生回忆说，甚至忠诚

《战争与革命中的西南联大》，[美]易社强著，饶家荣译，传记文学社2010年4月版

---

① 《战争与革命中的西南联大》，[美]易社强著，饶家荣译，传记文学社2010年4月版，109页。

② 同上，115页。

的三青团成团也不把它放在心上"①。

梅贻琦是自由主义教育家，对学术自由问题始终念兹在兹。面对国民党的党化教育，联大实际上是可以变通的，尽管校方高层几乎是清一色的国民党，但学术政策并未沦为政党的附庸。甚至有些教授公开抵制入党压力，不惜站在对立立场，并付出代价（如闻一多）。所以1946年，冯友兰为国立西南联大纪念碑题写的碑文中，所谓"内树学术自由之规模，外获民主堡垒之称号"的评价绝非过誉，因为作为联大哲学教授、文学院长，他确实看到："联大还是照三校原有的传统办事，联大没有因政治的原因聘请或解聘教授，没有因政治的原因干涉学术工作……"

但抗战胜利后，梅贻琦的忧虑却与日俱增，如他在1945年11月5日的日记中写道：

饭后谈政局及政局问题颇久，至十二点始散。余对政治无深研究，于共产主义亦无大认识，但颇怀疑；对于校局则以为应追随蔡孑民先生兼容并包之态度，以克尽学术自由之使命。昔日之所谓新旧，今日之所谓左右，其在学校应均予以自由探讨之机会，情况正同。此昔日

① 《战争与革命中的西南联大》，[美]易社强著，饶佳荣译，传记文学社2010年4月版，114页。

北大之所以为北大，而将来清华之为清华，正应于此注意也。

梅平时绝少在日记中流露自己的真实心境，但在抗战结束，行将复员北上之时，显然感到了某种时代空气的紧张，喝酒的记录日增。而真正令他感到震惊和悲愤的，是半年后的闻一多之死。

从辈分上说，梅贻琦是闻一多的老师、校长。在闻遭遇挫折、人生困顿之时，是被梅校长请回母校，并委以中文系教授和系主任之职，且待遇优渥。闻一多一生最重要的学术工作，几乎都是回到清华园之后的建树。梅对闻既有知遇之恩，也知之甚深；虽宠爱有加，却也不尽是满意，有担心，甚至也有过反感。如在"一二·一"运动中，梅对闻曾做过一个评价："一多实一理想革命家，其见解、言论可以煽动，未必切实际，难免为阴谋者利用耳。"（1945年12月14日）应该说，此时还是爱护大于不满。但到了1946年4月14日，在昆明联大校友会上，闻一多开骂，连一向以温柔敦厚著称的梅贻琦脸上也挂不住了：

晚，勉仲来告开会情形，更为失望。会中由闻一多开谩骂之端，起而继之者亦即把持该会者，对于学校大肆批评，对于教授横加侮辱，果何居心必欲如此乎？民主自由之意义被此辈玷污矣。然学校之将来更可虑也。

朱自清也在日记中写道："梅校长为此震怒，欲将一多解聘，余对此表示了反对意见。"至此，梅对闻已失望透顶。

可仅三周后，在清华辛酉级（即闻一多所在的 1921 级）校友在巡津街 42 号联欢时，闻一多也在场，梅贻琦却欣然前往，且"谈笑甚欢畅"（1946 年 5 月 5 日）。足见梅确是不计前嫌的谦谦君子，"特别是对待他的学生，更是向持长者风度"[①]。

两个月后，闻一多遇刺身亡。在 1946 年 7 月 15 日的日记中，梅贻琦写道：

> 日间批阅两校公事颇忙。夕五点余潘太太忽跑入告一多被枪杀、其子重伤消息，惊愕不知所谓。盖日来情形极不佳，此类事可能继李后再出现，而一多近来之行动又最有招致之可能，但一旦果真实现；而察其当时情形，以多人围击，必欲致之于死，此何等仇恨，何等阴谋，殊使人痛惜而更为来日惧尔。

---

① 《一个时代的斯文：清华校长梅贻琦》，黄延复、钟秀斌著，九州出版社 2011 年 4 月第 1 版，260 页。

接下来的一个月，梅一直在为闻一多的后事，包括家属抚恤和凶犯追查等事宜奔波。他甚至应邀"观审"犯罪嫌疑人，并当场发现了一些破绽，认为"不无可更研究者"。在 8 月 27 日的日记中，梅记下一笔："闻一多案之凶犯二人已经定罪处决矣。"

易社强有一个判断，认为"联大学术自由的记录在民国史上是一个例外"，在那之前和之后都没有：

> 如果用一个词来形容联大，那就是"自由"。在它存在的整整九年时间里，说联大是自由的，包括下列几重含义：它是通才教育的中心，思想多元相容并包，继承了训练它绝大多数资深教授的大不列颠和美利坚的民主传统。

可纵有如此"高贵"的基因，联大的学术自由之花仍少不了鲜血的浇灌。继"一二·一"运动四烈士（两位联大学生，一名中学教师和一名中学生）之后，是李（公朴）闻（一多）二公的牺牲。尤其闻一多之死，仿佛是一个隐喻："在中国学术自由的传统上，联大既是其成就的高峰，又是它急剧衰落的预兆。"[1]1946 年 9 月 6 日，当梅贻琦结束了西南联大的全部使命，把清华大学这艘轮船驶回清华园的时候，他也许没料到，自己

---

[1]《战争与革命中的西南联大》，［美］易社强著，饶家荣译，传记文学社 2010 年 4 月版，425 页。

和联大同人们拼死捍卫的自由大学之梦，已成强弩之末、明日黄花。

《梅贻琦西南联大日记》的意义，当然并不仅限于对清华大学和西南联大校史的微观研究，而关涉中国现代政治史、社会史和外交史等诸多领域。如对法国学者邵可侣（Jacques Reclus, 1894—1984）的记述，便弥足珍贵。邵可侣是法文和历史学者，祖辈是巴黎公社革命家，父辈也是欧洲著名的无政府主义者，与包括巴金在内的中日两国左翼知识人都有交往。邵1928年来到中国，先后在中法大学、北大和西南联大等院校执教，弟子中有学者金克木、翻译家叶汝琏等人。抗战期间，邵毫无保留地站在中国人民的立场上，与中国知识人一道，抵抗日本军国主义的暴虐。1949（或1950）年，邵被迫离开中国回法，可独生女却留在了北京，乃至最终酿成了革命吞噬孩子的悲剧。中文世界中关于邵可侣的资料十分罕见，但据笔者粗略统计，梅贻琦日记中有不下五处记述，一般是邵单独来访，谈工作，有时也会携夫人出席社交活动，有共餐，有茶叙。如1944年8月6日，梅在日记中写道：

> 晚赴黄人杰夫妇饭约，系为邵可侣夫妇结婚五周年。

两周后的8月20日，"晚在寓请客"，邀请了包括邵可侣夫妇在内的三对伉俪和胡毅然、Mr. Groffsmith、Mr. Burke，"惟晚间无电灯，又因执事疏忽，饭菜未早备办，临时向小馆叫来，颇觉了草，甚为抱歉"。

对笔者个人来说，梅贻琦日记还有一重特殊意义——即对公子梅祖彦的记述，这也是我读这本日记的初衷。遗憾的是，关于这方面的记录其实很有限。梅贻琦显然不愿在日记中透露过多的私生活和个人情感，这既是性格使然，也与其身份有关。用梅祖彦的话说："事实上这些日记不是一个孤立的个人记载，它反映了抗日战争时期教育战线的一个侧面。"换句话说，作为"公人"的权重远大于"私人"，这应该是梅日记的一个基本定位。但纵然如此，日记中还是有一些性情的自然流露，如喝酒、打麻将、泡温泉等，特别是对饮酒，颇多记述，有些相当生动。梅祖彦的回忆也旁证了其父的雅好：

> 他喜欢喝酒，酒量很大，这可能是由于当时社交的需要，另外在闲暇时他也常与三五好友品尝美酒。在日记中他承认自己喝酒太多，也有过自我批评，但似乎没有什么改变，实际上他晚年得的中风病肯定是和饮酒过多有关。

梅贻琦在家中是慈父，尤其对唯一的儿子祖彦（梅祖彦有三个姐姐和一个妹妹），付出了足够的父爱。祖彦儿时体弱多病，每有头疼脑热，父必亲自看护左右。平时携子一起散步、访友、跑警报，从打防疫针，到上小学、进联大、加入美军，梅贻琦记录了孩子成长的重要节点，舐犊之情，溢于言表。梅祖彦晚年曾回忆，"虽然他对培养我们的性格和生活习惯非常认真，但他不是一位严父，对我们从不训斥，而更是身教胜于言教。他的一言一行在子女眼里成为家中的规矩与典范。"祖彦只记得父亲唯一一次生气：

> 我上小学时开始学集邮，喜欢和姐姐们到父亲的抽屉里去翻他的旧书信，找邮票。父亲曾说过我们。但有一次我还是去翻找更好看的邮票，父亲回来后虽然很生气，还是很平静地问："上次是没有听见还是忘了？"我实在很想要那些邮票就说了实话，父亲在我保证不再来乱翻以后，又给了我几张邮票。[①]

梅贻琦作为教育家，虽然有强大的信仰和政治理念支撑，为了办好清华大学和联大，也曾对古今中外的教育思想与实践做过系统的比较研究。其核心的教育理念，如戏仿《孟子》的"所

---

① 见梅祖彦《怀念先父梅贻琦校长》一文，收入《晚年随笔》，清华大学出版社，2004 年 11 月版。

谓大学者，非谓有大楼之谓也，有大师之谓也"亦广为人知，但他其实从来是低调务实的实干家，绝少发表空泛的议论。他始终抓住问题的核心，即所谓"两个目的"："一是研究学术，二是造就人才。"[①] 考察其一生的公共言论，大抵围绕这个核心。

梅贻琦之为彻底的自由主义者，其知行合一，也体现在对子女人生选择的态度上。梅祖彦在回忆父亲的文章中写道："我在青年时期有过两次重大抉择，都决定了我以后的人生道路。父亲对我的选择其实并不完全同意，但为重视我的意向，最终给予默许。"第一次是1943年秋，美军在西南联大和一些高校征召高年级本科生，旨在以军事支援，配合中国远征军的滇西战役。原则上，刚上大二的梅祖彦并不属于征调范围，但他出于爱国热情，硬是志愿参加。梅贻琦认为当时国家形势动荡，"能在大学读书机会难得，望我先把学业完成，报效国家以后尽有机会，但由于我很坚持，他即未阻拦"。梅祖彦作为军事译员，在美军服务三年，耽误了学业。不过后期，被派往美国的军事基地工作，服役结束后，得以在美国继续学业，1949年从父亲的母校伍斯特理工学院毕业，"为这件事父亲后来还算满意"。

第二次是1954年，梅祖彦决定回国。当时梅贻琦在纽约暂

---

① 见梅祖彦《西南联大与梅贻琦校长》一文，《梅贻琦与西南联大日记》附录。

居，一段时间与儿子住在一起。此前已有不少留美学生回到中国，并传来了很多"解放后"的消息，"父亲知道我和一些同学也在筹划远行，他虽然未动声色，但显得出心中焦虑。后来还是重视了我自己选择前途的意愿，只在为人处世的道理上对我做了些规劝，而对我的行动却给予了默许"。不过，他让儿子去巴黎看望清华老校友、当时国民党驻法国大使段茂澜，其实是希望段能说服儿子回心转意，放弃回国的打算，但"我因为决心已定，没有去见段大使"。但梅祖彦断不会想到，与父亲的告别竟成了永诀：

> 我回到北京后不久父亲即长住中国台湾，从那以后没有再给我写过信，但从母亲由美国来信中知道父亲得悉我回到清华母校任教后感到欣慰，对我在新环境中的适应情况很为关心。

梅祖彦在自己撰写的各种材料中，对回国的过程曾做过一番详尽的追忆，在此不再赘述。简而言之，那是那个时代典型的爱国知识分子的自主选择。因当初留学时所持重庆政府颁发的护照已过期，留学签证也已经三年未更换，梅祖彦要想离开美国，只有"偷渡"之一途，"这年冬天，我几乎走遍了纽约第五大街上各欧洲国家驻美国的使领馆去申请入境签证，得到的答复一律都是说我的证件不合格"。后梅祖彦发现法国领事馆办事比较马虎，便大胆"试错"，终于在花了 20 美元的手续费之后（并无任何收据），于 1954 年 3 月，得到了去法国访问的一个月签证。抓住这个机会，他从巴黎而瑞士，又从日内瓦，经莫斯科辗转回到了北京。在教育部留学生招待所暂住两个月后，被分配到母校清华大学水利系工作。

这里还有一个插曲。梅祖彦酷爱西方古典音乐，20 世纪 50 年代曾在美国置办了一套音响设备，当时属于中等发烧级水平。回国时，他把几个大件装在一只铁箱内，由海路托运回来。货到天津新港后，海关要对这套设备征收 600 元关税，"我因在旅途中把积蓄都用完了，实在无力付税。但打听到如果单位来取货，付 200 元关税即可。于是经人介绍，我将这套设备送给了在天津的音乐学院（1958 年迁来北京），由他们去领取。为此，他们送给了我一辆进口的英国自行车，这辆车骑了三十多年"。

笔者因工作关系，与梅祖彦先生有过一段交往，这也是我了解《梅贻琦日记》的契机。20 世纪 90 年代末到 21 世纪之初，我早年服务的一家日本综合电机公司，曾与清华大学水利系展开过一项共同研究：我公司是水力发电领域世界屈指可数的电力设备制造商，但日本国内河川水质清澄，泥沙含量极小，对水轮机转轮材质和制造工艺的要求相对比较单纯。而中国的水力发电项目，特别是黄河上的项目，因泥沙含量大，转轮表面磨损严重，易引发转轮体的气蚀（cavitation）问题，从而影响设备的性能和使用寿命。因此，我方在参与中方有关水电项目的竞争时，需取得中国河川的水文数据，并反映到硬件设计中。为此，我们先后与中国水科院和清华大学水利系展开了长年的技术合作，共同开发有关水电项目的模型转轮（model runner），具体是由我方提供模型转轮，然后将其安装在清华大学的模拟河川泥沙环境的模型机组中经年累月运转，定期监测设备的泥沙磨损情况，然后在设计环节予以有效应对。我的工作主要是商务性的，负责研发合同的执行和与中方的日常联络，包括翻译支援等。1997 年前后，我定期拜访中方单位，先后持续了五六年的时间。而在清华水利系，负责与我们对接的学者即是梅祖彦教授。

最初几年，我与梅教授的交往仅限于工作联系。我带公司的科学家多次去清华大学水利系拜访梅教授，了解研究进展情况。梅教授清癯颀长，风度翩翩，有种老派的绅士范儿。记得水利系与热能工程系在一座楼里，梅教授会先带我们去泥沙实验室，观察模型转轮的运转情况，然后再去会客室正式切入会谈。泥沙实验室里有个大玻璃柜，里面陈列着黄河、长江上有关水电项目的各种模型转轮。梅教授总是小心地拉开玻璃柜，从里面取出一只只模型转轮，拿着实物为我们讲解各种数据和磨损气蚀状况。给我留下深刻印象的，是他的手：他人本身就很高大，那双捧着模型转轮的手之大，显然超出了他身体的比例，且骨节粗壮，看上去相当有力。我当时就在心里嘀咕，看来与泥沙和各种金属材料打了一辈子交道的科学家的手，大概就应该是这样的吧。

有一次，我带公司水电首席科学家佐藤让之良先生，按约定时间下午两点半去拜访梅教授，一切顺利，会谈结束比较早。他看上去兴致挺高，说既然还有点时间，我带你们参观一下清华园吧，然后请你们在学校的餐厅吃便饭。恭敬不如从命，我们便跟着梅教授在校园里溜达。记得他带我们参观了图书馆、水木清华和工字厅等地方，边走边讲解，我很惊讶老人对校史之熟稔。在工字厅前面，他指着西边一处院落说："喏，我小时候就住在那儿。"我随口惊叹道："难怪您对清华园竟如此熟悉。"走了一圈之后，他带我们来到一个小食堂。我对清华校园不大熟悉，乃至已经忘记了是哪个食堂，感觉应该是一个对外营业的餐厅。他预先订好了包间，径直领我们到了里间。一台带转盘的大圆桌，我们三个人呈三角形落座，梅教授坐在最里面。当时是夏天，但因为是比较正式的会谈，我们都穿着西装。一坐下，梅教授就用标准的美式英语说："让我们脱掉外套，放松一下吧。"说着，便率先脱掉西装，挂在座椅靠背上。我们也脱掉西装，松开领带。梅教授给我们每个人斟满啤酒，然后举杯，祝贺双方合作成功，工作告一段落。我们边吃边聊，主要就业界的技术潮流，特别是当时在中国正方兴未艾的抽水蓄能技术和可变速机组控制等问题交换了意见。席间，他隔一会儿，便给我斟酒，并让我赶快吃一点。其实那个时代，我也算是久经沙场、训练有素的商务人员，且颇胜任自己专业领域的技术翻译工作，练就了边吃饭边笔记、口译，两头不误的"硬功夫"。但梅教授的体恤还是令我内心感到温暖。

2000 年冬，我在太原出差。一天晚上，关在山西大酒店里写专栏，房间里的电视机习惯性地开着。记得那天偶然把遥控器拨到了《新闻联播》，恰好在播欧美同学会成立多少周年的纪念活动，央视女主播在念了一串大人物的名字之后，说有请欧美同学会常务副会长梅祖彦先生致辞。接着，屏幕上出现了一个熟悉的面孔，白发稀疏，面带微笑，穿着深灰色西装，那种温文儒雅和西装的格调，不大像是这个时代的人。我一边看着电视中的老派绅士，一边不住地思忖着"梅祖彦"的名字，似乎想起了什么，脑子像是被瞬间重启了。但那个时代没有上网搜索的习惯，我还不能确定。回家后，我立马从书斋里找出冯宗璞的几本书，一翻之下，果然出现了若干处梅贻琦、梅祖彦和梅祖彤（梅祖彦的二姐）和冯钟辽（冯友兰长子、冯宗璞的胞兄、梅祖彦的发小）的名字……原来如此！联想到梅教授带我们参观工字厅时，说到自己小时候的家，原来是指工字厅西南侧的三栋洋房——甲、乙、丙三所中的校长宅邸甲所。

这个发现，顿时拉近了我和梅祖彦先生的心理距离。过去，我只是把共同研究当成自己的一个工作，就事论事，基本不掺入个人情感。而从那以后，这件事在我心中陡然升温，遂开始在心里计划下一次与梅教授的会谈。不过，经过四五年的推进，事实上我们的项目已经到了收尾阶段。不久，我接到梅教授的电话，说他已经从清华大学正式退休，一些扫尾性的工作，他会在家里完成，希望下次会谈我们能直接来家里，并告知了他家的地址和电话。他住在三里河南沙沟小区，我知道那里是著名的高知公寓，钱锺书也住在那儿。但他具体住在几号楼几单元，我则完全忘记了，只记得好像是在顶层（四层）。

我应该先后去梅府叨扰过两次。第一次是接到他的电话后不久，大约是2001年冬天。我和佐藤让之良博士坐公司的乘用车过去，从东三环上长安街，木樨地下来，不一会儿就到了。我们刚要进楼门，听到后面有自行车铃响，由远而近，同时似乎有人在喊我的名字——"刘先生，刘先生！"我们回头一看，正是梅教授。他骑一辆大28车，到我们跟前猛一刹闸，一边握手寒暄，一边抱歉着"让你们久等了"。原来是采购而归，手里还拎着装蔬菜的塑料袋。楼里没电梯，我们爬楼梯进了房间。很普通的公寓，内部只经过极简的装修，陈设也相当简素。记得进门左手侧，放着一架钢琴，上面罩着猩红色天鹅绒布，钢琴上并排放着梅贻琦先生和夫人韩咏华的照片。那是我第一次见梅贻琦先生的照片，端详良久，惊讶于这对父子的神态竟如此神似。在客厅的长沙发上落座后，一位白发、略显富态的女士端来热茶，梅教授介绍说，"这是我夫人"。后来我才知道，梅夫人是著名的法语文学翻译家刘自强女士，我读过她翻译的法籍华人艺术家、法兰西学院院士程抱一的小说《此情可待》。那天的话题也都是专业问题，确认了一些实验参数，并大致沟通了一下后续的安排，我们便告辞了。

中间又经过几次传真和电话的沟通，2002年夏天，是我第二次造访梅府。因这次是我一个人去，便预先做了一番功课，把家中关于西南联大和梅贻琦的书翻了一遍，我记得有几本是谢泳的民国知识人研究。但想来也是浅尝辄止，不得要领。这次轻车熟路，直接上楼敲门。夫人好像不在家，梅教授问我喝点什么，说有花茶、红茶和咖啡。我说那我就不客气了，便要了咖啡。咖啡是那时很常见的麦氏速溶咖啡，但杯盏很可爱。坐定后先说正事，我在十分钟之内，便把该交换的文件、该交代的事项等事务性工作都了结了。然后，我主动切换到"正题"——谈起了梅贻琦和西南联大。当然，我扯出这个话头，主要是为了听梅教授聊。梅教授听我说起这些与工作全然"无关"的话题，开始略有些吃惊的样子，但很快就聊开了，我们从梅贻琦聊到了冯友兰、闻一多到穆旦、杨振宁。中间，梅教授起身去了趟卫生间。回来时，走到钢琴旁，凝视着父母的遗像。我也走上去，问他后来可曾见过梅贻琦先生。他摇了摇头，苦笑道："美国一别，就再也没见过，连信都没通过。直到1996年，我才得到了一次访问中国台湾的机会，在他的墓前献了一束鲜花……"

记得我还不揣冒昧，对梅教授谈起自己的"副业"，表示正在考虑"变副为主"，未来可能会辞掉现在的外企工作，专注于研究写作。梅教授一直微笑着听我讲述，时而点点头，但说了什么，我却忘记了，总之给了我一些鼓励。临走时，他送我两种书：一是刚刚出版的《抽水蓄能电站百问》，虽然是一本小册子，但作为科普读物很实用，是彼时国内专业领域里仅有的出版物。他给我两册，其中一册，让我转交佐藤博士；另一种是《梅贻琦日记（1941—1946）》。他解释说，日记不是他亲自整理的，"但与我多少有点关系，里面有我写的文章"。我郑重谢过，并从包里掏出我爱用的德国"Pelikan"钢笔，递给老人家，请他为我在日记上签名。他再次表示，书既非自己整理，由他签名未必合适，"那我就签'惠存'好吗"？我说"好的"。

《抽水蓄能电站百问》，梅祖彦、赵士和编著，中国电力出版社2002年5月第1版

不知不觉，聊了总有两个小时的样子。告辞时，我从书包里拿出预先准备好的一个纸袋，里面装着刚从报摊上买来的《三联生活周刊》和一种上海的艺术刊物，均是刊有我刚发表的"作品"的杂志。我双手呈上，"请梅教授批评"。现在回想起来，对自己不知深浅的唐突之举，简直羞愧难当。可不承想，这竟成了与梅教授的诀别——一年后，老先生就病逝了，不过我是后来才听说的。

梅祖彦教授是科学家，主要贡献也在专业领域。他最后的一本书《晚年随笔》（2004 年 11 月版），是经过家人整理，在他身后由清华大学付梓的。冯宗璞先生作序，夫人刘自强作跋。夫人在后记中写道：

……回想起来，祖彦已实现了他一生中淡泊宁静的旨趣。在每个认识他的人的心中，在亲朋好友中，在家中，他都留下了难忘的音容笑貌。……他简朴、整洁、任劳肯干的精神一直是孩子们的典范。在十余年中，他年年不畏寒暑挤公交车，从家住的城西南，前往城东北国子监的希望工程办事处为农村的孩子捐款。他关心那些孩子，给他们写信，了解并帮助解决他们的困难。十多年来，越来越多的孩子认识了他，给他写信交心，还给他寄来家乡的土产。

夫人所提及的这些，是我所不知道的梅教授生活的"B面"。但凭着自己与梅教授有限的交往，我完全可以肯定，这的的确确就是真实的梅祖彦先生。进而言之，是与梅贻琦先生那一代自由主义知识分子一脉相承的"讷于言而敏于行"，质朴务实、不计得失的品质。在他们自己来说，可能是与生俱来、稀松平常的，并不会刻意张扬，可是在今天，却像是贵金属般稀缺的存在，乃至成了高贵的代名词。

4 托微信的福，我们终于 进入了一个承平世界

十年前，读托马斯·弗里德曼《世界是平的》的时候，对弗氏所描绘的即将到来的世界其实还是懵懂的。彼时，美国还没出台十年签，申根国和日本的签证政策尚未放宽，国人还是蛮难理解"世界是平的"。

拜社交媒体（社交媒体，即 Social Network Service）——尤其是微信之所赐，我们终于迎来了一个承"平"世界：今天，只要你感兴趣，无论是美国拉斯维加斯枪击案，还是日本东京的江歌案，借助微信之手，尽可实时获得相关信息；在世界各地旅行，总能碰见平端手机，对着手机底部的麦克风发送语音信息的中国观光客；不仅是国人，一个老外，只要他对中国有兴趣，想深入了解，微信是最便捷的道具。我的朋友圈中，有不止一位年逾耄耋的外国汉学家。他们基本"潜水"，但有各自的朋友圈，把微信作为自己伸向中国社会的触角，或从中国频

道接收信息的天线。

而更重要的一点在于，两个完全不相关的人，只要互加微信，一定能从对方的朋友圈发现熟人。早在 1967 年，美国学者、哈佛大学心理学教授 Stanley Milgram 就提出了"六度分割论"。大意是说，你和任何一个陌生人之间所间隔者，不会超过六个——换言之，最多通过六个人，你就能认识一个陌生人，而这正是社交媒体的理论基础。但事实上，随着社交媒体技术和规模的发展，我们与陌生人之间的距离变得更"短"，也许中间只隔了不到三个人。生活微信化以来，每个中国人的交际范围都扩大了，同学、旧识、前男女友、远房亲戚不说，过去八竿子都够不着的人也出现在朋友圈。我们时而能在朋友圈看到，某个人刚参加了小学同学的聚会，甚至幼儿园小伙伴的聚会——连"发小"的圈子都被撑大了。可以说，百年前，列宁在纪念欧仁·鲍狄埃的文章中的预言已经实现："无论你走到哪里，无论你是什么肤色，无论你是在异国他乡，你都可以为自己找到同志和朋友"——但所凭的不是《国际歌》，而是微信二维码。

微信的日活用户增长趋势和中国人每天泡在微信上的时间表明，这种媒介正在深刻地改变社会，影响甚至改写了不止一代人的生活方式。我想，这应该是一个基本判断。微信既然是一种社交媒体，便应有与其他社交媒体共通的属性。那么，人为什么需要刷微信呢？其实这个问题可以置换为"人为什么需要社交媒体"。姑且不论基于特殊的国情和社会发展，已经大大超越国外主流社交软件的商务和媒体功能（这背后也有城市商业、信用体系不够发达和传统媒体迅速式微的背景），就社交媒体的一般属性而言，大致不外乎如下几种：想链接他人的社会诉求，想得到他人承认的价值诉求，想获得信息的功能诉求，以及通过向他人自晒而获得某种满足、提升自我评价的心理诉求，等等。

至于哪种诉求最强烈、是决定性的，哪些是次要的，则因人而异，殊难一概而论。如日本有些十来岁的青少年社交媒体"中毒者"，手机永不离手，即使在做其他事（如看电视、上洗手间，甚至洗澡）时，也不停地刷脸书、推特或 Instagram，被称为"nagara 族"（指一边干别的，一边玩手机的主儿）。按说单纯使用社交媒体既不能获利，社交媒体本身也并非什么好玩的游戏，似乎不存在非玩不可的理由，可那些孩子却偏偏欲罢不能。对他们来说，道理是明摆着的——通过社交媒体，得到了在日常生活中想得而未能得到的：孤独得到了慰藉；精神压力得以缓解；自我评价更新，从不带玩到被带玩，甚至成为兴趣小组的核心、成为有异性告白的存在……也难怪"中毒者"人口居高不下了。

社交媒体技术品质的提升，使我们的生活日益可视化，类似于电视的真人秀，那些倾向于把衣食住行、吃喝拉撒统统发到社交媒体上的所在多有，倒未必一定是"中毒者"：从对世界的一声"早安"开始，到丰盛健康的早餐，到乘地铁或出租车的通勤，塞车的郁闷，到日常工作的恶心，对上司的吐槽；中间经过午餐、咖啡，如果是小资文青的话，下班后会有文娱生活，电影观剧音乐会，或约会饭局二次会，无论是哪个选项，剧照美酒菜单不可少；即使间或轮空，下班径直回家，小津安二郎范儿的"一人食"也必不可少；因时间充裕，"晚间剧场"是重头戏，话题不一而足；如果不出去宵夜的话，睡前一般会有红酒或夜茶；而午夜时分，手机关机之前，是对世界的"晚安"。如此生活，是我们熟悉得不能再熟悉的节奏，我们每个人在检阅别人生活的同时，也在接受别人的窥视，或全套，或部分，程度不同而已。人们对此早已习以为常，没人怀疑这种生活的真实性。

　　但是，每个人在社交媒体上的 ID 毕竟不等于物理的真人，因手机实名制的关系，在主流社交媒体中，微信与本人的重合度公认是最高的，但仍难与肉身直接画等号。我们所检阅或被窥视的，是被微信过滤过的"生活"，绝不是生活本身；每天清晨的"早安"和入夜的"晚安"，是通过以太空间传来的"回声"，而不是来自同一个屋顶下的客厅或卧室的问候。借用美国学者简·M.腾格在《自恋时代》中的表述，社交媒体的 ID 是我们在虚拟空间的"第二人生"。现实中百人百态，人生各异，但在虚拟世界中，人们的选择倾向却惊人地一致，且高度同构：笑容迷人，衣着光鲜，绝少出现丑陋、衰老、肥胖。

今天，社交媒体上的信息正在以几何级数增殖——这一点，只需留心一下我们每天泡在微信上时间和每次更新智能手机时，对内存升级的需求便可窥一斑。我想说的是，如此日复一日，反复曝晒或被晒的生活镜像，将导致两种必然结果：孤独和自恋的加剧，且均伴随焦虑。先说前者。

孤独，与上述人们对社交媒体的社会、价值、功能性诉求一样，原本是促使人们走向社交媒体的动因之一，或者说，是人诉诸社交媒体的心理诉求之一种。现代人生活节奏快，交通发达，通信便捷——这原本是文明发展的成果，是好事。但也带来了一个问题，即人与人的疏离：在交通和通信手段不甚便利的年代，夜里打个电话，骑上单车，就可以制造一次浪漫的约会。可过于发达的通信却反而不鼓励人们的联络，虽然人人都有手机。一机在手，便少有人打有线电话。短信普及后，少有人打手机。而微信出现，人们连短信都觉得是种叨扰。人置身于钢混密林的现代都市，在经济社会中打拼，孤独原本是常态。但在孤独中，看到社交媒体上各种可视化的别人的生活，会受到某种程度的吸引是自然的——所谓"生活在别处"。如此，一种不大不小、无可无不可的孤独感，经过社交媒体的放大，有时会成为无可排遣的"不要不要的"有毒情绪，不妨想一想饿汉深夜看到别人发美食照片时的感觉。可以说，正是无处不在的孤独感把人抛向了社交媒体的漩涡。

但进入社交媒体又当如何呢？饥渴感会得到缓解吗？世界会变好吗？恐怕没那么简单。人们不定时地在社交媒体上"聚首"，晒自己的生活，窥视别人的生活，在吐槽的同时，听别人吐槽。在每一条感兴趣的微信后面点赞，发一些类似点赞的话，往往就是一个单词，甚至以表情包来代替。碍于时间和精力，你根本没耐心读超过三行的微信，绝少打开链接。而如果是自己发的话，也会考虑别人的趣味，尽量简明扼要，能用缩略语的话，绝不打完整词汇。微博时代还有140个字的容量，到微信连70个字符都嫌多。图文并发的话，干脆只能显示一行，余下的文字被隐藏，需点开才能读。所以在传播学上，社交媒体的交流被认为是一种"浅接触"（shallow contact）。试想，一颗时刻被孤独感啮啮着的年轻、狂野、孤独的心，或者一个失恋者，真的能通过社交媒体，在一簇簇表情包、小鬼脸和动漫表情所构成的沟通中，得到治愈么？只怕是"图样图森破"。

事实上，在美日等社交媒体比较发达的国家，均有调查研究表明，那些在脸书上与朋友、恋人、家人频密联系的人，往往比很少联系或根本不用脸书的人更容易感到孤独，乃至出现了一种新型抑郁——"Facebook抑郁症"，罹患者多为青少年。

虽然对这种新型抑郁的病理学研究尚待深入，但社交媒体作为一种社交工具，其本身肯定不是治愈孤独的良药，不仅如此，对某些受众来说，反而有可能成为孤独感的放大器。

心理学上有一个现象：一个人的孤独感越强烈，便越是在意周围的目光。就社交媒体而言，这种心理也与想获得别人认可、提升自我肯定的价值诉求有关。如日本有一种心理疾病"Lunch-mate 症候群"，指那些在大学或公司的食堂用午间餐时，没同伴，但又害怕自己孤独用餐的形象曝光于公众视线中，于是只好不吃饭，假装干活，或躲进卫生间的隔间里自个吃"便所饭"。其实，说下大天来，吃饭就是吃饭，其行为中本没有高于行为本身的深意。吃饭者从吃的行为中读出了"意义"，并因而在意别人的目光，才是问题之所在。有些心理学家认为，脸书等社交媒体，正是一个类似公司或大学食堂的场域。

如果说，社交媒体具有放大人的孤独感之"功能"的话，那么，它同样会放大人的另一种性格（或曰品质）——自恋。如上述"大食堂"的案例，一些凭自己的幻想而发现"他人的目光"，并深受这种目光支配的人，如不甘心坠入"便所饭"的苦逼境地的话，一部分人的本能自卫性自选动作便是自恋。从这一层上说，社交媒体不仅是放大器，简直就是发生器（或诱发器）了。

与孤独一样，自恋也是一种"古已有之"的朴素人类情感。理论上，自恋的历史应该与人类的历史等长，或稍微短那么一点点——直到水仙发现了森林中那一泓清澈的池水。英文中，"自恋"（narcissism）的表达源于希腊神话中的那耳喀索斯（Narcissus）——一位真心想要寻找真爱的美少年，是河神克菲索斯与水泽神女利里俄珀之子。那耳喀索斯出生后，其母曾向著名的预言家提瑞西阿斯占卜过儿子的命运，被告知只要那耳喀索斯不看到自己的脸，就能长生不死。因此，尽管那耳喀索斯长成天下第一的俊男，他却从不知道自己长什么样子。

那耳喀索斯的俊美令全希腊的女性为之倾倒，但他对所有前来求爱的女人都无动于衷。后来，掌管赫利孔山的美丽无双的仙女厄科（Echo）爱上了他，且无可救药，难以自拔，但仍遭到那耳喀索斯的拒绝，乃至厄科伤心致死，只留下声音回荡在山谷间。那耳喀索斯却依然故我，一味地寻找真爱。直到有一天，狩猎归来，经过一泓池塘时，偶然发现了池水中倒映的自己的脸。美少年惊喜之下，登时爱上了水中的倒影，久久凝视，不忍离去，最终为之憔悴而死。死后，岸边长出了一朵水仙花。所以，英语中的水仙花（narcissus），与那耳喀索斯是同一个词。

日文中，"自恋"有两种表达：一是来自英文的"narcissism"，用片假名写作"ナルシシズム"；另一种写成汉字"自己爱"，读作"jikoai"。这两个词其实区别不大，基本可混用。唯一

不同的是，若是表现"自恋者"的话，须写成来自英文、与"narcissism"属同一词根的"narcissist"的外来语形式"ナルシシスト"。我个人比较喜欢这两个词共通的日文释义"自我陶醉"（《广辞苑》版），不仅很容易链接到希腊神话的语源——池畔的水仙花，而且还能联想到汉语中"顾影自怜"等表达，不知为什么，似乎还有那么一点接近当下祖国语言中生动鲜活而戏谑的语感"我也是醉了"……哦，反正我好喜欢！

自恋？Yes！But, so what？好，让我来看一看自恋的问题。首先，应区分"自恋"与"自爱"的温差。《辞海》中，"自爱"被释义为"自重"（"犹言自重"）："吕公曰：臣少好相人，相人多矣，无如季相！愿季自爱。"（《汉书·高帝纪》）季，是刘邦的字。《辞海》释义与日文中"自爱"的语境庶几近之，都有"自重"之意。而"自恋"，在《辞海》中干脆照搬精神分析学派的解释，把弗洛伊德心理性欲发展的三阶段论做了一番展开，认为"自恋是区分性感阶段和性器阶段的主要标志"（《辞海》，上海辞书出版社，1999 年版）。这个释义令人哭笑不得，无疑会遭到普天下自恋者的共同鄙视。但它的唯一价值，在于揭示了自恋是一种病态的事实，这与那耳喀索斯的神话的指向其实是一致的：那耳喀索斯一味孤芳自赏，无法打开自我，建立与他人的联系，结果害己也害人（指厄科）。用美国学者简·M.腾格的话说，古老的神话折射出现实生活的真实危险，"自恋者可能给他人和社会带来严重的后果"。不幸的是，那耳喀索斯的隐喻在后现代社会正在变成现实，其有力道具就是社交媒体。

已毋庸讳言，社交媒体——尤其微信、脸书和Instagram，是自恋利器。"selfie"（自拍）作为2013年度热词，已进入新版《牛津英语辞典》，21世纪最牛的创意产品不是数码相机和智能手机，而是自拍杆。随便在任何时间打开微信朋友圈，小资们曝晒的自拍简直堪以"碰鼻子碰眼"来形容。而各种社交媒体，特别是微信的"九宫格"则强化了表现效果，使其更加无敌：无论是晒美食、晒旅行，还是日常生活记录，美颜自拍照必置于画面中央，一律是微信定制版的表情和笑容，剪刀手不能少……

心理学表明，每个人都会有不同程度的自恋心态，毫不足怪。但被称为"自恋者"的，是那些自恋程度较高的人。如按性别划分的话，女多于男。讲真，每当我看到朋友圈上那些被九宫格效果强化的美女照，在审美独乐之余，内心都会泛起深深的同情：尽管在文化上，我们已从传统过渡到后现代，但社会对女性美的规训，不仅始终未变，甚至越发残酷——从"民国范儿"到"改开"，职业女性充其量也就是化个淡妆，手包里放一只小镜子而已，甚至素面朝天，在帝都这种混不论的地方全然不会被歧视。可在web 2.0的社交媒体时代，女性却不得不在浓妆自拍照的基础上，用美图秀秀等软件精心 PS 过的剪刀手美颜照发到微信九宫格上，其"亚历山大"，可想而知。从"女为悦己者容"到"女为大众美容"，女性解放之路长矣！

上文提到的《自恋时代》，初版于近十年前。彼时，即使在美国，社交媒体也远未到今天这般无远弗届。但正如书的副标题"现代人，你为何这么爱自己"所表达的那样，作者对"SNS世代"的文化性格，有相当精准的把握："我们称其为'自恋者'——认为自己的社会地位、外貌、智力水平和创造力方面都比其他人优秀。然而，事实并非如此。从客观角度衡量，自恋者就像其他人一样，并无特别之处。然而，自恋者却认为自己本质上要比其他人优秀——他们是特别的、优秀的、独一无二的。"不仅是集体文化人格，对"自恋者"现象的问题，也有清醒的认识：

> 在情感方面，自恋者与人相处时表现冷漠，缺乏对他人的关心和爱。这是自恋者同单纯自尊心较强的人的主要区别：自尊心较强但并不自恋的人，重视人际关系，而自恋者则不重视。结果便是造就了一个极为不平衡的自己——浮夸、膨胀的自我形象，并且缺少同他人的深层联系。

于是，满足于社交媒体上由点赞、表情包和动漫表情构成的"浅接触"，他（她）们其实在内心里把自己裹得很紧，不大会"逾矩"。即使是社交媒体"中毒者"，也难越雷池一步。所以，那种轰轰烈烈、不计代价的爱情，基本上只属于社交媒体线下的，靠联床夜话和通宵喝酒酿造的文化性格及其宿主，只会自拍和点赞的自恋小清新们怕是无缘的。

　　有必要澄清并强调的一点是，对自恋者来说，姿容（face）只是秀具之一，但并非全部。除了脸以外，可秀的还有很多，诸如美腿、手足、发型、衣装、包包等等。其实，有时连三观和正义感，也是被用来秀的。笔者自己，就特害怕微信上那些徒有无比正确的三观，却毫无常识感和逻辑的帖子——真的是看伤了。我宁愿与那些哪怕三观有些问题，但却更真实、更有趣的 ID 互动。其实在我看来，那些只会秀姿容的自恋者，是不合格的自恋者。一名"牛"的有品的自恋者，当懂得如何在秀姿容的同时，适度地秀知识、秀三观、秀正义。只不过，后者不过是佐餐，而前者才是主菜罢了。

《生命中不能承受之轻》，[捷]米兰·昆德拉著，韩少功、韩刚译，作家出版社1991年3月第1版

　　其实这种现象，与其说是自恋，毋宁说是刻奇（kitsch），其历史几乎与自恋文化一样，也是源远流长。米

兰·昆德拉在《生命中不能承受之轻》中，描写过一群来自西方文艺界的明星志愿者，包括德国流行歌手、好莱坞演员、法国语言学教授和名摄影家等。他们随联合国医师团，去完成一次人道主义支援的任务。在开赴前线的途中，他们打着旗子，争先恐后，像探险家似的，勇闯泰柬边境的地雷阵。出于对共同的危险的担忧，语言学教授试图阻止冲在最前面的好莱坞女明星："这是一支医生的队伍，来给那些垂危的柬埔寨人治病，不是为电影明星捧场的惊险表演！"女明星挣脱了教授的手，正色道：

你到底要干什么？我参加过一百次这样的游行了，没有明星，你们哪里也去不了！这是我们的工作，我们道义的责任！

语言学教授用纯正的法语喷了句"Merde"（放屁）！明星听得明白，放声大哭起来。

"请别动！"一位摄像师大叫，在她脚边跪倒。女演员对着他的镜头留下一个长长的回望，泪珠从脸上滚下来。

可以设想，摄影家的菲林最后变成了 *Time* 或 *LIFE* 等著名周刊的封面，动人的好莱坞明星的眼泪被解读成种种高大上的"所指"，赚足了中产读者的同情和钞票，正如今天的网红，成片地收割点赞和流量。但是，表演正义与正义的表演，即使再逼真，再动人，与正义何干？

昆德拉创作的年代，还没有互联网，遑论社交媒体。但所谓太阳底下无新鲜事儿，自恋也好，刻奇也好，媚俗也好，凡此种种，其实都是"传统文化"。不同的是，在世界被 web2.0 彻底荡"平"之后，今天的自恋者们拥有了一个巨无霸的功放罢了——功放的名字，叫"微信"。

5 战后地下本

日本由于战败，战前的出版法被废止，恶名昭著的"发禁"（全称为"发卖颁布禁止"）制度也画上了句号。漫长的禁锢之后，最先获得释放的总是性。在短暂的混乱中，与性有关的出版物呈爆炸态势，坊间和地摊上，低俗杂志泛滥。然而，自由是短暂的：新法出台后，"猥亵罪"成了压抑性表现的紧箍咒，出版家们为实现最大化的"安全"性表达而绞尽脑汁。

但读者的胃口，也是这样被一点点吊起来的：他们不满足于桃色杂志和公开刊行的艳本，而追求更直接、更"给力"的春本。于是，油印版的"地下本"应运而生。油印版，又称孔版或誊写版，对国人并不陌生，俗称"刻蜡版"——即用铁笔刻写蜡纸成蜡版，再把蜡版铺在油印机上，用沾了油墨的滚筒推刷，推一次，便是一个印张。这种简易印刷，无须经过印刷厂便可轻易操作，被广泛用于同人志等内部出版物的印制。町镇上，也有专门从事这种行当的手艺人，叫孔版职人。

无需他人之手，仅凭一己之力即可兑现的特点，注定了油印版天生适合秘密出版。因此，战后初期的"地下本"，是从油印版出发的，内容多系对流行于战前，而战后已难入手的一些秘本、珍本的翻印。而部分原创的春本，则以会员制的形式少量刊行，如"风俗研究会"出版的《风俗小说名作选》，分十二次刊行；"东京限定版俱乐部"刊行了《乱云》（みだれぐも）、《四帖半隔扇的贴纸》（四畳半襖の下張）等春本。

蜡版的特性决定了油印版的印数相当有限，通常情况下是30到100部。如果是很专业的孔版手艺人操作的话，一面蜡版亦可勉强支撑到300的印数，再往上便不可期了。不过，既是地下本，也未必需要印很多。百十来册书，分开铺货：在花柳街的风俗店中，供刚享受完"特服"而余韵未尽的客人翻阅选购，或在火车站的桥底下，让那些赶路的上班族，匆匆瞄一眼热辣的书名，便掏腰包敛走一册消遣，再合适不过。

油印本多用罗纱纸，质地较粗糙。装订工艺多为线装，而线装不能太厚，每本书20至80页，一般只能容纳一两个故事。且故事不能太长，情节展开的节奏不宜过缓，基本上跟A片似的。因此，除了战前秘珍本的翻印本，那些原创的春宫被戏称为"嘿咻小说"。但手写体的刻版，尤其是手绘插图，铁笔刻在钢板上的线条简洁、精准而生动，虽然是印刷品，却令人平生一种捧读手抄本似的悸动感。这种油印版小册子，在当时卖

200~350 日元。相对于品质而言，绝不便宜。进入昭和三十年代（1955 年以降），地下本的主流遂为活字版（亦称"活版"）所取代。

经历过战后复兴期的物资供应紧张、纸张不足等矛盾，活版地下本的纸质和印刷品质有了显著的提升。B6 简装、100~160 页、定价 500~700 日元，封面多彩印，卷首附有一到两页的猥亵摄影，内文中有春画插图，成为活版地下本的定型标准。朝鲜战争的特需景气，进一步刺激了大众的娱乐需求，地下秘本的出版呈爆发式增长。

乍看上去，活版地下本的书名与一般书籍无异，甚至不无呆板的感觉，如《哲学物语》《圣云》《舟人》等。这一方面是对购读者的体谅——毕竟那些上班族作为体面的绅士，所购之书是要在通勤电车上，甚至在家中，当着夫人或孩子的面阅读的；另一方面，则是有意识回避警察当局取缔行动的障眼法——仅从昭和二十五年到三十年，便有四次大规模的淫秽出版物取缔运动，众多出版社和出版家遭检

螳螂捕蝉，黄雀在后——东京警视厅取缔的问题出版物档案

举，受处分。因此，无论是初期的油印版，还是后来的活版，地下本多无版权页，有的作品甚至连作者（包括插画者）署名都没有，唯恐受到当局的追究。不仅如此，活版地下本，按出版地域，主要分为"东京物""关西物"和"九州物"三类，出版商为规避被检举风险，东京物常运到关西地区发行，而关西物则特意在东京贩售，以增加奉行现地主义管理的警署的搜查成本。昭和二十年代，原本摆在风俗店、成人玩具店和古书店中的地下本，随着肇始于昭和三十年代的大众观光潮的坐大，甚至出现在温泉街土产店的货架上，撩拨着那些刚泡过汤，身着和式浴衣、趿拉着木屐的观光客猎奇的视线。

与油印版时代很多孔版职人作为"独立出版人"参与地下本制作不同的是，活版时代的出版商多为正规出版社，有些甚至是很严肃的学术出版社（如著名的辞书专业出版社富山房等）。对此，一个比较靠谱的解释是"以低俗养学术"。

相比油印版，活版的篇幅更大，题材更广泛，有的取材于当时的一些社会事件和风俗八卦（如"阿布定事件"等），更多则是虚构的春宫文学作品。风格也不拘一格，有悬疑、恐怖和类似 SF 式的表现，如把故事发生的舞台设定在一个欢乐岛上的秘密性爱俱乐部的作品，如表现人工授精的作品，等等，不一而足。

总的来说，那些公开署名的作品（尽管所署之名多半是乌龙），在作为色情文学作品的完成度和水准上，要好一些。而一些上、下分卷本或三部曲等篇幅较大的作品，则被广为购读。也有些作品，仅改了个书名、换个包装，便被重复，甚至多次出版。而一些大卖特卖的畅销书，也出了不少海盗版。凡此种种，对后来的地下本版本研究工作造成了一定的障碍：因多数作品无作者署名和版权信息记载，刊行时间的先后和版次殊难断定，有些不得不根据纸张的泛旧程度，甚至书中对时代、风俗的描写及人物对话的特征来判断。

如一套春本系列叫"秘本大系"，十卷本，因无版权页，原版的出版商和刊行时间已不可考，但从其构成既有油印本也有活版本的特征上来判断，大致是昭和二十年代末到三十年代初的产物。后来，应该是由同一家出版商，原本复刻再版，公称印数为 1000 部，在坊间"偶尔露峥嵘"。2014 年 10 月，我在神保町的古书会馆购得其中的四种（编号分别为 3、4、7、8），价格也并不贵。四种之中，只有卷 4《大小姐》（お嬢さん）一本有作者的署名（小松昌三），其他三种均无署名。既然是春本嘛，故事情节反正都差不多。唯有那些插绘（包括封面绘和卷首绘），可

笔者所藏私印"秘本大系"四种，编号分别为 3、4、7、8

真是稀罕。有几幅，我简直怀疑是出自哪位在战后的混沌期，生活一时困顿无着，而不得不为稻粱谋的丹青名手、名画伯之手。

活版地下本既是活字版，想必印数会几倍，甚至几十倍于油印版，自不在话下。但它毕竟是书籍，而不是刊物。随着各种画报、娱乐周刊志在性表现上的日益出位化，地下本文化逐渐式微。特别是到了昭和三十九年（1964年）东京奥运会前夕，日本全国展开了所谓"构建不在国际社会丢丑的城市"的环境净化运动，强化风俗取缔和出版规制。于是，持续了大约二十年的战后地下本基本绝迹了。但今天，仍见诸各大周刊志的封面后面、目录前面的女优裸体照片插页，却是活版地下本文化的遗留。

6 战后"第一审判"

    20世纪90年代初，我曾经有一本日文版的《查泰莱夫人的情人》（以下称"查著"），伊藤整（Hitoshi Ito）译，新潮社文库版，当然是全译本，可惜我没能记下相关出版信息。书是我当年在日本读书时，从东京的旧书店淘来的，很便宜。对我来说，

伊藤整（1905—1969）　《查泰莱夫人的情人》（『チャタレイ夫人の恋人』），D.H.劳伦斯著，伊藤整译，新潮文库平成八年11月版

那本书具有超越文学的意义——事实上，它是我的日语精读教本：我逐字逐句读过它，书上净是我用钢笔画的线和圈。书一开头酷似狄更斯风格，甚至吸引了李敖秀译文的段落，我至今能用日文背诵。回北京后，一位当时在北大留学，与我定期打网球、喝酒的日本朋友菊岛，有一次来我家，浏览我书架上的日文书，看到查著，做出很吃惊的表情，遂提出要借阅。我那时还没有独立的书房，后来所谓"书与夫人，概不外借"的规则也还无从谈起，便痛快地借给了他。但从此，菊岛竟在帝都蒸发了，那本查著，自然也有去无回。多年后，我在东京的丸善书店重新买过，并精心地包上了书皮，却没再读过——此乃后话。

日文版查著是一部撼动了战后文学史，不，撼动了整个出版文化史的著作。围绕这部书的司法审判，被称为"第一审判"，对战后日本社会创作自由和言论空间的拓展意义深远。

"终战"之年，年届不惑的伊藤整，从疏散地北海道回到东京。虽说他在文坛打拼多年，有数种诗集、文学评论和译著发表，在文坛有了一席之地，但离流行作家尚远。他用两年前变卖东京世田谷区公寓的钱，在今天距中央线丰田站徒步约二十分钟的日野町芝山，以极低的价格购买了九百坪（1坪约等于3.3平方米）地皮。那块地一半是农田，一半是杂木林。伊藤从家乡北海道运来木材，在地中央建了一爿山间小屋——也是巧了，那房子的氛围，竟有点像查泰莱夫人的情人、守林人梅勒斯栖身的林中木屋。从未想在文坛大红大紫的伊藤整，原本想在和平到来之后，过一种离群索居、晴耕雨读的生活。可他的避世梦，却被打破了——都是查泰莱夫人惹的祸。

熟悉西方文学、长于理论的伊藤整，年轻时曾翻译过詹姆斯·乔伊斯的《尤利西斯》(与友人共译)，力倡"新心理主义"等现代派文学，在战前曾产生过影响。对他来说，沿西方20世纪文学潮流追根溯源，从乔伊斯到劳伦斯，原本就是顺理成章的路径。所以，早在战前，伊藤就开始了对《查泰莱夫人的情人》的翻译。但受制于战时变态的出版审查，全译本的出版是难以想象的。因此，战后，当小山书店的发行人小山久二郎向他约稿时，伊藤想都没想便一口应承下来。

因为有战前的初译，伊藤很快就拿出了全译本。小山大悦，以最快的速度付梓：1950年4月、5月，全译本分上下卷刊行。热评如潮，两个月的时间，共发行二十五万套。但纸贵效应在刺激舆论的同时，也刺激了警视厅的神经。两个月后，书遭禁发，译者伊藤整和发行人小山久二郎同时被东京地方检察厅起诉，罪名是"涉嫌贩卖猥亵文书"。6月27日，警察当局根据《刑法》第一百七十五条，在全国大小书店查没查著。而就在两天前，朝鲜战争爆发。作为冷战"桥头堡"，原本就处于"第三次世界大战"恐慌中的日本，更是风声鹤唳。有趣的是，书前脚被禁，海盗版便接踵出笼。东京丸之内、大手町等官厅和大企业集中的街区，甚至有行商出没，可行商们怀里揣着的，不是黑市的洋酒、食品，而是私印的《查泰莱夫人的情人》，且不止一种。

伊藤整作为诗人、翻译家，其实并不是斗士型的文人。在开庭前，日本文艺家协会为两位被告打气的誓师大会上，伊藤还小声对小山说："真的要开练么？没事吧？现在收回还来得及。"而小山也知道，只要对检察厅陈谢，起诉应该会中止。可自己一旦示弱，不仅原作者 D.H. 劳伦斯将沦为"猥亵书"作者，多年的挚友伊藤整也将作为"猥亵书"译者而被坐实。无论从出版家的正义感，还是文人的洁癖出发，小山咽不下这口气："即使剩我一个人，也要战斗到底。如果可能的话，也请你援手吧。"于是，两位被告的手握在了一起。

正值战后初期，美国的军事占领尚未结束，知识人对日本法西斯化的悲剧记忆犹新、深创剧痛刻骨铭心的时代，面对"第一审判"，社会舆论的反应空前激烈。作家、文人迅速统战集结，同仇敌忾：日本文艺家协会和日本笔会第一时间联合设立"查泰莱问题对策委员会"，并发表态度强硬的声明，捍卫言论自由的宪法权利。特别辩护人中，有精通法律的著名作家，如中岛健藏、福田恒存等。1951 年 5 月的第一次开庭，全国报章杂志一起报道，新闻记者、作家挤满了旁听席。

1952 年 1 月 18 日，一审判决小山有罪，罚款二十五万日元，而伊藤整无罪。判决书中写道："尽管该译著本身并非猥亵文书，但由于不经意的贩卖方式，导致被当成春本的结果。"小山和检方均对判决结果不服，同时上诉。同年 12 月 10 日，东京高等裁判所的二审判决颠覆了一审结果，明确认定"该作品系猥亵文书"，并处罚金小山二十五万日元，伊藤十万日元。两被告当即向最高裁判所上诉，就此拉开了旷日持久的诉讼战。

伊藤整原本是那种文坛常见的自我意识强烈，性格内向到有些"认生"的文人，但战端既开，伊藤却迅速切换角色，展开了高调到不无挑衅的韧性斗争，以对舆论的引导来为自己和小山助战。他把法庭上控辩双方的争论详细记录下来，以非虚构的形式发表在《中央公论》杂志上（即《裁判》）。与此同时，从第一次庭审起，在《新潮》杂志上连载长篇随笔《伊藤整氏的生活与意见》。巨大的话题效应，硬是把伊藤从一个多少有些边缘化、落寞的纯小资作家，变成了一个炙手可热的流行作家。

特别是"生活与意见"，伊藤在自己名字的后面加了个"氏"字，有种从第三者视角出发，把自身客观化的意味；同时，大胆尝试讽刺与幽默，对控方极尽奚落之能事。每回发表，反响了得。在连载即将结束的时候，《妇人公论》杂志主动约稿，希望伊藤能以"生活与意见"的风格，写一组"软派的女性批判"。伊藤慨然应允。刚好1954年前后，出版界推出普及本的新书版（日本出版标准之一，即比文库版稍长一些的袖珍本，接近"企鹅"丛书的开本），"岩波新书""河出新书""角川新书"相继问世。同年3月，伊藤整在《妇人公论》上的连载由中央公论社以《关于女性的十二章》为书名，推出新书版。也因了查泰莱审判的"预热"，所谓"猥亵文书译者的女性论"，成了十足的商业噱头。加上伊藤轻松、曼妙的文笔，前卫而不出位的新女性观，颇有读者缘。书甫一上市，便再次纸贵东洋，

行销三十万册，成了当年第一大畅销书，且一举使尚处于"试水"阶段的新书版定型化，成为与文库版并行的两种主流开本之一，至今不衰。不仅如此，此书还引发了"十二章热"。一时间，跟风无数，诸如《关于时间的十二章》《关于爱的十二章》

《关于女性的十二章》（『女性に関する十二章』），伊藤整著，中央公论社昭和二十九年9月版

《关于电影观看方法的十二章》等等，不一而足。

不用说，版税多多，伊藤整成了与吉川英治、丹羽文雄等并列的富豪作家。接着，从住了七年之久的日野的林中木屋迁出，在东京世田谷区久我山新建了一处豪宅。但除了豪宅之外，

伊藤家没有汽车、电话和电视机，仍过着自律的耕读生活，却开始借钱给旧日的文人朋友。据说金额不多不少，每人一律十万日元。

1957 年 3 月，最高裁判所驳回二人上诉，维持有罪判决。判决书中说："该著刺激人害羞的感情，违反了善良的性道德观念。"然而，讽刺的是，两年后，《查泰莱夫人的情人》的英文无删除版，在美英两国亦遭诉讼，结果判无罪。可日本的有罪判决之后，查著却成了长销书，不断增印、改版，从有罪判决后的"洁本"开始，一路逼近英文无罪的全本，庶几已无差别。甚至唯恐被读者当作是"洁本"，特意在封面上打出"完译"（即全译）的广告。而最高裁判所的判决书，却躺在档案库中，无人问津。

回到开篇的话头。如果菊岛君碰巧看到这篇文字的话，请冒个泡。我是不会让你还书的，因为我这里好像也有你的书。但说不定会约个饭局，聊一聊夫人、情人什么的。

7 太宰治与芥川奖

2015年度上半期的芥川奖（第153回）授予搞笑艺人又吉直树的小说《火花》。又吉坦言自己对太宰治的"敬爱"：

> 中学生的时候，读太宰治的《人间失格》，受到冲击。书中写的主人公大庭叶藏从幼年到少年期的行为举止，简直就是我自己在面对世界时自处的方法。按说应该是无人知晓的我的方式，为什么竟然会写在这里呢？这人到底是谁？……同时有种恐怖感，觉得写在书里的那些悲催意外事件，没准儿也会在自个的人生中发生。

又吉说，一本《人间失格》，让他反复读过百遍以上，书中画满了荧光笔的痕迹。因对书的内容过于熟稔，乃至自己的人生轨迹竟与太宰发生了微妙的重叠，像极了命运的安排：高三时，又吉头一次与女生接吻，是在1998年6月13日，刚好是太宰溺亡五十周年忌日；女生的名字叫Michiko，与太宰治的妻子津岛美知子同名；又吉从大阪进京，最初的栖身之所，居然是在太宰治曾赁居过的同一块地皮上翻建的廉价公寓……某种意义上，正因了又吉直树的小说，太宰治的名字与芥川奖被重新链接了起来。说"重新"链接，是因为太宰治生前曾"遭遇"过芥川奖。或者说，芥川奖对太宰治来说，是一个心碎的事件。

太宰治在东京三鹰的旧书店里淘书（田边茂摄）

芥川奖是作家菊池宽为纪念自己的友人、大正期文豪芥川龙之介，于1935年创设的纯文学奖项。由菊池本人起草的《芥川奖·直木奖宣言》，发表于《文艺春秋》杂志1935年1月号上，奖励的对象是"新人或无名作家"。每年分上半期和下半期，两度颁奖（分别在7月中旬和1月中旬）。创设之初，主奖是一块怀表，辅奖是500日元。评审委员会多为文艺春秋系的名作家，如川端康成、佐藤春夫、山本有三、泷井孝作等，共11人。

第一回芥川奖，文学新人太宰治便以小说《逆行》入围。彼时，这位年仅26岁的青年作家已从东京大学退学，因治疗腹膜炎，落下了镇痛剂依赖的后遗症，痛苦不堪，且治疗费用水涨船高，欠了一屁股债。因生活失意，精神状态不稳定，尝试过一次自杀（未遂），切望获得文坛的承认，从而被家族认可，以填补经济的漏洞。当然，那500块奖金本身，对太宰治来说，更是再现实不过的"近水"。太宰把希望寄托在前辈作家佐藤春夫的身上。佐藤通过一位友人，赞扬了太宰的小说《道化之华》，太宰立马给佐藤写信，以示感激："我的生命感到喜乐。"如此风格独特的表达，自然引起了老作家的关注，二人开始了通信。

但第一回芥川奖却与太宰擦肩而过，最终花落石川达三之手（获奖作为《群氓》）。太宰治认为都是评委川端康成对自己的一番"酷评"所致："据一己的私见，作者（指太宰治——笔者注）目下的生活，罩着一重讨厌的阴云，有种才能无法正常发挥之憾。"是可忍，孰不可忍？太宰修书一封，《致川端康成》发表在《文艺通信》杂志1935年10月号上：

> 我愤怒地燃烧着，几夜难成眠。养小鸟、观舞踏，难道是如此"牛逼"的生活吗？真想捅了他。大坏蛋一个。

在公开信中，太宰还毫不客气地羞辱这位文坛前辈，骂他"装"："我只感到遗憾。对川端康成若无其事地装着，而装又装不像的扯谎，我感到除了遗憾，还是遗憾。"这场笔墨官司，现代文学史上称为"芥川奖事件"。

第一回芥川奖黄掉后，太宰治化悲愤为力量，又投入第二回的公关，同样是志在必得。可不承想，因"二·二六"事件，评选活动中止，获奖梦亦成泡影。1936 年的第三回芥川奖，是太宰最后的博弈。从第二回评奖到第三回，他不懈地给佐藤春夫写信，狂热自荐。2015 年 3 月，文学者、实践女子大学的河野龙也教授在整理佐藤春夫的遗物时，又发现了三封太宰的信。至此，太宰致佐藤的信，已有三十七封面世。这些信，被悉数编入《佐藤春夫读本》中，由勉诚出版付梓。同时，信的原件于和歌山县新宫市的佐藤春夫纪念馆展出。

太宰治致佐藤春夫的信，口吻极谦卑，调子却很亢奋，充满了自信、焦躁与不安的混杂情绪。写于 1935 年 6 月 5 日——第一回芥川奖公布前夕的首封信，无非是从别人那儿间接听了一句对《道化之华》的夸赞，太宰便在信中说自己"不小心，差一点喊出'万岁'来"，喜悦之情，溢于言表。在新发现的落款于 1936 年 1 月 28 日的信中，太宰痛陈自己这段时间如何为芥川奖所困扰、折磨，恳求佐藤前辈：

　　我一定能成为一名好作家。您的恩情，永志不忘。第二回芥川奖，请颁发给我吧……佐藤先生，请您不要忘记我。请不要见死不救啊……现在，我是在以命相托。

其盼奖心切，跃然于纸。写到最后，几近哭诉："如果得了芥川奖，我想，我会为这种人间深情而哭泣的。"第二回芥川奖的流产，对太宰治无疑是一个打击。但既是因故中止，自己虽未得到，奖也并未"肥水外流"，太宰自然觉得还有救，遂展开了第三次公关。

新近发现的太宰致佐藤信，落款是 1936 年 6 月 29 日，更是一封相当夸张的书信，毛笔和纸长卷，长逾 5 米，被认为是昭和文学史研究的"第一级资料"。如佐藤春夫生前曾以太宰治对自己的"公关"为题材，写了一篇纪实性小说《芥川奖》。其中引述青年作家的求情信，有所谓"叩首恳请"的表达。对此，文学史家们历来有"夸张、虚构"说，就因为始终缺乏直接物证。而此番发现的和纸长卷，填补了这一学术空白。

被太宰当成救命稻草的佐藤春夫，最终还是没能帮上忙。因为当时，芥川奖评审规则中，有条成规，是说在上一次评审中，已成为候选者，或得票在两票以下的候选者，不得再次候选——这就彻底断了太宰治的后路，鲤鱼跳龙门从此断念。但"祸根"却从川端康成转成佐藤春夫，此乃后话。

对佐藤春夫来说，对太宰青年既有评价、奖掖，但在通信和接触中，也发现其性格极不稳定，有些神经质。佐藤甚至暗中与太宰的恩师井伏鳟二探讨过，将太宰送进精神病院接受治疗的可行性。当然，对这一层，太宰本人并不知情。

但有迹象表明，经过芥川奖的试炼，这位无赖派青年作家日益陷入颓唐，文学风格也变得更加颓废而纯粹，遂有了后来《人间失格》等一系列杰作，成就了不仰仗芥川奖的文坛旗手，也演出了与情人山崎富荣服药后蹈水自戕的"成功"一幕。

8　名作家情死事件与周刊杂志的功罪

1

2011 年,《大方》杂志（第二期）首次以中文发表了日本作家太宰治的未完成小说《Goodbye》,引发了中国读者的关注。这部为《朝日新闻》连载的小说创作于 1948 年,原本是长篇,但只写了十三回,便戛然而止——作者于同年 6 月 13 日自杀,小说遂成绝笔。在致情人太田静子的遗书中,他写道:"小说写不下去了,我要去一个无人知晓的地方……"这部小说虽不脱太宰治一贯的幽默调侃的喜剧风格,但细读之下,能感到一种隐隐的不吉感（jinx）。小说的开头如此写道:"文坛上一位大家去世了,那天告别仪式结束时下起了雨。早春的雨。"从题目到内容,到作品终结的回数（十三）,这部小说确实飘浮着某种末世寓言的空气。

同年 7 月,小说于《朝日新闻》的"朝日评论"版上连载,一时间纸贵洛阳。不用说,好奇心自然是最有代表性的读者心理：试图从作品的字里行间索隐这位生前各种动静不断（无论是名声还是丑闻）的大作家到底因何走向绝路。一般人会觉得，唯恐自己的小说不能竣工的作家，如果不是万不得已，为情所困，绝不至于留此遗珠之憾。可唐纳德·金（Donald Keene）却倾向于认为，《Goodbye》看上去像是"志于新的出发的人

据说太宰治常爱在这座东京中央线的铁道桥上向津轻方向眺望（田边茂摄）

的作品"，"我愿意相信太宰是预先考虑好之后才自杀的说法"；至于说"自杀的动机，恐怕谁都不了解，但《Goodbye》的残篇，却令人想到一个新的作家正在诞生"。

日本人自杀率之高，举世闻名，作家对此"贡献"良多。而在所有的日本作家中，没有比太宰治更迷恋死亡的了。他生前常挂在嘴边的一句话是："我无论如何也活不到四十岁以上，用扑克牌算了好几次都是如此。"位于东京郊外三鹰市的禅林寺，有森鸥外的墓。太宰生前，曾多次造访。他在小说《佳日》中写道："我肮脏的骨殖，若能埋在如此清爽的墓地之一隅的话，死后也许还能有所救赎。"后来，太宰果然如愿以偿，得以

进入同一个墓地，与森鸥外比邻而居。

在先后四次与艺伎、酒吧女尝试过各种不同类型的自戕或殉情之后，1948 年 6 月 13 日，与情人、战争未亡人山崎富荣服毒后蹈水，终至"成功"。一周后，在流过三鹰市的玉川上水的下游，一对腰间用红带子捆绑在一起的男女的遗体被人发现，并打捞上岸。死者正是太宰与山崎。这天刚好是太宰三十九岁的生日——作家生前的口头禅竟一语成谶。富荣二十九岁。

山崎富荣，1919 年（大正八年）出生于东京。其父山崎晴弘在御茶之水经营一间美容洋裁学校，盛期时有学生 800 人，后又在仙台开设了一间分校。富荣是兄妹五人中的幺妹，聪慧伶俐，虽然不大读文学，但从气质上说，当属知性美女一路。在从事美容洋裁的双亲身边，从小耳濡目染，精于女红，同时又在日大附属外国语学校和 YMCA 修习英文。待父母在银座开设另一间美容院时，富荣便承担了店里的经营事务。

1944 年（昭和十九年），二十五岁的富荣嫁给三井物产的社员奥名修一。婚后第十天，修一便被派驻马尼拉，随后在现地应征入伍，不久即战死，但战殁的噩耗两年后才传到富荣的耳朵。战后，富荣起初与兄嫂一起在镰仓经营美容院，后美容学校的前辈在三鹰开了一间新店，富荣应邀过去帮忙。其时，太宰刚好也从家乡津轻疏散到三鹰。

1947年早春的一天，富荣与太宰"命运般地邂逅"。此前，素不读文学，更未读过任何一册太宰文学的富荣，对作家有些好奇："从我们的角度看来，作家到底是属于特殊阶层的人，所以才称为作家。"富荣在日记（3月27日）中记录了对太宰的第一印象："虽然从流言听说他是一个变态作家，可第一印象却不同……他整个的人透着一种相当儒雅的风流气质，仿佛自己在说'我是贵族'。"头一次见面，两人便同时"灼伤"。

彼时，太宰正以太田静子的日记为蓝本，创作小说《斜阳》。静子的存在被即将临盆的夫人（即第二任妻子石原美知子）知晓，夫妻反目，连通信都难以为继。原本就有很深厌世情绪的太宰，深陷于女性关系的漩涡中，身心俱疲。富荣的爱情，无疑给他带来莫大的安慰。他在致富荣的信中说："为什么不抱着死的念想恋爱呢？""死的念想？是的，假如我是太太您的话，会烦恼。但是，横竖恋爱一场的话，我就想抱着死的念想去爱！"这种话，在太宰来说，自然不是说说而已。

长夏即将结束，太宰的肺结核开始恶化。富荣辞掉了工作，专念于太宰的看护和秘书。入秋，静子产下一女，太宰取名"治子"。当然，对妻子是一个秘密。抚养费的汇款成了富荣的工作。

翌年冬，太宰咳血明显加重。他预感到死期将至，尽全力完成了《如是我闻》和《人间失格》两部小说。6月13日，二人分别写好了遗书。富荣在致太田静子的遗书中写道："因为我喜欢修治①，所以跟他一道赴死了。"是夜，二人服用了氰化钾之后，双双相拥投身于玉川上水。据后来的资料显示，当时，武藏野地界豪雨如瓢泼，河水猛涨，太宰和富荣投身处，水深达4.5米。

2

太宰、富荣失踪三天后，1948年6月16日，《朝日新闻》首次报道了二人的殉情。而此时，警方正在雨中的玉川上水里紧张搜寻二人的尸体。一时间，太宰治情死事件，成了耸动全社会的头号新闻。

当作家的遗稿《Goodbye》内定于《朝日新闻》发表的时候，有个人却为此大光其火——他就是著名评论家、《周刊朝日》的总编辑扇谷正造。这位前《朝日新闻》名记者出身的周刊杂志总编，一心想把刊物办成《纽约客》那样有品位的"新闻性大众杂志"。可发行量却始终徘徊在10万册上下，高不成低不就，扇谷一筹莫展，而未能拿到太宰治遗稿，不啻一个大失败。嗅觉灵敏的扇谷听说，富荣遗有一篇手记，便对入社第二年的记者新人永井萌二说："要想方设法把手记给我讨来。讨不过来的话，就甭回社了。"

---

① 太宰治原名为津岛修治。

永井是当过伍长的复员兵。扇谷基于自己在战时服役的经验，知道下级士官往往有种久经沙场、出生入死的强悍，正如西谚所谓"当兵的和记者，越敲打越强"，他直觉永井是值得"敲打"的可锻炼之材。

永井径直赶到富荣家，见家中已坐满了前来索取手记的各大报刊的记者和杂志编辑。富荣的老爹力拒，没有任何商量的余地，永井只好无功而返。是夜辗转反侧，通宵未眠，却不得要领。想到扇谷那张凶脸，一大早便爬起来，又赶到富荣家，却见大门紧锁。永井无计可施，只好在门前来回溜达，刚好与出门的富荣老爹打了个照面。听说老爷子要去女儿投河的现场，永井便一路跟了过去。到了上水岸边，老爷子才告知打算焚烧爱女的日记，权当祭奠。永井见状，当即表示自己不可能空手回杂志社，"若不成的话，只有在此投身"，说着，便作势投河。老爷子慌忙拽住永井，说"我不能让别人的儿子也跟着一块儿死"，便把日记借给了永井。扇谷后来回忆道："虽说多少有些演技色彩，但此君一副死钻牛角尖、爱谁谁的气概到底打动了老爷子。我握着永井的手：'谢谢你，干得不错。'说着，一把攥住手记，兴奋地喊道：'本周，全文刊发！'"①

1948 年 7 月 4 日号的《周刊朝日》，以题为《爱慕与静悄悄

---

① 见《文艺春秋》，1961 年 6 月号，扇谷正造文「よき先輩、よき同僚」。

的死——献给太宰治的富荣日记》的特集（相当于中国杂志的封面报道）形式，全文发表了富荣的手记。除了一篇与作家生前有过交游的该刊编辑末常卓郎的追想记和对《斜阳》的原型太田静子的采访外，满满一册，都是富荣手记。扇谷仅在有数几处加了"编者注"，最大限度地保持了手记的原生态。作家草柳大藏与扇谷的对谈中，盛赞《周刊朝日》是"对爱不假任何粉饰地加以关注的最初媒体"；扇谷也颇得意自己的尝试，夫子自况曰"人道主义频道决定版"：

　　……你决定性地认为自己的身体已经不行了，可这事谁也说不好。人总得自爱才能爱人。说什么"灭私奉公"云云，首先没自个是不成的。

　　请加油吧！修君的命，由我来保管；而我自己的命，也请修君保管起来吧。

修治先生：
　　我若是发疯了的话，就请杀了我。
　　药，就放在蓝色储物箱里。

富荣

十一月三十日

尽管情死事件本身是一个丑闻，可一介薄命红颜，以丝毫不加掩饰的文字缀成的手记，一片真情，跃然于纸，读之能不动容？《周刊朝日》当时的发行量是 13 万册，特集号出版后仅三小时，便告售罄。加印复加印，结果当期竟销售了 150 万册！连扇谷自己都觉得不可思议。他后来回忆说："真是好生奇怪，杂志这东西一旦势头起来的话，连下周的刊物也会统统卖光的——那是《周刊朝日》飞跃的起跳点。"从此，特集的形式，开始在日本的周刊界定型。

按说，凭借个人的点子和努力，刊物的发行一下子膨胀十余倍，无论功劳还是苦劳，扇谷和永井至少应该被重奖犒劳才是。可实际上，却适得其反。在每周例行的编辑部评刊会上，扇谷腹背受敌。多数编辑同僚认为，太宰治和山崎富荣的关系及其情死，有悖于社会道德，与《朝日新闻》的价值不合拍。甚至有主编级的资深编辑直斥这种小报做法为"不洁"。客观上，《朝日新闻》作为面向主流知识社会的左翼媒体，一向以风格稳健著称，报纸及旗下的各种杂志，清一色秉持自由主义的价值立场，富于浓厚的精英气质，对娱乐新闻和八卦，基本不屑一顾。

或许不是一般的娱乐明星，而是名作家、无赖派领袖太宰治的缘故，或许是出于对持续低迷的刊物发行量的焦虑，扇谷着实没料到，一番良苦用心，竟至招来如此杯葛。如果指责仅限于社内的话，倒还好。可树欲静而风不止，社外的反对声浪分贝颇高，抗议不断，甚至发来要求扇谷辞职的电报。虽说是自由主义媒体，但读者毕竟是"上帝"。发表之初还沾沾自喜，以"人道主义频道"云云自我标榜的扇谷正造，眼瞅着因自己的"误判"，导致杂志的社会公信力下坠，曾几何时的自信也开始动摇，痛感伤不起，悻悻然向社长递交了辞呈。

9　你凝视深渊，深渊也在凝视你

美国学者唐纳德·金（Donald Keene）说："作为对文学家谷崎润一郎的评价，往往因与其作品的真实价值无甚关系的诸多要素，而被拽向负面方向。当然，也有不少与 20 世纪日本文学的巨峰相比较论短长的场合，但确乎多归结于不利于谷崎的结论。"对这种"结论"，唐纳德·金其实是不以为然的，并在他的皇皇十五卷本《日本文学史》中做了一番有力的辩护。他所揭橥的与文学无关"诸多要素"，其实基本是八卦，如作家的婚史、与妻妹同居、让妻事件（即"小田原事件"）等。作家与八卦，似乎天然相伴相随，并不稀奇，但八卦之浓密如谷崎润一郎者，文学史上还真不多见。

谷崎润一郎（1886—1965）

不过，对作家本人来说，不仅每一个八卦都其来有自，且密切关乎其文学，这应该也是作家与娱乐明星的不同之处。

1923年（大正十二年）9月1日，谷崎润一郎在著名的温泉地箱根的观光巴士上经历了关东大地震的惊悚。京滨地区"溃灭"的消息，令这位东京出生的"江户子"黯然。接着，他在赶回居住地横滨的途中，亲眼看见化作瓦砾的帝都，已成了"古老的江户情绪的墓场"。他认为，即使帝都日后能复兴，但复兴后的东京，那种古老的余绪将不复存在，而令他迷恋的"真正的东京"，只能存在于现实的东京以外的场所。于是，谷崎润一郎当即决定：搬家。从横滨的外国人居住区搬到了关西神户的六甲山。定居关西之后产出的第一部作品，是《痴人之爱》，从1924年3月至翌年7月，在报章杂志上连载。先是在《大阪朝日新闻》上连载了四个月，反响如云，却也招致保守读者层的反感，乃至新闻检查当局介入，连载被叫停。后转战一家读者较少的高级文艺刊物《女性》杂志，好歹完成了续篇的发表。谷崎为连载重开致读者的《前言》中写道：

此著虽为长篇，但却是一种"私小说"，到目前为止的线索非常简单。"我"是高等工业学校毕业、宇都宫豪农出身的小子，现在作为工程师服务于一家会社，名叫河合让治。妻子娜噢宓（奈绪美）原系咖啡厅女侍，十五岁时被让治收养，让治对其宠爱有加，以砸钱的方式，养成"高大上"的女人。今让治三十二岁，娜噢宓十九岁。……只需了解到这种程度，哪怕是初读者，在阅读过程中，也自会了然。

这的确不失为进入此书的捷径。情节如此"单薄"，在谷崎此前和之后的作品中，也是少见。可整部小说发表后，却引发了文坛的震动。一时间，"Naomism"（娜噢宓主义）成了时尚流行语。此前十年，谷崎以横滨为舞台，创作了一系列作品，均为表现摩登趣味、自由恋爱、摆脱传统因袭的主题，《痴人之爱》是集大成的转型之作，亦被视为作家早期的代表作。

理解这部作品的钥匙，是几对关键的时间点。首先是男主人公让治二十八岁，女主人公娜噢宓十五岁：让治从藏前高等工业学校毕业后，供职于某电器公司，月薪一百五十元。除了星期天，每天往返于芝口的下宿屋和位于大井町的公司之间，是一个勤勉、低调，前途不可限量的上班族。芳龄十五的娜噢宓在浅草雷门附近，一家叫"钻石"的咖啡厅做女侍，在职场被唤作阿直。让治是她的顾客，见她上身短，腿直且长，长得酷似美国女优玛丽·璧克馥，喜欢得不得了。让治作为地方豪农之子，又是大企业的工程师，生活没啥恶习，衣食无忧，却厌倦了出租屋的单身生活。可作为乡下长大的粗人，又生性腼腆，不善与人交往，想要在东京成家绝非易事。于是，他动了一番心思，想了一个很现实，也很鸡贼的主意——收留娜噢宓，"既可以做女佣，还可以充当我依人小鸟的角色"：

> 娜噢宓是否标致，那是今后的事，一个才十五岁上下的小姑娘，我对她的未来既有期冀，也有担忧，所以我最初的计划是想先收留她，照顾她的生活，有发展前景的话，再好好让她接受教育，娶为妻亦无妨——这就是我当时大致的想法。一方面是出于对她的同情，另一方面也希冀为自己过于平庸、单调的生活多少带来一些变化。

让治去了趟阿直位于浅草千束町的乱糟糟的家，不费吹灰之力，就与其母和兄长谈妥了收养事宜。二人在大森找了一处"文化住宅"（类似今天的 Loft 新型住宅），便开始了童话般的生活。白天，让治去公司上班，娜噢宓跟洋人家教学英语，学音乐。周末，二人出去玩耍，看电影，去镰仓。在镰仓海边，让治头一次见证了娜噢宓挺拔、性感的身体，却并不急于占有。他每天为她洗澡，开始写成长日记，记录娜噢宓从女孩长成女人的点滴变化。

第二对时点：让治二十九岁，娜噢宓十六岁。二人初尝禁果，从形婚发展为实婚。完事之后，妻子贴着丈夫的耳边说：

"让治，你可千万别抛弃我呀。"让治则表示，"我不仅爱你，老实说还崇拜你，你是我的宝贝，是我亲手发掘和打磨的钻石。"并发誓把娜噢宓打造成"在洋人面前毫不逊色的淑女"。

但与此同时，事态却开始悄然起了变化：娜噢宓身边的小伙伴逐渐多了起来，不仅在舞场上常常邂逅，左右逢源，有时还会引到家里来。在镰仓海滨，也会不期而遇。在度假别墅里生活，让治觉得蹊跷，有时装作去上班的样子，然后突然折回，娜噢宓已不在家。问园丁的老婆，那女人似乎知道一切，却欲言又止。可当让治质问太太时，娜噢宓却面带无辜的表情，一口咬定："除了让治之外，我从未与别的男人二人单独相处过！"

直到有一天，让治中止加班，径直从东京城里赶回镰仓的别墅，发现太太不在家。于是，照园丁老婆的暗示，摸进了娜噢宓的一位小伙伴熊谷家的别墅。又从别墅的后门，去了由比浜海边。趁着夜色的掩护，追到前方正在唱歌打闹的一群恶党。空气带着腥味，海潮声中，一伙人边唱英文歌，边跳夏威夷扭臀舞。猛然一个转身，一伙中的一个发现了尾随的让治，"大伙儿一下子安静下来，一动不动地站立着，扭头穿透夜幕看着我。"娜噢宓疯疯癫癫地喊道：

小爸爸！是小爸爸吗？你在那儿干啥呢？还不到大伙

儿中间来玩。

娜噢宓突然毫无顾忌地走到我跟前，啪地打开斗篷，把双臂搭在我肩上。我一看，斗篷里，她竟然一丝不挂。

"你这是干什么呀？真给我丢脸！婊子！卖淫！该下地狱！"

"哦嚇嚇嚇！"她的笑声中喷出浓烈的酒气。迄今为止，我还从未见她喝过酒。

后来，让治间接了解到，娜噢宓其实早已成了这群恶党的"公共汽车"，被他们以约定俗成的绰号呼来唤去，令让治感到羞耻不堪……而这正是谷崎在小说连载重开之际的《前言》中提到的第三对时点，也是让治感到最崩溃的时候："那时我三十二岁，娜噢宓十九岁。一个十九岁的姑娘家，居然如此大胆、如此狡黠地欺骗我！我以前从未——不，直到现在，我还不认为娜噢宓是如此歹毒可怖的少女。"

当然，如果仅仅是描绘一个女人的堕落的话，作家的意义无疑将大打折扣。谷崎对人性之洞彻在于，他通过让治的视角，在看破娜噢宓真实面目的同时，也看到了自我的卑贱："一到夜晚我就是她的手下败将，与其说我败给了她，毋宁说是她征服了我体内的兽性。……那完全是因为她肉体的魅力，我只是被她的肉体拖拽着前行。这既是娜噢宓的堕落，也是我的堕落。"

而更加可悲的是，"娜噢宓对我的这一弱点了如指掌"——一个窝囊废受虐狂的形象呼之欲出。

于是，在小说的第四对时点——"今年娜噢宓二十三岁，我三十六岁"，让治与娜噢宓彻底易位。二人买下横滨本牧一位瑞士人曾经住过的宅邸，开始分室而居。因为娜噢宓说："女人的闺房是神圣之地，丈夫亦不可胡乱侵犯。"娜噢宓占大房间，东南两侧有窗，阳台下面就是大海。从东京某国使馆买来的大床，置于卧室中央，以至于她"比以前恋床更甚了"。

让治的父母已过世。他辞掉了大井町的工作，打理、变卖老家的房地产，其中一半兑现给妻子，另一半与老同学合开了一家电器销售公司。娜噢宓与以前那群恶党统统切割，基本只与老外交往，"他们比日本人有趣"。在社交场上，娜噢宓已俨然名媛范儿，洋人性伴一茬茬地换，对让治不再称日本名，而是以英文谐音称之为乔治（George）。因常泡社交洋场的缘故，英语大有长进，口语已比让治流利得多。曾几何时，因分不清时态而老被让治责骂，现在则与老外谈笑风生，让治反而听不懂他们在说什么。

谷崎作为耽美派作家，善写女性。可他一贯不写贞女，而以对魔女、淫妇的表现著称，也因此被贴上了"恶魔派""恶魔主义"的标签，被视为文坛异类。就《痴人之爱》而言，其在作品中所表现的女性膜拜情结、背德主义、对女性美的标准及生育的立场，包括娜噢宓的原型和故事发生的空间场所，几乎都能在作家的生活经历中找到对应物。但小说当然不单纯是现实生活的物理折射。尤其对耽美派作家而言，其主要特征之一，就是面向怪异的世界，追求价值颠倒的快乐，从而在官能世界的游戏中，寻求一种嗜虐的趣味。用三岛由纪夫对谷崎早期另一部小说《金色之死》中，主人公"我"的发小、美少年冈村君艺术人生美学的概括，是"通过反浪漫主义，来否定情感"，"通过肉体主义和野兽派，来否定思想"，从而"通过绝对官能主义，达到精神的否定"。

不过，所有这些怪异的快感和另类到近乎变态的趣味，作家其实并不仅仅是在正面呈现，而是通过男主人公以相当沉痛的调子，来揭示自己的人生失败和人性创伤。一种貌似直接的叙事风格背后，其实很大程度上是讽喻性的，有种拿自个不当回事儿、自黑式的不正经。包括用于小说名的"痴人"本身，在日文中亦有种类似汉语"痴人说梦"的语境，不宜尽作正面观——一个如此崇洋，结果却因崇洋而堕入人性陷阱和人生困顿的精英上班族，实乃一介"痴人"也。而所有上当、受骗、破财、被涮，实际上也是"痴人"的受虐功课，求仁得仁的结果。

对此，唐纳德·金的解读是，"谷崎将让治定位为'痴人'，恰恰暗示他终于要从崇拜西方时代中摆脱出来的事实"。创作年代似乎也昭示了这一点：大正年代是日本史上最西化的时期。而这部连载之后，大正十四年（1925年）7月，由改造社刊行单行本。翌年1月，谷崎润一郎重访上海，在内山书店老板内山完造的引荐下，见了田汉、郭沫若等中国左翼作家。紧接着，大正终结，昭和改元。回到日本后，谷崎的创作也切入昭和时代：把目光重新聚焦于东洋题材，并以关西为据点，连续推出了《卍》《蓼喰虫》《春琴抄》《细雪》《阴翳礼赞》等著作。事实上，《痴人之爱》成了作家对西洋范儿的最后一瞥。

10　昭和腐女森茉莉

　　2016 年 1 月，上海译林社推出了两本森茉莉的书：《我的美的世界》和《甜蜜的房间》。前者是随笔集，后者是长篇小说，均为森茉莉的代表作。尤其是后者，堪称昭和文学史的"逸作"。

　　有一类作家，他（她）的生活，基本与文学史无关，或者说外在于文学史，但其作品，却改写了文学史。可以说，森茉莉就是那种作家。茉莉在世时，不仅与文学史关系不大，与文学本身和文坛也没有太大的关系。她的人生截然分成前后两截，四十五岁之前，是大小姐，社交界的名媛；四十五岁之后，才开始走上写作之路。为什么是四十五岁呢？因为那一年，茉莉的老爹、明治期与夏目漱石齐名

《甜蜜的房间》，[日] 森茉莉
著，王蕴洁译，译林出版社
2016 年 1 月第一版

的文豪森鸥外的著作权到期——版税收入停了。而当时，森茉莉经历了二度离异，独居于东京世田谷区的一栋公寓里，迫于生计，一时栖身于花森安治的《生活手帖》编辑部。

就结果而言，森茉莉无疑属于大器晚成的作家：五十四岁时，才出版回忆鸥外的随笔集《父亲的帽子》；而《我的美的世界》和《甜蜜的房间》等主要作品的付梓，则要等到越花甲，甚至是作家逾古稀之后的事了。俗话说"有志不在年高"。其实反过来说，萝莉也不在幼齿。直白地说，森茉莉的萝莉，有超越幼齿的一面，与年增无关，或者说是一种与生俱来的、永远活在十三岁的深度萝莉情结使然。

茉莉是森鸥外四十一岁时，与美貌的第二任妻子的结晶，森家的长女。作为掌上明珠，备受父亲溺爱，据说十六岁之前，都是坐在父亲的膝上。十七岁时，嫁给了父亲属意的法文

作者藏森茉莉英文签名本，《父亲的帽子》(『父の帽子』)，新潮社1982年2月版

学者山田珠树，后随夫赴法。途中，接到父亲去世的讣报。从此，与挚爱的父亲天人永隔，但也成了茉莉在创作中将父亲艺术升华的契机——《甜蜜的房间》中，那个风度翩翩、对女儿百般娇宠、时而不无暧昧的牟礼林作的原型就是森鸥外。同样，也没人怀疑，小说中集绝世的美貌和天真的魔鬼性格于一体的主人公牟礼藻罗的原型就是茉莉自己。尽管茉莉对自个的美貌其实缺乏自信，但并不影响其在文学中的"升华"。事实上，藻罗在多大程度上是萝莉，并不存在一个物理性的标准，而是一个心理认同的问题。而这种自我认同的决定性因素，不是别的，而是鸥外眼中的茉莉像。茉莉的随笔集《我的美的世界》，记录了父女情深及在父亲温暖的视线中，萝莉是怎样炼成的。

十六岁时，鸥外从三越百货为女儿定制了一件华贵的大振袖和服。茉莉穿上这件和服，梳着日式发髻，照了一张相，"照片上的我非常可爱，犹如冉·阿让的养女珂赛特"。看过照片的人都说比茉莉本人美，可唯独父亲对"我真实的脸蛋感到自豪"，笑眯眯地说："茉莉多像个小雏伎。"插绘老师夸茉莉的和服外套漂亮，也令父亲面露愠色："夸奖和服，却不夸奖茉莉。"最是诀别的一幕，令人动容：

在东京站最后一次见到父亲的我（我和哥哥一起去我丈夫所在的欧洲，那次是我和父亲在人世间最后的离别），在父亲眼中似乎很可爱，我认为那是给父亲最好的留念。父亲曾是我的情人，最后一次映入父亲眼帘的我并不丑，这真的让我高兴。

诀别的方式本身，就相当文学性，且预留了开放的切口，只等作家的加工和艺术升华。对此，茉莉当然是责无旁贷。我觉得，即使没有后来的物质贫困，茉莉也迟早（当然已经不早，但也许会更迟）会走上创作之路。其他随笔等姑且不论，这部《甜蜜的房间》当是必选项目。因为，茉莉一生都活在某种特定情结之中，无法自拔，而这种状况与她实际的生活境遇其实无关，只关乎想象和与生俱来的记忆。譬如，晚年独居于下北泽的一处廉价出租公寓，茉莉却每天泡在一间叫"邪宗门"的咖啡馆，坐在角落里一个靠窗的固定座位上，叫一杯日东红茶，加糖、加奶，在那儿读报、看书、爬格子，一泡就是一整天。事实上，《甜蜜的房间》应该也是泡出来的结果。

《甜蜜的房间》一向被看作是一部"自叙传"，是森茉莉最重要的作品。这部小说，译成中文虽然只有334页，但因结构繁复，描绘细腻，密度极大，读起来其实颇不易。我逐字逐句阅读，前后花了两周才读完。说不易，并不是说小说的代入感不够强，难以卒读。恰恰相反，情节本身并不复杂，但细节描写像油画似的，素描之上，再用不同的颜料层层叠加，慢慢铺陈，由近及远；人物对话与心理活动交错重叠，极富象征意味的细节，前呼后应，相互勾连。在潮湿溽热的房间里，喁喁私语的背后，邪恶的能量在悄然释放，阴谋在暗中推进，像是符咒的魔力，更像是命运的安排。而对"自叙传"的说法，似乎倒不必过于认真——既无需以非虚构的标准来衡量其传记性，也不用怀疑作家作为"传主"，在情感而不是记忆、欲望而不是抵达欲望的路径上的真实。

作为日本现当代文学史上罕见的异色作品，《甜蜜的房间》走得相当远，为纯文学竖立了一个刺目的路标。林作和藻罗——这对相依为命的暧昧父女、迷死人不偿命的"共犯"，他们是天造地设的恋人，"纯洁"到根本无需乱伦，更无需为对方守节的地步。林作自我告白道："自从藻罗出生，稍微长大了一点，我就完全被她俘虏了。我和藻罗之间建立了一种谁都想不到的关系。……然而我和藻罗的幸福，却也是其他男人的不幸。"父女俩宛如神话中的雌雄同体或异体同心似的，一个人的欲望，也是另一个人的欲望，一方欲望的达成，会使另一方感到心满意足……所谓"非常罪"，然而却"非常美"。按理说，日本文学中其实并不缺乏感官性的要素，但如何把传统的"好色"（lustful），转换为耽美派审美坐标中略带黄油味儿和颓废调的"情色"（erotic），端赖作家的艺术创造。而茉莉十年磨一剑（确实写了十年），凭借一部几乎令所有人惊艳的迷宫式感官巨制，不但刷新了日本小说史，且相当程度上"升级"了耽美派。

应该指出的一点是，森茉莉并不是耽美派的创立者，茉莉出道太晚，又是"女流作家"，几乎与文坛无关。耽美派又称耽美主义、新浪漫主义，是 20 世纪初，作为对自然主义的反动而兴起的文学运动。耽美派主张生活艺术化和艺术至上，注重官能享乐；明言人生是短暂的，"人生的态度就是尝尽世上的一切花朵"，"要尽情享受大千世界的快乐，而艺术就是寻求这种快乐的天地"。广义地说，从茉莉的父亲森鸥外、上田敏、北原白秋，到永井荷风、谷崎润一郎、佐藤春夫，甚至包括三岛由纪夫，其实都被看成是耽美派作家。但森茉莉的横空出世，实际上为耽美派建构了一种新的维度，使耽美变得更洋范儿、更感官——东洋萝莉，迷倒一大片。

森茉莉大器晚成，但从不掩饰其艺术上的野心。这方面，三岛由纪夫多有理解，且心有戚戚。三岛虽然从年龄上比茉莉小一代，但毕竟出道早，俨然是文坛前辈。《甜蜜的房间》由三部构成，三岛自杀前曾看过第二部的手稿。仅凭中间这一部，三岛便断定是一部杰作。他在致茉莉的信中，如此盛赞道：

在你的文学世界里，词汇被如此精挑细捡，高冷地排列。每翻开一页，会漾起馥郁的香气，人会跟着掉进壶里。然后，被蜜，哦不，哪里是蜜，是被硫酸给溶解掉。而那都是因为——那蜜，那硫酸，那些语汇，完全是无垢的。

尽管小说正式付梓，是在三岛自决之后，但茉莉终生感激三岛的知遇之恩，并以这位鬼才作家的惺惺相惜者自况。因为年长三岛二十二岁，茉莉以为自己会死在三岛的前面，她曾在三岛由纪夫论[①]中写道：

> 我在心里默念：我的三岛由纪夫是纯真的。他的纯真与可怕与"魔鬼"相通。至于他老后会不会像萨德侯爵一样升华到圣洁的境界，我因为会死在他前面而看不到那一天，所以不能确定。不过也许他会的。

同为耽美派小说家，茉莉敏锐地意识到三岛身上有种"魔性"：

> 我明白了三岛由纪夫其实和萨德侯爵一样，是个兼具纯真性和恶魔性的人。如果把纯真（innocent）解释为"纯

---

① 《你的纯真，你的恶魔——致三岛由纪夫》，见《我的美的世界》，［日］森茉莉著，谢同宇译，译林出版社，2016年1月第1版，167~168页。

洁"，说三岛由纪夫和"小鸽子"（即处女）玛甘泪一样纯洁似乎有点别扭。但如果可以说萨德侯爵纯洁，那么三岛由纪夫就算得上纤尘不染了吧。

茉莉作家念兹在兹的，恰恰是这种"兼具纯真性和恶魔性的人"。在她眼中，不仅三岛如此，自己笔下迷人的萝莉——牟礼藻罗亦如此。你看她有多爱三岛，便知道她有多么迷恋藻罗。

但其实，作家对藻罗的迷恋，相当程度上，源自一种深刻的自恋。这种自恋的成因，有作家幼少期的家庭环境、父亲的溺爱及海外生活经历等种种，但就结果而言，是藻罗与茉莉——这一对"萝莉"你中有我，我中有你，现实与虚拟现实相互重叠，难分彼此。也正是在这个意义上，《甜蜜的房间》成了茉莉如假包换的"自叙传"。

不仅如此，这部小说还具有超乎文学史意义之上的文化的意义，确切地说，是后现代文化上的意义——正如纳博科夫的《萝莉塔》所代表的后现代文化意义一样，甚至更大。因为，如果说纳博科夫对萝莉塔，某种意义上，还算是一种男性作家发自心底的"梨花压海棠"式的本体冲动的话，森茉莉的"房间"则透出一种浓烈的腐女气味。前者更接近自然属性，后者则有文化形塑的成分。否则，便难以解释作家何以会对现实社会完全背过脸去，决绝而彻底地掷身于那个如此颓废，却又是如此致幻的异色世界中，乐不思返。除了作家的身世等因素外，恐怕还要到战后日本社会文化的谱系中去寻找答案。

最能说明森茉莉的腐女气质的一个例证是，在她积年长泡的那间咖啡馆"邪宗门"，隐藏着一个鲜为人知的秘密：茉莉爱上了一位中年男，也是那家店的熟客——剧作家真弓典正，她常从自己靠窗的固定座位上偷窥坐在斜对角的真弓。她日日来店，连会客都在"邪宗门"，但却每天都会从街上的邮筒中给咖啡店主作道明寄信，信中详细记录自己的近况和思考——她是想让老板转达给真弓作家。作道老板答应茉莉的所有要求，一直为她保留临窗一角的座位、固定的饮品菜单和作家浏览的几种报纸。

茉莉泡"邪宗门"是从 1967 年至 1983 年，刚好是作家从六十四岁到八十岁的十六年。十六年来，茉莉作家日复一日地泡在"邪宗门"，在那儿读书、写作、会客、发呆，但其实还有一桩隐蔽的事：恋爱——正确地说，是单恋。十六载寒暑，她写了无数封信给作道老板，却从未对真弓作家说过一句话。可这桩"姐弟恋"确实是作家晚年顶重要的大事。

1983 年，她居住的木结构出租公寓被拆，茉莉离开下北泽，搬到了世田谷区的经堂，从此告别了"邪宗门"，再未来过。彼时，作家已年届耄耋，到经堂后不久就去世了。应该说，茉莉的腐女生涯是在下北泽画上的休止符。至今，到了下北泽代田一丁目，"邪宗门"犹在，店里仍保留着森茉莉的专用座位，墙上挂着她的照片，玻璃橱窗里摆放着作家的手稿，在店中画的速写和致作道明的"速达邮便"专用信封。

11 远藤周作：异教徒的秘密

2016 年底，作家远藤周作的长篇小说《沉默》，被美国著名导演马丁·斯科塞斯搬上银幕，并在梵蒂冈首映。罗马教皇方济各亲临小教堂观影，并对导演表示：多年前，自己曾经读过小说原作。作为好莱坞导演，虽然老马一向对基督教题材情有独钟（其上一部同类题材的影片是《基督最后的诱惑》），但得享梵蒂冈如此高规格的待遇，却是头一遭。不仅如此，这也应视为梵蒂冈对原作者——已故天主教徒出身的东洋作家的致敬，足以洗刷作家生前所蒙受的"异教徒"的污名。

《沉默》是远藤周作 1966 年发表的作品（新潮社初版），在日本国内也曾被改编成电影（1971 年，东宝），是作家的代表作之一。其实，

战后文豪级作家远藤周作（1923—1996）

彼时的周作已出道多年，不仅遍得包括芥川奖在内的各种文学奖项，且与安冈章太郎、吉行淳之介等一道，被称为战后文坛"第三代新人"，风头甚健。作为战后一代作家，远藤周作的成长道路非常独特，堪称另类。

1923 年 3 月 27 日，出生于东京，三岁时，随父亲移居"满洲"，父远藤常久是安田银行的高管，一家在"满洲最罗曼蒂克的城市"大连定居。1929 年，周作进入大连大广场小学校，却并不用功，成绩平平。由于父亲总爱把功课出色的哥哥正介与周作一起比较，动辄说教，令周作内心厌烦，有种自卑感。母亲远藤郁毕业于东京音乐学校（今东京艺术大学前身）小提琴科，非常勤奋。数九寒冬，身披棉衣，在家中连续数小时练小提琴，直拉到指尖流血仍不辍的一幕，令周作内心受到震动。母亲对"满洲"出身的保姆也很亲切。

1930 年前后，远藤周作与胞兄正介（左）

小学四年级时，周作的一篇作文《泥鳅》被当地的日文报纸《大连新闻》采用，得到母亲的盛赞。直到晚年，郁一直保留着那份样报。

周作的"满洲"记忆，大概也就这些，似乎并没有特别温馨高调的情节，这与家庭的变故有关。1932 年前后，父亲在外面有了女人，父母开始不睦，终于在周作十岁的时候，协议离婚。数月后，父亲与小自己十六岁的女子再婚。周作兄弟随母亲回国，借住在关西的姨母家。郁在宝冢市小林圣心女子学院担任音乐教员，周作转入神户市的六甲小学校。一家人受天主教徒姨母的影响，开始参加西宫市夙川教会的宗教活动。随后，连家也搬到了教会附近。1935 年，周作进入关西名门私立学校滩中学校。同一年，郁和两个孩子先后受洗，皈依天主教，郁取圣名玛利亚，周作叫保罗。1939 年，远藤郁邂逅德国神甫、著名宗教学者彼得·J.赫佐格（Peter J. Herzog），奉为终生的精神导师。但彼时，郁做梦都没想到，赫佐格神甫竟对自己的命运发生"致命"的影响——此乃后话。

周作刚上滩中时，进的是重点班（A 班），后成为电影狂、读书狂、段子狂，学业每况愈下，乃至被编入差班（D 班），在 183 名学生中以第 141 名的成绩勉强毕业。据作家自己说："出校门即成浪人，且一浪就浪了三年。"其间，虽曾进入私立上智大学德语预科，可不久即退学。父亲毕业于东京帝大，母亲毕业于东京音乐学校，兄长正介也进入东大法学部，周作内心的压力可想而知。为减轻母亲的经济负担，在已从东大毕业、进入递信省工作的正介的斡旋下，1942 年，进京（东京）与父亲同住，边努力准备考学。常久给出的同居条件是：考入旧制高校（即旧帝国大学预科）或医学部预科。后周作照父亲的条件，逐一报考，但统统落地，最后只剩下一个选项——庆应义塾大学。周作自知医学部根本没戏，偷偷报考了文学部，结果"候补合格"。1945 年 4 月，入庆应文学部法文科。常久得知真相后，大怒，与周作断绝了父子关系。

失去了生活保障的周作，不得不辗转在朋友家借宿，边完成学业边做家教，打工谋生，狼狈不堪。后经哲学家吉满义彦的介绍，入住其兼任舍监的天主教学寮白鸠寮，从此打开了一扇窗。在吉满和寮友的影响下，耽读法国天主教思想家马里旦（Jacques Maritain）的英文著作和里尔克。后又结识作家堀辰雄。与堀辰雄的交游，是周作人生的转机，使他挥别了此前的"劣等生"意识，转身为一名狂热的文青。大学毕业前夕，周作撰写了关于堀辰雄的评论《诸神与神》[1]，得到前辈批评家神西清的垂青，并推荐到角川书店的文学志《四季》发表，周作遂以评论家的身份登上文坛。1955 年，周作把《堀辰雄觉书》和另外几篇关于堀辰雄的文字结集，出版了《堀辰雄论》，向这位人生和文学的导师致敬。周作先于毕业论文，却以文学评论崭露头角，应了母亲"大器晚成"的预言，常久的态度也有所软化。因白鸠寮已在东京大空袭中焚毁，居无定所的周作又回到了父

---

① 即『神々と神と』。

亲位于东京西郊经堂的家。

大学毕业后（1948年），周作曾志愿松竹大船摄影所的助理导演位置，但录用考试没通过，遂在镰仓作家群创设的出版机构镰仓文库做编辑。与此同时，母亲郁提前退休，协助赫佐格神甫编辑《天主教文摘》（日文版）杂志。此前，郁曾把赫佐格的著作《神的荣光：天主教虔敬的教义基础》[①]译成日文出版。

1950年6月，周作赴法留学。彼时，日本尚未走出美军的占领，周作是战后日本最初的留法生。赫佐格神甫特意用自己的专车为周作送行。在从横滨到马赛三十五天的海上旅程中，周作一直在思考一个问题，即未来的出路。按说，出国的目标是明确的——研究法兰西基督教文学，但在当学者还是小说家之间却摇摆不定。躺在四等舱里，在太平洋上随波逐涛的时候，周作做出了一生最重要的决定：与其做法国文学的学徒，不如学写小说。

周作在法国的留学生涯短暂而浓密。在鲁昂的建筑师罗宾杜先生家中住了两个月之后，于1950年9月，正式进入里昂大学，同时也在里昂天主教大学注册了学籍。课业之余，周作继续文学评论，并开始了随笔写作，战后欧洲的见闻也是日本媒体关注的热点。除了母亲做编辑的《天主教文摘》之外，也为

---

① 即『神の光栄:カトリック敬虔の教義的基礎』、上智学院出版部、1944年。

《群像》等文学志撰稿。

彼时的周作未及而立，长得清癯俊朗，身高 183 厘米，莫说文坛，就是在战后初期的日本，也属于鹤立鸡群。从美国军事占领下的日本来到法国，感觉"连呼吸都自由了不少"。作家殁后，在东京经堂的宅邸中，发现了近七十通法文书简（包括明信片），虽寄自不同的人，但清一色是法国女性。有些通信谈论文艺、宗教，基本止乎于上流社会男女间的社交礼仪，但也有些通信确乎有种"满园春色关不住"的况味。其中，一位叫玛雅的女性来信，透出超乎寻常的亲昵，直至炽烈的爱情表白。没人知道周作回信的应对。但对照作家同一时期的日记，他在为自己无法回报玛雅的爱而自责："可是，我对玛雅无论如何也爱不起来。玛雅，我对不起你……"（1953 年 1 月 8 日）理由其实简单而直接——因为，周作已另有所爱。在同月的日记中，周作写道："我知道自己爱上了弗兰索瓦兹。"可也怪了，在作家日记中屡屡登场的弗兰索瓦兹·帕斯特，却不见片纸。

应该说，周作的留法生活够爽，但偏偏身体出了状况。大学时代，曾因肋膜炎而逃过了征兵，可这次更凶，被诊断为肺结核，甚至一度吐血。为此，在法国曾两度住院。后病情恶化，周作不得不放弃了博士论文的写作，提前回国治病——1953 年 1 月底，乘日本商船"赤城丸"归国。弗兰索瓦兹一直陪周作到马赛，既是送行，也是二人最后的旅行。两年半的留学生涯不

· 124 ·

算长，但对周作人生的影响之大，无论怎么评价都不过分。

回国后，尽管健康状况仍不尽如人意，但周作的个人生活却发生了很大变化。新女友冈田顺子是庆应法文科的后辈、实业家冈田幸三郎之女，交往两年后，二人结婚。1953年12月，远藤郁因脑出血而猝死，周作未及告别挚爱的母亲，留下终生的伤痛。与此同时，周作的文学道路也开始从批评家向小说家转型。

作为新晋小说家，周作一出道即被目为"第三代新人"的代表。1954年出版的短篇集《到亚丁去》，有很强的自传色彩。翌年发表的小说《白色的人》，居然一举斩获第33届芥川奖，连作家自己都难以置信，毕竟那只是前评论家"重新出发"后的第三篇小说习作。但人的心理很奇怪，芥川奖意味着奖金

风头甚健的"第三代新人"作家们。左起吉行淳之介、庄野润三、安冈章太郎、小沼丹、远藤周作、三浦朱门、曾野绫子（1955年前后）

和码洋，一旦成为候补，想不介意也难。据作家自己回忆，"公布结果的那天，细雨霏霏，闷热至极。与其待在家里穷琢磨，心不在焉地候到傍晚，不如干脆做点什么。于是，约了后来成为老

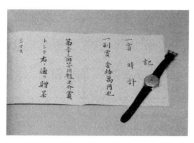

远藤周作获芥川奖的奖状和腕表（长崎市远藤周作文学馆藏）

婆的姑娘看电影去了"。看了一部法国片，从电影院出来，又去了池袋的一间居酒屋——周作是熟客。池袋与银座、涩谷等高级俱乐部林立的地界不同，满街净是面向上班族、庶民层的酒肆。一进门，老板娘就对周作说："刚才收音机里播到你名字来着。"周作一怔，盯了一句："大婶儿，那收音机里咋说的？"老板娘估计压根儿就不知道芥川奖那回事，那么复杂的音节（akutagawa-shō），也根本记不住，随口丢了一句"反正提你名儿来着"，就忙着招呼客人了。周作问女友要了几枚硬币，出门找了间公用电话亭，拨了家里的号码。电话是父亲接的，说了句："赶紧回来。"周作这才踏实了。

芥川奖作家，大体分两类：获奖作即为代表作，甚至巅峰之作的作家和获奖只是起点的作家——周作属于后者。继《白色的人》之后，几乎每隔一两年，就会推出一部长篇，中间则穿插以随笔和历史小说，产量惊人，不仅遍得日本国内奖项，

且不止一次被提名诺贝尔文学奖。在战后文学的谱系中，周作如果不是文豪级的话，至少跻身于当代最重要的大作家之列，毫无悬念。

周作文学，可以笼统地用作家于1979年出版的一部随笔集的书名来概括，即"从异邦人的立场出发"①。所谓"异邦人"，在不同的作品和语境下，亦可解读为"异教徒"，很大程度上代表了这位东洋作家对基督教文明的切入角度和深度，及从对峙到融入的过程中，作家内心对强大的异文明的警惕、纠结与挣扎。1966年付梓的《沉默》（新潮社），一向被视为作家的代表作，周作也因之被英国大作家格雷厄姆·格林誉为"二十世纪基督教文学最重要的作家"。甫一问世，便斩获第二届谷崎润一郎奖，后被译成十三种文字，中文版出版于2009年（南海出版公司）。作品以江户时代（17世纪）的禁教历史为背景，描写一个葡萄牙耶稣会传教士偷渡到日本，在东洋民间社会深度潜水，一边传教的同时，一边秘密调查天主教案，为拯救无辜的信徒，被迫用脚踩踏圣像的故事，揭示了人性的弱点。在笔者收藏的新潮社于昭和五十四年（1979年）4月10日出版的《沉默》真皮面限定珍藏本（共发行303部）的扉页上，周作用毛笔题签的"那踩踏圣像的脚，也会疼痛"之表达，实际上是对小说中某个情节的复现：

① 即『異邦人の立場から』、日本書籍社、1979年。

司祭抬起脚，感到脚沉重而疼痛。那并不是形式而已。现在他要踏下去的，是在自己的生涯中认为最美丽的东西，相信是最圣洁的东西，是充满着人类的理想和美梦的东西！我的脚好疼呀。……就这样，司祭把脚踩踏到圣像时，黎明来临，远处传来鸡鸣。

唯其作家本人是少时受洗的基督徒，对那种被践踏的心痛，更感同身受，溢于言表。一方面，作为虔敬的信者，作家表现了基督的仁慈。但另一方面，在得知恩师和信主的百姓被幕府统治者残酷打压，甚至惨遭穴吊①酷刑而殉教的事实后，对原本应"无所不在"的"主的缺席"，深感悲哀，并发出了深刻的质问：

连我也不清楚自己到底想说什么。只是，对茂吉和一藏为了主的荣光呻吟、痛苦，以致以身相殉的今天，海仍然发出阴沉而单调的声音啃蚀着海滩，我无法忍受。我在海可怕的寂静背后，感受到的是神的沉默——神对人们的悲叹声仍然无动于衷……

如此质问，无疑是"异教徒"式的。也因此，难以为天主

---

① 江户时代，幕府统治者对天主教传教士和信徒所采用的最残酷刑罚。即把人倒着吊入深穴中，然后往被吊者身上泼撒秽物，直至气绝人亡。

教正宗所容，乃至《沉默》出版后很长一段时期，被日本国内和欧美的一些天主教会列为禁书。

比起《沉默》，笔者个人更看重周作另外两部作品——《深河》(1993) 和《我遗弃的女人》(1964)。在我看来，这两部作品的"异教徒"气质越发浓烈，且都有一种超越宗教、直抵人性的力量。两部作品的舞台背景各异，但主题是一个，即人性的救赎：前往印度的东洋旅行团，成员各怀心思，但都抱着疗伤治愈的打算。一群中产男女们有一搭无一搭地相互应酬，偶尔一起散步，或夜晚喝上一杯威士忌。每个人都彬彬有礼，淡淡的，彼此保持社交距离，并不僭越，哪怕是酒精和氛围使然，间或上床，也绝不深入对方的内心。但当他们来到圣城瓦拉纳西，看到恒河岸上亡人被火化，骨灰倒入圣河，随波流走，特别是见到东洋天主教神甫，背负着年迈体弱的异教徒贱民，步履蹒跚地走向恒河的时候，所有人都受到震慑，灵魂被拷问，诸如生命、神圣、永恒等平时泛泛而谈，却从未认真思考过真意的价值被重新定义。

《我遗弃的女人》是一部痛切的人生忏悔。因小儿麻痹症而先天跛足的大学生吉冈，为证明自身的"价值"，诱惑并占有了从乡下进京的姑娘森田美津，后又将她抛弃。大学毕业后，吉冈成了一名循规蹈矩的上班族，成功融入主流社会。深爱着吉冈的森田则一直在社会底层打拼，可人生的路却越走越窄，终于进入备受社会歧视的麻风病院。后来，尽管麻风病的诊断结果被证明是误诊，但森田却拒绝出院，而执意作为一名义工，为病友们服务，直到死于一场交通事故。森田死后，麻风病院的修女嬷嬷给吉冈写了一封长信，告知了关于森田的一切……

在周作的小说中，多有这样一类人物：他们资质平平，缺乏幽默感，不解风情，甚至有些蠢笨、滑稽，在社交场中成为众人嘲弄的对象。可他们心地纯良，哀而不怨，虽堕入不幸却从不放弃自我拯救的努力，虔敬到偏执的程度，如《深河》中的大津神甫，如《我遗弃的女人》中的森田美津。但这种虔敬，虽然是对神的虔敬，却未必是对特定的一神教之神的虔敬。用大津的话说，就是"即使我想放弃神，神也不会放弃我"。在周作看来（借大津之口），虔敬与否，是神性的表征。甚至与虔敬者的身份无关，大津虽然是受过洗且毕业于教会大学的天主教神甫，但森田并不是教徒。一个人身上有无神性，归根结蒂是与神的距离问题。正如所谓"诸神平等，殊途同归"（大津语），皈依与否，是"组织"问题，但从来不是神性的标准。窃以为，如此阐释和人物设定，关乎两点：一是作者的东洋"神国"文化背景，即泛神论（pantheism）；二与周作青春期在家庭中的自卑感有关。不过，包括这些问题在内，我们恐怕永远都无法从作家那里得到答案，而这并不仅仅是由于作家已经故世的缘故。

远藤周作是一位公认的"复杂作家"，不仅是文本语义上的，而且是个人经历和性格上的，当然也表现在其作品中无处不在的东洋异教徒面对天主教（基督教）文化时的纠结与挣扎。他在随笔《父亲的宗教·母亲的宗教——关于玛利亚观音》中曾如此写道：

> 无论什么人，无论是什么样的作家，只要他是人，都会有一些"宁死也不会说出的秘密"隐藏在晦暗的意识的背后。你越是刻意不去考虑，不去回忆，那些秘密越是会带着一如过去的毒气，在你的心中复活。但即使是作家，也不会去写那些秘密——不是不写，是不能写。因为他知道写出来是多么恐怖的事情。

后在母校庆应义塾大学成立125周年的纪念大会上，周作做过一场演讲，重申了上述观点："有一种秘密，与其被人知道，还不如去死。这种秘密多为人的无意识给锁住。而我个人认为，对这种个体无意识，神佛是起作用的。"对周作来说，"神不是存在，而是一种功效"。而作为感知这种"功效"的契机，则是深潜于无意识之中的"秘密"的存在。如此，"秘密"被客观化、合理化，甚至神圣化。

那么，周作不为外人道的"秘密"，究竟是什么呢？从作家生前到殁后，这个问题始终困扰着文学界。据明治大学法文学者久松健一的研究，那些作家生前念兹在兹却从不吐露真相、死后带进坟墓中的"秘密"，有些是作家本人有意的"作为"（甚至是刻意"作伪"），还有一些是作家自己也被蒙在鼓里，但谜底揭开后，却受到某种神秘力的震慑，无从谈起，也无法谈论，于是只有选择缄默。

前者相对单纯，只是一个时间关系，却关涉作家履历及其相关陈述的真实性问题。一是本文前述的所谓"三浪"说——此系《远藤周作自作年谱》中的表述，即从中学毕业到进大学预科（庆应文学部预科）之前，经历了"浪人生活三年"。但其实，周作从滩中毕业后，1941 年 4 月，曾进入上智大学预科（德文科），是年十八岁。在籍十个月后，翌年 2 月退学。在学期间，曾于大学校刊《上智》上，发表过论文《形而上的神，宗教的神》——此系周作严格意义上的处女作。但在作家"钦定"的年谱中，周作对上智大学的学历连同这篇处女作一并做了暧昧化处理，而以入庆应大学后写作的堀辰雄论《诸神与神》作为自己的"处女作"。作家殁后，刊登其论文的上智大学校刊被发现，"履历作伪"说浮出水面。尽管在作家生前，无论是在代表作之一《深河》中，对男女主人公的出身校——位于东京四谷的私立天主教会学校的描述，还是与赫佐格神甫（时任上智大学教授）的交往，都令人联想到那所私立大学。或许是悔其少作、嫌乌及屋吧，作家生前对自己的论文连同其发表平台均矢口不提，确是一个事实。

二是受洗时间问题。按说，作为一位天主教徒作家，受洗皈依是一件极其重大的议程，在年谱资料中单独立项才顺理成章，但周作却同样做了暧昧化处理——基本都是在谈到其他经历时，顺便提及，且始终回避交代具体时间，以至于学界关于这位日本最重要的天主教作家的受洗年龄，存在 N 种版本："九岁说""十一岁说"和"十二岁说"。不仅回避交代具体时间，且作家生前在各种回忆、随笔和采访中，每每强调当初受洗是母命难违的"受动行为"，是"幼儿洗礼"，天主教是被母亲给披在身上的一件"松松垮垮的外套"，等等。

那么，作家为什么要刻意以这种貌似消极的姿态，来面对世人和读者呢？这一方面确乎与他内心的"异教徒"情结有关："在日本的精神风土（泛神论）上，基督教（一神教）能否扎根？"几乎是作家纠结了一生的问题。另一方面，也不失为作家独有的"处世术"。如明治大学准教授久松健一认为，这是一种"弱者的论理"：即从一种表面上"受动"的、"弱者"立场出发，凝视基督信仰，"与生俱来的柔弱易碎，在信仰的基础上，被淬炼，得以纯化，从负面转为强势"——其作为宗教作家的卡里斯马反而得以强化。不过，如此推论不无诛心之嫌——聊备一说。

除了单纯时间关系的问题，涉及人的问题更复杂，当事者的说明、解释几乎付诸阙如，有些只能从作家的文本中去发现、索隐。其一是作家的法国前女友弗兰索瓦兹·帕斯特。1980年，周作留法日记（《作家的日记》）由作品社出版，但书的后半部分，有相当多的内容被删除。直到作家殁后第三年（1999年），删除的部分才以《鲁昂之丘》的书名复原，封面的腰封上煽情地写着：竟然有过如此水灵灵的青春……

同一年，庆应大学的文学季刊《三田文学》（1999年秋季号）上发表了一篇相当具有冲击力的文章《我的妹妹弗兰索瓦兹与远藤周作》，作者是弗兰索瓦兹的胞姐朱芙碧艾娃·帕斯特。姐姐也是学者，文字老辣，娓娓叙事，理性而节制，虽顾及作家夫人远藤顺子的立场，却还是曝光了妹妹与远藤作家曾有过婚约，在病逝前想见周作一面而终未实现的八卦：

> 远藤最终也没有现身，而弗兰索瓦兹却死了。只要一念尚存——想见爱着的那个人——的话（这里仅指恋爱上的信念），所有都是可能的，连山亦可撼动。可是，挣扎于病痛中的妹妹，明摆着已经是最后的时间，却被人遗弃了。

不过，作家到底是少年受洗的天主教徒，与弗兰索瓦兹的恩怨离合，无论如何会在周作的罪感意识中投下一抹阴影。他在《沉默》中曾写道："罪，其实并非像人们通常所想的那样，是偷盗，或者撒谎什么的。所谓罪，是一个人打另一个人的人生之上穿过，而他却忘记了自己所留下的痕迹。"而朱芙碧艾娃则认为，周作的长篇《我遗弃的女人》与妹妹弗兰索瓦兹不无关系，不仅是标题，也包括人物原型。小说结尾处，当男主人公吉冈终于读完了麻风病院修女嬷嬷关于森田美津的苦难命运的长信，无力地靠在屋顶的栏杆上，望着下面黄昏的街景：

　　灰色的暗云下面，是无数的楼宇和家屋，楼宇与家屋之间，有无数条道路。巴士在行驶，小汽车的车流在涌动，行人步履匆匆。其中，有数不清的生活与人生。而在那些数不清的人生之中，我对美津所做下的事情，也许是男人——无论谁都会经历过一次的事，应该并不仅仅限于我自己。可是，这种寂寥感，到底是从哪儿来的呢？……如果说美津曾经教给过我什么的话，难道不是有什么东西，哪怕只有一次横穿过我们的人生，也会留下难以磨灭的痕迹这件事么？我内心的寂寞，难道不正是来自那种痕迹么？①

---

① 『私が棄てた女』、遠藤周作著、文芸春秋社、昭和三十九年3月初版、276～277頁。

我清楚地记得，自己捧读小说的时候，读到这儿，内心有种万难抑制的情感涌动。

与周作的命运发生深度交错者，还有一个人，即著名神学家、天主教神甫彼得·J.赫佐格。这位神甫对周作人生信仰的影响，大到难以估量——在正面和负面两种意义上。对周作来说，赫佐格神甫具有神、人双重品格。作为神格者，他不仅是声名显赫的神学家、日本天主教的领袖之一，简直就是主的使者。而作为人格者，他是远藤家亲子两代人的挚交，尤其是对因父母离异，几乎等于少年失怙的周作来说，是如父般的存在。

周作虽然自幼受洗，但在很长一段时期，骨子里仍受制于东洋文化风土，难脱泛神论的思维定式，对耶稣基督这件被母亲"强加"的"松松垮垮的外套"，是持怀疑论的。而对这位少年"异教徒"的牧养、规训者，正是赫佐格神甫。周作能在战后初期即公费赴法留学，也是利用了天主教徒的身份，研究目标是西方天主教文学，背后自然少不了神甫的种种斡旋与推动。而周作的母亲远藤郁更是赫佐格神甫的深度脑残粉，自从1939年，在兵库县西宫市的天主教会邂逅神甫之后，便深深被其神—人格魅力所吸引，从此一心追随，可以说至死未渝。1944年，把神甫的神学著作译成日文出版；1948年，不惜从担任音乐教员的小林圣心女子学院提前退休，进京到神甫身边工作，协助其编辑天主教学术刊物《天主教文摘》，以期更加专注、虔诚地奉献于主。

但是，1955 年发生的一件事，使远藤家族与赫佐格神甫的友谊蒙上了一层阴影。是年 9 月，周作与庆应大学法文科的学妹冈田顺子结婚，婚礼严格按照天主教的仪轨举行，由赫佐格神甫主持。此时的周作，已是捧得芥川奖的新锐小说家，被目为"第三代新人"的代表，婚礼自然也受到媒体的关注。因顺子不是天主教徒，出于对主的虔诚和对神甫个人的尊敬，从婚礼前一两年开始，周作便让未婚妻去赫佐格神甫那里学习公教要理（Catechism），计划是每周一次。起初，顺子心气很高。可一旦面对那位精通六国语言的著名神甫，其高贵的身份、儒雅的仪表和渊博的学识却不免令顺子感到神经紧张，但好在有日本女秘书——周作表兄弟的媳妇在场，侍奉左右，多少缓和了气氛。可几次下来，顺子竟变得消极起来，动不动就以"头痛""嗓子痛"为由，频频翘课。未婚妻学习态度的变化引起作家的警觉，遂问其缘由。顺子深知周作对神甫的深情，便抱着"从清水寺的舞台跳下去"[①]的觉悟，据实说："我觉得那俩人的关系非同寻常，我是没法再去上课了。"周作听罢震怒：

---

① 日谚"清水寺の舞台から飛び込む"，表示重大的决心，必死的觉悟。

对那位人格高洁的神甫，你这该死的家伙居然做出如此肮脏的想象。你这样的人，根本就没有让神甫教授公教要理的资格！如果早知道你竟然抱有这等下流的想法，我原本就不该拜托神甫对你进行指导。由于你自己心灵的污秽，我好不容易争取到的机会眼睁睁地泡了汤……

尚在婚前，未婚夫就光火至此，顺子也受到莫大的震慑。不过，周作的至亲因赫佐格神甫而起乱子，这并非头一遭：1953 年 12 月 9 日，围绕《天主教文摘》（日文版）的停刊事宜，在编辑部，远藤郁与赫佐格神甫发生争执，郁被激怒，导致情绪亢奋，猝发脑出血，当场扑倒。周作甚至未及与至爱的母亲诀别，其心痛可想而知。然而，周作万万没料到，更狗血的事态还在后面。

1957 年 6 月，时任上智大学学监兼修道院长的赫佐格神甫，突然从任上失踪。旋即，上智大学宣布将其除名。三个月后，赫佐格神甫声明退出耶稣会，还俗并与日本女性结婚，改日本名星井严。而新婚妻子，正是其私人秘书——周作的前表嫂。从少年时代起即奉为精神教父的人，竟然渎神至此，简直比弃教更背信，且连自己也被卷入丑闻的漩涡……唯一能见证作家内心动摇的，是远藤顺子于作家殁后出版的回忆录：

我丈夫简直像是他自个被宣判了死刑似的。H神甫的女人居然是自己表兄弟的老婆——这成了双重的重负。从德意志波涛万里，跨海而来，作为传教士赢得了众多信众的尊敬。到头来，却落得被逐出教门的下场，纵说是"上帝的安排"，也未免过于残酷了吧。兹事体大，按理说，在我这种非信徒面前，是断不会轻易触碰的，可他居然也几次走嘴……就在这种千头万绪的复杂心境中，他好几个月才缓过劲儿来。①

　　但对外，周作始终三缄其口，未置一词。不过，有一点是显而易见的，那就是作家心底的耻辱感。此后，对上智大学讳莫如深——不仅彻底切割，甚至把履历连同处女作都统统抹杀，也证明了这一点。

　　1996年9月28日，在第五次大手术后，远藤周作于庆应义塾大学病院辞世，享年73岁。10月2日，作家的葬礼在东京市中心麴町的圣依纳爵（Ignatius）教会举行。逾四千名文艺界人士和市民赶来为这位战后的伟大作家送行，告别的队伍一直排到麴町的大街上。作家的遗骨安葬于东京府中市天主教墓园中的远藤家族墓，安眠于母亲远藤郁和兄长远藤正介之间。

---

① 《夫・遠藤周作と過ごした日々》（日）遠藤順子著，笠間書院、2004年第一版，29页。

那些生前为作家纠结不已的秘密，终于被带进了坟墓。而随之一起被带进棺中的，是作家的两部泣血之作：《沉默》和《深河》。

哈利路亚——Paul Endo（远藤周作的天主教圣名）。

12 文人的日语

庆应义塾大学教授奥野信太郎（Shintarō Okuno，1899—1967）是日本公认的汉学大家，曾翻译过《唐代小说集》《儿女英雄传》等作品，并主导权威的平凡社《世界大百科事典》（33卷本）中中国文学部分的编写工作。1936年至1938年，时任庆应大学讲师的奥野在北京留学。时值卢沟桥事变前后，中日终于走向全面战争，奥野是亲历了"北京笼城"的少数日本知识人之一。虽说是特殊时期来到中国，但奥野对北京深度迷恋，到了难以自拔的程度，逛书肆、泡茶馆、听戏园子、访文士，不亦乐乎。后于20世纪40年代出版了两种北京随笔集，记录了文化古城时期北京的面影和与中国文人的交游。

奥野信太郎（1899—1968）

一个溽热的夏日午后，奥野信太郎应两位新闻界的朋友、《大阪每日新闻》的石川顺和《报知新闻》尾池义雄的邀请，一道驱车赴通州的"冀东政府"（即伪冀东防共自治政府）访问。一进大门，先被秘书林志铭迎进东厢房的休息室。林氏看上去三十五六岁，据说是明治大学出身，一口说得很快的日语，相当流畅。接着，一行随林志铭走进内院，见位于正房的长官室靠窗的桌前，坐着一位"身穿潇洒的白地丝绸服的清癯的绅士"，正是殷汝耕。林氏介绍来客后，殷听说奥野来自庆应义塾，便自我介绍说是早稻田出身。早稻田与庆应是日本最著名的私立大学，两校间有历史悠久的早庆棒球赛。

　　两位新闻记者立马切换角色，就制盐贩盐等民生问题，轮番对殷展开采访。殷巧舌如簧，沉着应对，谈了一番"地方父母官式的抱负"。既然是民生问题，文学者奥野完全无从置喙，只有冷眼旁观："听着殷氏说话，我真的惊异于其日语的巧妙。尽管如北陆地方人士那样，若干'ri'的发音听上去近乎'lu'之外，可以说完全是中央标准语范儿。"在奥野看来，"说一口地道日本语的中国人大有人在"。但看一个中国人的日语"丰富"与否，有个屡试不爽的判定标准，即看他所说的日语中"汉语词是否丰富"。"日本语中的汉语词"云云，听上去似乎有些饶舌，但这些汉语词，"既然以我们的汉音发音，便成了日本语的语汇"。有人纵然操一口精巧的日语，但就因为"不能自由地驱使"这种日文汉语词,以至于其话语内容每每流于"缺少荫翳的、平板低调的表现"。而"从这个意义上说,殷氏的日本语不仅精巧,而且丰富,是那种把贴切的汉语词汇以我们的汉音加以自由自在操纵的日本语。因此,殷氏的日语,在思想表现力上有种令那些只惯于精巧地运用(日语)家常语的中国人难以企及的优势"。

作为资深汉学家,奥野信太郎与中国文人多有交游,识通日文者众。"虽说像张我军、谢六逸、钱歌川那样说着日本语、迻译日本文学的中国人所在多有,但倘就智识之正确和教养之深厚而言,可断言无出周钱二先生之右者。"所谓"周钱二先生",知堂、钱稻孙是也。奥野在北京时,曾多次赴八道湾的周宅和受壁胡同的钱宅拜会二位,亲炙教诲,深度交流,对二人的知识学养甚是仰慕。从一个日本文人的立场出发,他对"七七事变"后,"在众多读书人离京而去的今天,两先生仍继续在京城的生活,颇深感意味深长",认为"时至今日,周、钱二先生仍在老槐繁茂的古城一隅顽强地执着于读书人的生活,即使为北京计,也得说是最令人高兴的事"。

在奥野的眼里,"先生(即知堂)的日本语,与钱稻孙先生同属最高等级的教养。""只是就日常会话的伶俐程度而言,钱先生或有一日之长。周先生是中年的学习,钱先生则是幼时的修养,童子功,这实在没法子的事情。譬如,一天在关于(永井）荷风的一段话的序中出现的'ameshōshō'（雨潇潇），先生误发音成了'ushōshō'。当然，这并不等于说是对先生的日本语教养抱有疑问。"对周氏的推崇溢于言表。

奥野甚至动念要旁听周氏在伪北大的日本文学课，并跟周商量。周对日本学者听自己的日本文学讲义感到不解，问其何故。奥野答道："为研究日本文学的汉语表现计，这无疑是最好的捷径，因为我觉得您是最牛的先生。"周氏听罢，面无表情，但心中暗爽，遂允之。要不是"七七事变"爆发，周氏门下就多了一名重量级东洋汉学弟子了。

13 读汤尔和"追悼录"

两年前，我从东京本乡的一家旧书店淘到一册旧籍《前会长故汤尔和先生追悼录》。确切地说，是一本册页，扉页是"前会长故汤尔和先生肖像"，油彩，是战前名画家、东京美术学校教授中泽弘光的作品。册页正文共六十页，中日文混排，纸墨精良，印工不苟，和本线装，装帧古雅。因无版权页，印制时间只能凭推测，估计是在 1941 年（昭和十六年）上半年。

战前名画家中泽弘光绘汤尔和像

册页的内容，顾名思义，是"东亚文化协议会"（以下简称"协议会"）对已故前会长汤尔和的悼念活动——实际上是一场追悼会的记录。构成分两部分，开头为《前会长故汤尔和先生悼会记事》（下简称"记事"），是一篇活动报道；后面是与会故人生前友好对故人的追思及故人遗属的致谢辞。

《前会长故汤尔和先生追悼录》，1941 年发行

据"记事"记载，悼会的主办者为"东亚文化协议会日方评议员全体"，这当然是一个名义。主要背景是，1941 年 4 月 11 日至 16 日，"协议会"各专门部分别在东京京都两市开会，并于东京召开理事会，趁"华方评议员多数来日出席"，"爱籍时机，成斯盛举"，以共同追缅于半年前（1940 年 11 月 8 日）在北京病殁的前会长汤尔和。4 月 14 日午后 5 时，悼会在东京一桥区（即今千代田区神保町一带）的学士会馆举行。全体敬礼后，分别由"协议会"副会长平贺让、周作人致辞。接着，中泽弘光描绘的汤尔和肖像被赠呈给故人遗属，汤之子汤器代表遗属表示："敬当视作家宝，传之子孙，永志荣誉。"待上述议程结束后，"全体共进晚餐，及膳进茶果"。席间，平贺副会长起立，"指明邀请与故人生前关系最深之东亚文化协议会医学部评议员森岛库太氏，及长与又郎氏分别对故人之伟德致追忆谈"。随后，著名作家、文学部评议员盐谷温即席吟诵了一首其所作的挽诗：

挽汤尔和先生

——盐谷温未定草

轩岐方术固难穷，博学能文誉望隆。

大道道人参化育，上医医国建勋功。

含杯共赏西湖月，挥扇同吟北海风。

一夜长星痛零落，幽明何隔两心通。

"在座同人，弥深感慨。咸于庄严肃穆之中追怀逝者久之，至午后八时始散会。"

出席悼会者来自方方面面。除了"协议会"华日双方全体评议员之外，还有来自兴亚院、"华北政务委员会教育总署"、伪"国立北京大学文学院"等机构代表，包括故人公子和儿媳在内，共计八十三人（其中，中方代表二十五人），规格之高，可谓备极哀荣。中日两国生前同僚友好对故人的盖棺，赞誉之隆，有如对古今之完人。如"协议会"平贺副会长在致辞中评价道："其识见则高迈卓拔，其人格复当代稀见。廉洁清直，足以师表一世，实为万人所敬仰。"

与汤同属"协议会"医学部评议员的医学同行森岛库太，回忆了自己在"去今三十四五年"中与汤的交往，有畅谈，有招饮，有探病，话题从家常，到东亚医学和学问的进步及人才养成，于公于私，善莫大焉，触景生情，无不动容。最后一次见汤，是在 1940 年，汤已病重住院，却安排公子在家中招待森岛和另外两位日本人。森岛表示主人病中，不便叨扰，极诚辞谢，汤却说："已经预备了，不要推辞。"森岛遂"恭敬不如从命"，但还是被惊到了，不禁感慨系之：

> 席间上来的绍兴酒极为馥郁，钱稻孙先生告诉我们"这酒在北京只剩得十斤"。原来特地访来馈我们的，乃是六十八年前所酿，癸酉年的酒。算来我生才六岁，汤先生还没有出世呢……总之为这么一个外国布衣，用情之厚如此，在我允极光荣，感激无既。

森岛后来把第一次评议员会时，"先生赠我的，刻在万寿山东边耶律楚材墓前的先生亲笔写的诗的拓本，装成横幅，挂在书斋，朝夕相对"。毋庸讳言，"汤尔和之吊耶律楚材，亦其自吊也"（胡文辉语）。因汤诗刻石已于 1951 年被拆除，胡文辉说："或许天地间仅存图书馆里的拓片了。"[1] 但与大陆图书馆藏的拓片相比，森岛库太家藏拓片，系汤本人所赠，或更具版本

---

① 胡文辉《沦陷语境中的耶律楚材——汤尔和的心事》，收入《掌故》第三集，中华书局，2018 年 1 月第 1 版，82 页。

价值？也未可知——此乃题外话。

另一位评议员长与又郎与汤同岁，又是医学同道（长与是病理学者，汤的所长是解剖学、组织学），对汤氏的追忆最详，足可堪与汤的生平比照，或可互为印证、补充。但长与的追忆侧重医学专业领域，有些记忆也与事实有出入。如他说：

> 汤先生所投进的是现在金泽的医科大学的前身，金泽医学专门学校，明治四十年毕的业。以后还在校中研究了两三年的解剖学、组织学。直到第一革命起来的时候，还在金泽。

这显然是欠准确的。据《浙江民国人物大辞典》[1]记载，汤结束二次留日，回国是在 1910 年 6 月，"筹办浙江病院，任副院长兼内科医生，并当选为浙江省咨议局咨议"。辛亥革命后，待局势稍稳，于 1912 年 10 月，受命在京创设了国立北京医学专门学校（今北京医科大学前身），并任首代校长。他对教育总长范源濂提出的办学条件，是"要办就得专门西医，不可中西合璧"。作为解剖学专家，汤深知解剖学对于现代医学的重要性，不惜冒天下之大不韪，大力倡导解剖，并亲自起草了《解

① 《浙江民国人物大辞典》，林吕建主编，浙江大学出版社，2013 年 1 月第 1 版，141 页。

剖条例》，民国二年（1913年）由教育部正式颁发，是中国最早的解剖法令。

汤尔和对中国现代医学教育的贡献是多方面的，也是开拓性的。长与在回忆中还提道：

中国当时，没有医学教科书。能读外国书籍者不多，便是能读日本教科书的也不多，先生于是第一着手将日本医学教科书译为中文。首先编著了自己所专攻的组织学的教科书及解剖学的教科书。那是民国三年的事，书由东京吐凤堂出版。

事实上，汤尔和翻译、编著的医学教科书远不止于组织学和解剖学。毕业于北京医科大学的作家止庵说，他曾在孔夫子旧书网上查过，"当年诊断学、解剖学、组织学、外科学、内科学、妇科学、眼科学、微生物学和免疫学等医学教科书，都是他（汤）一人编译的"。正是在"译著之间，即深感医学上学术用语的歧义为不便，断非统一医学术语不可。于是在北京组织了科学用语审查会……"而长与又郎"与汤先生之往来渐趋频繁者，即由这时期开始"。

长与还特别提到，"我们对汤先生还有应当感谢的一事"：大正十二年（1923年），关东大地震发生后，"汤先生立刻代表中国红十字社，带同侯毓汶君，及其他二三位来到东京，在大学、陆军、赤十字等病院，对伤病者施以诊治"。对此，王芸生在《六十年来中国与日本》中也有过记述：

《六十年来中国与日本》（第八卷），王芸生编著，生活·读书·新知三联书店 2005 年 7 月第 1 版

（1923 年）9 月 6 日

新任驻日代办施履本赴日慰问震灾，并办被灾华侨善后事宜。汤尔和、江庸等亦代表红十字会及救济会赴日。①

两个月后，"日本议员五人来华，答谢中国赈济震灾"②。在 20 世纪二三十年代波谲云诡的中日关系史上，如此正面互动的记录，不能说绝无仅有，却也寥寥。

周作人的《致词》，是一篇"名文"——曾作为周的"佚文"，一度浮水：1994 年，藏书家姜德明先生撰文《周作人谈汤尔和——关于周作人的两篇佚文》③（以下简称《佚文》），

① 《六十年来中国与日本》（第八卷），王芸生编著，生活·读书·新知三联书店，2005 年 7 月第 1 版，70 页。
② 同上。
③ 见《鲁迅研究月刊》，1995 年第 6 期，41~43 页。

所谈之一即此文。据笔者有限的扫描，二十四年过去，此文迄未收入任何一种周作人文集或佚文集，不能不说是一个遗憾。

《致词》是周以"评议会"评议员的身份，"代表中国方面的评议员各位"的公式发言，紧随平贺让副会长之后，在其他三位日方评议员和汤公子之前，其格之重，可见一斑。文章虽短，在这本册页中，却是最重要的一篇。因为，在所有参会者当中，无论作为个人还是公人，知汤最深者，非周莫属。从私的立场上，周"自壮年即与相识，但是交游却并不甚频密。然而对于他的出处，却时时敬慕"；在公的立场上，周是汤的同事、部下和继任者——1937年以后，周所担任的所有伪职，均源自汤的举荐，或汤身后的"补缺"，从伪北平图书馆长、伪北大文学院院长，到伪东亚文化协议会长、伪华北政委会常委兼教育总署督办，等等。于情于理，周的确很难逃脱为汤尔和盖棺的"使命"。而客观上，也没有比他更合适的角色。

周对汤的盖棺，重在两点：一是说汤"不仅是一位学者，一位大政治家，而且是一位非常的硕德者"。他作为智识阶级之代表，"深知非以日本为模范去应付新时局不可"，但在"相互间发生了这次莫大的不幸"（指"七七事变"）的挫折之下，"巍然逆立于滔滔的浊流之中者，在我中国，则非推故会长汤先生为第一人不可"。而汤的主要路径，是"重建文教正统"，"于是才有了这个东亚文化协议会的成立，使三四十年以来不绝如缕的中日文化提携事业重见复兴"；第二点，在《致词》中点到为止，却在稍晚成文的周的另一篇佚文《〈汤尔和先生〉序》中，有比较充分的展开：

汤先生一生中治学与为政相伴，其参与政事的期间差不多也仍是医师的态度，所谓视民如伤，力图救护，若是办学则三十余年来与医学不曾脱离，中国现在仅有的一点医药新学问的基础，可以说全是由汤先生建筑下来的。我常想人类最高的文化无疑的是医学，因为人类最高的道德思想是仁，而医学乃是唯一的救人的学术。我们看汤先生一生行事彻头彻尾是一个医家态度，即此可知其伟大之所在了。①

知堂早年曾求学于南京路矿学堂，有过科学信仰，胞兄又是学医出身，兴许对儒学的"医乃仁术"和《汉书·艺文志》中所谓"论病以及国，原诊以知政"的"医术通于治道"思想有过人的心得，也未可知，但他对汤终身"治学与为政相伴"的评价确非虚言。长与又郎在发言中亦提道："民国十一

---

① 见《鲁迅研究月刊》，1995 年第 6 期，43 页。

年，汤任教育总长，旋又任财政总长，内务部总长。可是听说汤先生的心里，仍未尝离开医学，虽在百忙之中，仍常到研究室去。"

当然，周对汤的评价，仍是从公事立场，对同样作为"公人"的前同僚、上司的盖棺之论，并未涉及个人交情，也基本未吐露故人的性情和生活细节。彼时，周已继任"协议会"会长和"教育总署"督办等要职，如何为汤盖棺，毕竟也牵涉到对自身选择和事功的合理化、客观化问题，这一层是可以理解的，但仍不无遗憾。汤、周二人都有记日记的习惯，原本两人的日记是值得期待的，但在周日记全本出版遥遥无期，而汤的日记已在"文革"中烧毁的情况下，这种期待似乎也越来越虚妄。

最后，对悼会的时间关系略作考叙。上文也谈到悼会的背景，是1941年4月，周作人作为新晋伪东亚文化协议会会长，率评议员代表团访日，在京都和东京两地开会、参观，拜访日本军政要人（也是沦陷后，周以职务身份唯一一次出访日本）。在倪墨炎《中国的叛徒与隐士：周作

《周作人年谱》（1885—1967），张菊香、张铁荣编著，天津人民出版社2000年4月第1版

人》和王锡荣的《周作人生平疑案》中，对周在日本的活动均有记载，但语焉不详。在张菊香主编的《周作人年谱》（南开大学出版社，1985 年 9 月第 1 版）中，曾有如下记载：

4 月 14 日

上午往东京。

午赴日本国文相桥田的招宴。

对汤尔和悼会一事未做任何记载。后在年谱增订版[①]中，补充了关于悼会的记述，大约有 400 字，内容基本是对姜德明《佚文》和册页中周作人《致词》的摘编。

1941 年 4 月 19 日，周作人一行回国。22 日晚，抵北京。翌日，接受了新闻记者的专访。26 日，作诗一首：

春光如梦复如烟，人事匆匆又一年。

走马看花花已老，斜阳满地草芊芊。

---

① 《周作人年谱（1885—1967）》，张菊香、张铁荣编著，天津人民出版社，2000 年 4 月第 1 版。

14 三岛由纪夫的一场笔墨官司

三岛由纪夫是一位特立独行的纯文学作家，但并不等于说他不会像松本清张等社会派小说家那样，写紧贴时政和社会事件的现实题材小说。事实上，他也颇写了一些。譬如战后初期，针对东大法学部学生山崎晃嗣非法集资放高利贷，破产后自戕的"光俱乐部事件"，写了小说《青的时代》（1950 年）；以京都鹿苑寺（金阁寺）纵火事件为蓝本，写了传世名著《金阁寺》（1950 年）——均系以"战后派"青年为原型的作品。所谓"战后派"（après-guerre），在法国指一战后出现的新艺术倾向；而在日本，则指二战后登场的与传统切割，思想、道德不受束缚的一代，有以野间宏、中村真一郎为代表的所谓"战后派文学"。

彼时，正值"而立"中盘的小说家，野心勃勃地要在艺术上开疆拓土。以成年读者为对象，写一部让实力派政治家粉墨登场的政治小说，是三岛的新目标。于是，便有了这部以"雪后庵"为舞台的长篇小说《宴后》。

高级料亭雪后庵的女掌柜福泽胜，徐娘半老，风姿绰约，带一丝野趣。在政财两界迅速博取人气，店内日日笙箫，"谈笑有鸿儒，往来无白丁"，政商之道，一派康庄。一次派对上，阿胜结识了革新党领袖、前外相野口雄贤。一来二去之后，女掌柜对老政治家萌生了爱意。而野口丧妻有年，生活由女仆照料，正有些孤独、颓唐，遂与阿胜结秦晋之好。婚后，野口果然很焕发，代表革新党，参选东京都知事，以期政坛复归。阿胜则以贤内助的身份，鞍前马后，奔波斡旋，为筹措竞选资金，甚至不惜把雪后庵抵押给银行，充分展现了政商两界通吃的巾帼练达。可不承想，选战正酣之际，原本就财大气粗、不可一世的保守党竟然使出撒手锏：动用早年曾与阿胜同居过的无赖男，化名"巫山渔人"写了一本小册子《野口雄贤夫人传》，把政敌续弦未久的夫人描绘成一个野心勃勃的荡妇，极尽泼秽水之能事。在如此"下三滥"套路的攻势下，结果可想而知——野口以微差败北，保守党政客上台。

野口毕竟是精英官僚出身、学者气质的政治家，经此一劫，对政治心灰意懒，旋即变卖家产，搬到东京郊外的一所公寓，准备安度晚年。然而，树欲静而风不止，在商场上饱经打拼，且已拼光了血本的夫人却难咽这口气，拟赎回雪后庵，并背着丈夫，让包括前内阁总理大臣在内的一干前料亭的熟客在捐献簿上签了字。此举被素有政治洁癖的革新派丈夫视为"背叛"

和"不贞"。双方沟通失败后，协议离婚。风韵犹存、精力旺盛的女掌柜一面忍受着孤独，一面呼风唤雨，卷土重来。小说结尾处，在重新开张的雪后庵的中庭花园里，阿胜读着选举达人山崎素一的信，内心又开始鼓荡起来……

"雪后庵"其实是架空的店名，实在的原型应为"般若苑"。在1959年的东京都知事选举中，发生了革新党候选人有田八郎及其夫人遭恶意中伤的"怪文书事件"：有人匿名写了一部题为《割烹料亭般若苑夫人物语》的小说，对般若苑的女掌柜畔上辉井大曝闺房秘事，抹黑没商量。败选后，有田夫妇黯然分道扬镳。对一直想以一部小说，来表现政治与恋爱冲突的三岛来说，该事件是再合适不过的素材。执笔前，三岛得到了有田前夫人的许可。有田本人从前夫人处听说后，还特意给小说家寄赠了自己的著书。因此，三岛觉得自己的执笔实际上得到了当事者夫妇的"默然的谅解"。

小说《宴后》从1960年1月号开始，在《中央公论》连载，男女主人公的名字及故事发生的舞台被置换。几回连载下来，有田坐不住了，致信中央公论社："小说内容很过分，令人感到为难。连载大约是没法子，但单行本之刊行还望暂缓。"第六回后，辉井对出版社和三岛发来抗议："对于自己并非那种淫荡的女人，却被写成那种淫荡女人的样子，深表遗憾，同时倍感困扰。"

遭到一而再的抗议后，8月号的《中央公论》上刊登了一篇以编辑部名义的"谨告"："关于好评连载中的《宴后》，似乎有易与实在人物相混淆、从而令人困扰的倾向。但关于作品中登场人物的行动、性格等，均系作者的虚构，与实在人物并无任何干系。"在连载结束后的同年10月号上，再次刊载了该"谨告"。与此同时，有田八郎在自己的朋友圈内部沟通后，直接与中央公论社的社长摊牌。中央公论社方面表示，原本打算待得到有田谅解后再刊行单行本，但三岛建议改由新潮社来出版。同年11月15日，《宴后》单行本由新潮社出版（初版3万部，增刷1万部）。付梓时，在不止一家全国性大报上做了整版广告。其中，《朝日新闻·晨刊》（1960年11月16日第2版）的广告，在书名和作者名之后，刻意用粗黑体打出了"长篇模特小说"的字样。广告语中露骨地写道：

> 构成作品素材的前外相和料亭的女主人，以及都知事选举等周知的现实，既在作品中变貌、艺术升华至此，读者诸君想必会为相互接近而终不相容的两个人间像及女主人公的恋爱悲剧而动容吧。

如此，中央公论社两度刊载"谨告"，原本想息事宁人，也庶几取得了小说原型人物的谅解，但却被新潮社新一轮的商业炒作毁于一旦，前功尽弃。1961年3月15日，有田八郎提起诉讼，把《宴后》作者三岛由纪夫、新潮社社长和中央公论社编辑部部长三人告上了法庭，要求损害赔偿金一百万日元并在报纸上道歉。年逾古稀的老政客委屈地说："这部小说无论谁来看，都会明了是以我为模特的。"作为战后第一起隐私权侵权民事诉讼，当事双方又是著名政治家和名作家，动静之大，可想而知。特别是围绕所谓"隐私权"的法律界定问题，对战后新闻出版的意义非同小可。文艺家协会从捍卫"表现的自由"的立场出发，认为该诉讼不无限制作家的文笔活动之虞，表达了对三岛的道义支持。

经过一年半的审理，1964年9月，一审判决原告胜诉，认定"诸如用脚踩妻子、踹妻子等场面和寝室内的描写，即便是小说，亦会给读者以真实的联想，从而侵害了原告的隐私权"，判被告向原告支付80万日元的赔偿金，但对原告登报道歉的要求则未予认可。对此，三岛不服，向文艺家协会"言论表现问题委员会"提出控诉。问题的焦点在于：一、所谓"隐私权"，缺乏普遍性的标准，且把作为"普通人"的预想读者置于明显过低的层次上；二、认为作品发表时，已经是有田氏作为"公人"参加都知事选举一年以后的事，其"隐私权已然恢复"。而"公人"的隐私权并不是短时间内即可"恢复"的，且时间渐远，也是一样。在某个时点上，小说与事实被混同，可这并不是二者的雷同性产生的问题，恰恰是文学作品的真实性使然。文艺批评家伊藤整也力挺三岛，认为该"判决是基于对作品原型单方面的同情和压迫文士的日本传统，文协须为作家撑腰"。唯其有田八郎是洁癖型的左派政治家，实际上代表了战后进步的革新派，而三岛由纪夫则是政治立场保守的小说家，该案的典型意义进一步凸显。一时间，争论升温，莫衷一是。

原本预想会呈胶着战、拉锯战的一审（1964年9月）诉讼，峰回路转是在1966年：因前一年，有田八郎死亡，由原告家属提出了和解请求。11月，以被告方三岛对原告家族支付一定额度赔偿金的形式，双方达成和解，旷日持久的诉讼战打上了休止符。对三岛来说，立场始终清晰不折，即"文学之争"。而既然是文学之争，艺术的完整性便成为三岛誓死捍卫的最高原则：

在我这方面来说，是有一个"绝对无删除"的条件。此审判是文学问题，而在我自身，也有务须以作品本身原有的形态，传之后世的意思。所以，谈判时，我主动提出作品将不付诸电视、电影、演剧等形式，即是想凸显我们争论的是文学这个焦点。

从这个意义上说，原告虽然赢了，但被告并没有输。作品的完整性得以保全，不失为文学的胜利。而唯一的遗珠之憾，是读者难以期待《宴后》的影视化。而这在三岛众多的小说、戏剧中，其实是鲜例。

15 "屌丝"的芥川奖

关于芥川奖的缘起与历史，前辈作家李长声先生已多有绍介，无须笔者再饶舌。但我想谈的，是另一个问题，即芥川奖的"屌丝"化问题。

芥川奖，作为日本顶尖的纯文学奖项，一向被日本国民视为东洋的诺贝尔文学奖，是作家成功的"窄门"。得奖与否，结果迥异。虽说奖金只有100万日元，但获奖作品成为畅销书几乎是题中应有之义。幸运的话，甚至有可能成为百万级大畅销书（Million Seller）。更主要的是，"芥川奖得主"是一个含金量极高的名头，基本可确保该作家今后作品的畅销或长销（Long Seller）。只需看一串获奖者的名字，便知道这个奖对日本作家来说意味着什么：石川达三、安部公房、松本清张、吉行淳之介、远藤周作、石原慎太郎、大江健三郎、丸谷才一、村上龙……遑论太宰治，因与芥川奖擦肩而过，至死耿耿于怀。

如此崇高的荣誉，注定了芥川奖的精英气质。这从得主的学历构成上亦可见一斑：早稻田大学（27 人）、东京大学（20 人）和庆应义塾大学（8 人）位居三甲，其次是法政大学（6 人）和明治大学、东京外国语大学、京都大学（三校均为 4 人）及九州大学（3 人）。但近年来，该奖却有一种去精英化的趋势，确切地说，是"精英与屌丝共舞"。如 2004 年，分享第 130 届芥川奖的两位 80 后女作家绵矢莉莎与金原瞳，前者是早稻田大学教育学部二年级学生、史上最年少芥川奖得主（19 岁），后者则是高一即退学的"问题女生"；2011 年，荣膺第 144 届芥川奖的两位得主，一位是庆应义塾大学文学硕士、知性美女作家朝吹真理子，另一位是初中毕业的蓝领作家西村贤太；今年春，荣获第 146 届芥川奖的两位，一位是东京大学的博士后圆城塔，另一位是专门学校毕业后没工作过一天，闭门写作的"啃老"宅男作家田中慎弥。在迄今为止共计 151 位芥川奖得主中，未进过大学门者仅五六人而已，且多集中于近几年，与日本社会的"下流"化当不无关系。1952 年，以小说《某"小仓日记"传》荣膺第 28 届芥川奖的松本清张虽然也是高小毕业，但他获奖前是一流大报《朝日新闻》的名记者，不仅不属于"屌丝"，而且堪称精英中的精英。而真正代表芥川奖"屌丝"化的，是新生代作家西村贤太和田中慎弥。

同为"屌丝"作家，二人在出身、经历及写作习惯上颇有相似之处。一是同为单亲（母子）家庭。西村出生于 1967 年，幼时父母离异，西村与长三岁的姐姐跟母亲一起生活。受姐姐的影响，他从小浸淫印刷活字，小学时便读过《绿山墙的安妮》《居里夫人》等书籍。在东京都町田市立中学读三年级时，听说父亲的被捕、收监是由于性犯罪（1978年，其父因强盗强奸罪被治罪），内心受到极大冲击，开始翘课。终于放弃升高中，离家出走。出生于山口县下关市的田中慎弥，幼年失怙，靠母亲抚养成人。中学时，即嗜读父亲遗留的藏书，尤好川端康成、谷崎润一郎和三岛由纪夫。县立下关中央工业高等学校毕业（相当于中国的职高）后，没考上大学。遂宅在家中，靠母亲供养，从未打过一天零工，全部时间用来阅读、写作。仅《源氏物语》，便通读过五遍——两遍原文，三遍今人翻译的现代语本。

西村有过一些社会经历，但都是底层的，先后当过港口搬运工、居酒屋的店小二、保安员等。1990年，还在品川的屠宰场练过活，"那种残酷，禁不住叫出声来，结果一天就辞了"。25岁到29岁，不止一次在打工场所或餐饮店与人发生口角，进而出手殴斗，甚至袭警，进过拘留所，被东京地方法院判处罚金刑（一种轻微的、但却是正式的刑事处分）。这些底层历练，对作家来说当然不尽是坏事，包括芥川奖获奖作品《苦役列车》在内，西村的小说多有较强的自传性。同样是残酷青春，但品质已完全不同于前辈作家（如石原慎太郎、大江健三郎、村上龙等）。他说自己身上有种"负的气味"，而这恰恰是自己作品的价值之所在。在谈到《苦役列车》时，他借题发挥道：

贯多（即小说主人公）在11岁、父亲被逮捕时，人生轨道便被铺设好了……这种感觉，在我自己来说，至今挥之不去。

如此浓烈的负面气质，藏是藏不住的，无论如何会挂相。2011年1月，第144届芥川奖评选结果发表时，各大报纸刊登了两位得主手持各自获奖作品的照片：长发披肩、笑容可人的"白富美"作家，父亲、姑母均为著名法语文学翻译家的朝吹真理子的旁边，是身体粗壮、脸庞黝黑的西村，面无表情，整个一"美女与野兽"的平成版。记者的报道也刻意强调蓝领作家的"另类"，诸如中学毕业的"飞特族"、父子两代均有犯罪前科等等，语不惊人死不休。

如果说西村贤太的底层经历，在他身上沉淀了一种类似江湖气的"气场"的话，田中慎弥的性格则更"宅"，气质上更自闭，也更沉潜。这位职历为零、将宅男进行到底的70后作家，有很强的虚构才能。他的人生经验极其单纯，没有女友，也"没胆儿去风俗店"；熟悉的异性，仅限于母亲和街上方便店里的售货员，但却并不妨碍其小说中出位的性描写。作为宅男，田中有大把时间。他出道很早，二十岁开始创作，十年间遍得除芥川奖之外的所有重要纯文学奖项（如新潮新人奖、川端康成文学奖、三岛由纪夫奖等），俨然文坛老炮。

哥俩都不用电脑，喜欢在旧日历或废传真纸的背面打草稿，然后再誊抄到原稿纸上。西村用圆珠笔或签字笔，而田中则只用铅笔。东洋文人中用铅笔写作者比比皆是，但田中作家之独钟铅笔的理由很特殊，多少透出某种"屌丝"特有的气质，感性、纤细、环保、谦卑：一是用钢笔写错了的话，没法擦，"纸太可惜"；二是觉得"钢笔很神圣"，自己"不配"持有金色的金属笔尖。

田中的作息相当严格：晨九时开始写作，傍晚收工。不吸烟。晚餐时小酌，自斟自饮，量则以两杯葡萄酒为限，并不贪杯。饭后读书，子时就寝，雷打不动。一介宅男，自律到了近乎严苛的程度。而西村是不折不扣的"夜间型"——普罗作家，似乎天然仇视效率：中午起床，磨磨蹭蹭到晚上。又晃荡几个钟点，夜十一时，进入写作状态。因为一天要消耗约百支香烟，开始写作前的头一件事，是确认香烟是否充足——没有五包存货的话，便会陷入不安。写到凌晨四时许，想喝酒了，便停工。那个时辰，即使是通宵营业的酒吧也打烊了，只有在家自酌。清晨始就寝。

最戏剧性的，是哥俩对获奖（包括获奖前的提名及落第）的应对。芥川奖由《文艺春秋》杂志和日本文学振兴会联合主持，由九位评委提名、评选，一年两度（上半期和下半期）颁奖。日本虽然是一个"文学的国度"，但每一届芥川奖的候补者和最终获奖者，其实都出自一个很小的圈子。评委、几家纯文学出版社的编辑、被认为离芥川奖最近的主流作家，大多是熟面孔。

西村在 2010 年折桂芥川奖前，曾两次被提名候补。每次均照惯例，与出版社编辑们一起在银座或筑地的某间酒吧边喝酒应酬，边等结果。可结果一发表，花落人手，编辑们转眼间作鸟兽散。可怜见儿的，只剩下落第作者一人向隅而泣，有如天涯伤心客。如此场景，候补者着实伤不起。一而再之后，第三次提名时，西村作家决定独自在家候消息。他心中并无多少胜算，一个劲地告诫自己"横竖已经是人家朝吹真理子的了。无论发生什么，都别狼狈不堪"，同时却不忘按下数字电视的录像键，好把 NHK 的新闻速报存在硬盘上——"到底是独身生活，万一错过的话，可就看不着了……"内心的珍视溢于言表。获奖的消息一发表，他第一时间冲到楼下，见两名新潮社的编辑已经在"守株待兔"。哥仨相互拥抱，然后径直赶往东京会馆（芥川奖颁奖仪式的会场）。

田中的情况，倒没那么戏剧性，却更加悲摧——第五次提名才美梦成真。头一次被提名时，完全出乎意料。出道以来，虽然一路在写，但从未想到自己跟芥川奖会有什么瓜葛。因此，除了吃惊，还是吃惊。第二次成为候补，便多少有了点精气神，开始抱一点小野心。但宅男作家唯恐"伤不起",即使怀抱野心也是相当隐蔽的,对外则一概作不在乎状。田中并不是连续候补,基本上是隔一年提一次名。三度落第后,他内心的欲望之火已然熄灭,但命运仍在不停地戏弄他,撩拨他。而每次被提名,在被获奖的悬念折腾的同时,还要应对出版社和媒体,田中人已身心俱疲。每次在酒吧与出版社编辑等待评奖结果时,"该以何种面目出现,在技术上很难拿捏":表现得过于失望的话,会让周围也跟着沮丧,不太好;可刻意表现阳光,手舞足蹈的话,结果往往更惨不忍睹。如此反复权衡、表演四五回的话,料也就尽了。

2012年1月,田中第五次成为芥川奖候补者。照例跟一群编辑在银座的一间酒吧里喝酒、守候。宅男作家平时不用手机,也没有。可为了等结果,编辑给了他一只预充值的手机,权当接收"朗报"的第一平台(该机的号码已预先知会了评委会)。田中后来回忆说:

> 即使周围的编辑们在扯闲篇的时候,大家的注意力也都集中在我手里的手机何时进来电话这一点上,我能觉出非常伪善的时间的流动。那时的压力可真够厉害的。

手机屏幕一闪,众人立马安静下来。"我冲着离自己最近的编辑，用手指做了个 OK 的手势，权当知会。只一瞬间，大家的掌声、尖叫声涌起，我一下子便被卷进狂欢的潮水中，甚至连咀嚼一下兴奋的时间都没有。"

"屌丝"一朝登龙门，自然不同于精英作家在获奖时的表现。哥俩获奖后对媒体的"感言"，一个比一个出位，要多酷有多酷。西村作家面对电视记者"接到获奖通知时，你正在做什么"的问题，嬉皮笑脸地答道：

> 我正在琢磨去不去风俗店的当儿，接到了评委会的电话。看来没去（风俗店），是对的。

在芥川奖 76 年的历史上，从来没见过如此不正经的获奖者及获奖感言，西村的发言遂被媒体诠释成"普罗作家的无赖派演技"。这其实冤枉了西村作家。因为，"如果没能获奖的话，是要以女体来抚慰一下自己的心——毕竟是以落第为前提的话，我确实那么想来着"。

与普罗作家相比，宅男作家的获奖感言更酷。他引用好莱坞明星荣膺奥斯卡奖时的话来表达自己的心境：

> 雪莉·麦克莱恩（Shirley MacLaine）尝言"我获奖是理所当然的"，我大体上也是这种感觉。

对领奖这件事，他表示原本并无意应酬，可是，"若拒绝的话，又怕那些气质懦弱的评委因此而晕倒，从而导致（东京）都政的混乱。为都知事阁下（石原慎太郎）和各位都民的立场计，我就替你们先领了"。此言一出，先于评委，台下的记者晕倒一片。

对于五次提名终获奖的"好事多磨"问题，他显得更不耐烦：

> 第一次提名即获奖最好不过。五次提名才获奖的，是蠢货。就这样吧。快结束吧！

一般说来，在庄严的芥川奖颁奖典礼上，获奖作家的即席感言都是在心里反复彩排过数十遍、上百遍的烂熟于心的老调子。但"屌丝"得主的发言，随机性却很强。不过，后来田中承认，在感言中提及雪莉·麦克莱恩，"确实有腹稿"。此外，《每日新闻》记者发现，田中作家"或许是过于紧张的缘故，他身子深陷在椅子里，一副不高兴的样子……"

日本大报记者是很坏的，目光刻毒。宅男作家故作惊人之语，旨在狂怼芥川奖，消解其正统性的姿态，在他们眼里，恰恰成了"屌丝"的搏出位之举。

16　李长声：活成随笔的随笔家

　　日前睐一眼微信，偶然看到李长声和鹦鹉史航有场对谈，主题是"我在东京三十年"——当然是谈长声在日三十年，方惊觉：都三十年了。这也提醒我自己，最初赴日游学，与长声同年，也在三十年前。如此说来，我与那个国家的瓜葛也有小三十年了。不过，我与长声师没法比。他是三十年如一日，"日边瞻日""枕日闲谈"，歪在"四帖半"的榻榻米上，或在居酒屋晚酌时，间或发出一声"哈，日本"的慨叹，动静可大可小。而小生我则多半猫在帝都东部的某间山寨日料里饕餮，或宅在家里乱翻旧籍，偶尔在心里回应一下长声的长吁短叹：哦，原来如此。

　　三十年是一归结，古人结绳记事的话，肯定要打一粗结。宫崎滔天记述自己前半生，作为大亚细亚主义者，追随孙文闹革命的回忆《三十三年落花梦》，也才多三年。而长声在 1988 年赴日之前，就在国内主持《日本文学》杂志，与扶桑纠葛实际上已经超过三十三年。受张爱玲和胡兰成这对怨偶的感召，走上文学之路的"三三"社主将朱天心，最近出版的文学回忆录也叫《三十三年梦》。那么，也许从现在起，我们有理由期待长声版文学回忆录《三十三年扶桑梦》了。当然，这只是随便说说而已，我不是编辑，并无意干预长声师的创作计划。何况我知道，长声是随笔家。

"随笔家"云云，并非说说而已，是当真的。中国有源远流长的散文传统，一部中国文学史，几乎等于一部散文史，包括周作人在内的超一流作家，也基本被看成散文家。但自觉与这种传统保持距离，甚至作分道扬镳状者，是李长声。他始终说自己是随笔家，写的是随笔。那么，问题来了，散文与随笔到底哪儿不一样？这是一个很学术的问题，我并没有专门研究过。但好歹念过中文系，学过文学史，也读过诸如蒙田随笔，培根、罗素随笔和几册日本随笔集，加上自己多少也写过一点随笔式的文字，闲来无事，爱瞎琢磨。有一搭无一搭的，好像跟长声师在觥筹交错之际，也曾念叨过几句。

在我看来，中国的散文，相当于英文的"prose"，就是一种区别于诗歌的分行表述文体，如《朗文美语词典》的解释是，"written language in its usual form（as different from poetry）"。有一种 20 世纪 80 年代前后流行、抒情性很强的文体叫散文诗，英文就写作"prose poem"。如所谓"诗言志"一样，"文以载道"

如果不是中国散文唯一的传统，也是主要传统之一。这种传统在新文学，特别是1949年以后的文学中，几度泛滥，一大批为人民群众"喜闻乐见"的散文家，如杨牧、魏巍、刘白羽、袁鹰等，几乎占据了中学语文教材的半壁江山。在我的印象中，现代文学的内容，除了这几个名字外，也就是几篇鲁迅杂文、政治家的领袖体和几首新诗而已。这种文体泛滥的结果，是有话不好好说，特爱谈主观感受，瞎抒情。散文诗的盛期也是那个时代。我不知长声师对"随笔"的强调，是否与对这种"散文"传统的警惕和切割有关，考虑到他去国的时期，大约有些关联，也未可知。

日文中，虽然也有"散文"的表达，但主要是作为"韻（韵）文"的对义词而存在，指不拘泥于韵脚、平仄和音节限制的文章，大致相当于"prose"，却并不常用。同时，也有"随笔"和片假名"エッセー"或"エッセイ"的写法。"エッセー"源于法语"essai"，"エッセイ"源自英文"essay"，而"随笔家"则写作"エッセイスト"（essayist）。无论是法语的"essai"，还是英语的"essay"，都有特定主题的小论文，或随感、随想的意思，在语义上确实很接近日文的随笔。长声之自认为是随笔家，写的是随笔，窃以为关涉日本文学事情甚大。不过，这纯系臆测，我从未向本人求证过。

与中国文学的散文传统一样，日本文学中的随笔传统也相当悠久，仅次于诗歌。创作于 10 世纪末的《枕草子》（清少纳言），被认为是随笔的滥觞。以降，《方丈记》（鸭长明）、《徒然草》（吉田兼好）、《玉胜间》（本居宣长），到近现代夏目漱石、永井荷风等人的随笔，代有人才，从未间断，一路繁荣至今。日本随笔传统之强大是压倒性的，甚至连小说，也带有浓浓的随笔味儿，情节反倒成了次要的了。从《源氏物语》到夏目漱石的《我是猫》，无不如是。这种随笔传统，或曰"文学的随笔性"，其实对一些中国作家，特别是与日本有过纠葛的作家，也产生了深刻的影响：典型者如周作人的散文，包括其书话，其实相当日范儿；创造社的一些作家，如郁达夫、陶晶孙、夏衍等人的随笔，也颇典型；战后成文化遗民的胡兰成在日本写的书，如《今生今世》中，那种因对过往的人事心有所感，动辄发出像絮语似的诸如"……也是好的"式的喟叹，简直与《枕草子》如出一辙。

长声对日本随笔长年浸淫，深有研究，他承认："日本人全盘接受了西方的观念和审美后，随笔被等而下之，但我还是爱读随笔。日本文学的传统在随笔，随笔有真正的日本味儿。就日本而言，随笔是文学的神髓。"我曾在一个读书会上听他谈随笔，个把小时的时间，梳理了日本随笔从《枕草子》到村上春树上下千年的发展史，文字记录稿后来发表在"腾讯·大家"上，至今是我的"存读"文档之一。

正如随笔（essay）在西方的原初定义中，有小论文的含义一样，顾名思义，随笔是用来说事儿的，而不是抒情的。从文体功能论出发，我们完全可以说，日本随笔不仅相当主流，而且是一种大成的文体。江户时代是一个文化的繁盛期，众多儒学者、思想家以随笔及类似随笔的日记体，留下了对社稷民生、思想文化的思考。永井荷风纵论江户时代庶民社会艺术文化精神的《江户艺术论》，是一部脍炙人口的随笔集，已成日本的现代经典。

在中国，被公认吸收了日本随笔文学传统的精髓并有所发展者，是周作人。周虽然早年著有《日本近三十年小说之发达》《中国新文学的源流》《欧洲文学史》等学术著作，但真正富于成就，乃至今天仍被广泛阅读者，其实是他的散文和翻译。知堂散文，被认为最具日本随笔范儿。特别是他回忆留日生活和谈日本文化的文字，如《知堂回忆录》和钟叔河编纂的《日本管窥》等著作，既是研究日本文化史和中日关系史的重要资料，也是现代汉语中一等一的随笔美文，值得人们反复研读。但倘就文章所涉日本文化的广度而言，以长声逾三十年深耕的厚积薄发，内容涵盖政治社会、文化艺术、神社佛阁、风俗人情、居酒生活，甚至包括了 AV 性产业等方方面面，已鲜有"死角"。即使就深度来说，如果你仔细读过知堂的《日本管窥》等文字的话，便知长声的开掘不可谓不深。其实在我看来，长声在某些方面，已经超越了周作人。且就文字的清爽活泼而论，我认为长声也并不逊于知堂：大约是长年独享泡图书馆的乐趣，却基本没有藏书执念的缘故，长声书评和作家论，绝少像知堂那样大段抄书引征，而是在对作家作品的整体把握之上，以其特有的逗趣风格娓娓道来，时而毒舌一把，月旦没商量，爱谁谁。每每品读长声，总会对其涉猎文艺作品"光谱"之广，咋舌不已：从古典经典，到近年来出版的芥川、直木奖作品，到一些犄角旮旯的话题之作，很多是我购入 N 年，一直想读而未读的"积读"对象，却早已被长声咀嚼、反刍并消化过了，真乃异域发达的图书馆制度的活广告。

当然，我也知道，长声泡图书馆和书店日久，可也没断了泡居酒屋和酒吧。客观上，这俩地儿一白天，一晚上，两不耽误。长声爱酒，是业界旧闻，几乎无人不知。但酒品之正、酒德之馨，怕是非亲历者，也未必尽知。好在他资格老、出书多、人缘广，在出版界呼风唤雨，每攒饭局，必至大型化，舞文弄墨的作家编辑朋友成堆，见证其豪饮和酒后真君子风度的人、文俱在，已无须小生饶舌。所谓诗酒见性，窃以为，酒桌上的长声正是其文的"B 面"。我曾在一篇旧文中，称已故摄影大师中平卓马为"成为摄影机的摄影家"（摄影家重病后复出，仍每日携相机外出拍摄，摄影对他来说已成作息般的、近乎生理性的行为）。照搬这个隐喻，长声可谓是活成了随笔的随笔家，或曰"随笔人格"。而何谓随笔人格呢？我脑海中头一个快闪是"粹"（iki）。也许可参照长声新书《况且况且况》中，对东洋文化中"粹"（iki）现象的诠释：

粹是生活美。三四十年前我这个东北人平生头一次进北京，被看大门的老头一声断喝：问事儿要叫您！如今想来那就是北京的粹。汪曾祺认识一个在国子监当过差的老人，他说"北京的熬白菜也比别处好吃，五味神在北京"，拿到东京说，这就是粹。太宰治喜欢吃烤串喝酒，撒上很多山椒粉，说"这就是江户子的粹"。

与粹相对的是"野暮"（土气）或"无粹"。雅是贵族的，与俗相对，而粹与不粹是城里人和乡下人的差别。江户时代在三大都市江户、京都、大阪人眼里，外地的武士也不粹，土头土脑。粹不粹都属于俗，粹是俗中之雅。……粹，或许可译作近年被大加卖弄的北京话"范儿"，终归是土俗中的精粹。

八年前，我曾写过《知日当如李长声》（李长声《日下书》序文）。而在年赴日观光者人数突破700万大关（2017年7月的最新数据为78万人），日本已成中国中产的厨房和便利店，每天社交媒体上都会有无数篇纵论日本文化的当下，谈论日本已有相当风险，遑论"知日"。想必知人阅世洞彻练达如长声者，早已感知个中温差。如鱼饮水，冷暖自知——他近年的文字中，已屡屡透露过这种"负面"信息，如《中国何曾不知日》《你不必懂日本》，等等，不一而足。如果我还能为长声师写点什么的话，那么不妨借八年前的旧文标题，奋起打油一首，博随笔家一粲：

知日当如李长声，
长声知日乏"正经"。
闲话著文须居酒，
"日知漫录"重若轻。

17　何谓日本电影

　　我一向主张，了解一个国家，最好是从文化入手。而理解一国的文化，最有效的门径是艺术。日本艺术枝繁叶茂，在美术、音乐、摄影、漫画、建筑、茶道等诸多分野中，电影的历史虽短，却是集大成者，取得了相当高的艺术成就，绽放着独特的魅力，其影响早已溢出国界——日本电影在世界各国都有固定的粉丝群，在中国，更是有字幕组和众多盗版碟店的加持，其辐射效应蔓延至日剧。

　　那么，问题来了：何谓日本电影？这看似简单的问题，其实颇费解，既与日本复杂的近现代史有关，也与电影本身的历史有关。譬如，战前由日本导演在朝鲜和中国台湾、东三省地区制作的电影，到底算不算日本电影？李香兰早期主演的影片，是纯中国电影吗？四方田犬彦还注意到，随便从20世纪10年代、50年代和80年代随机抽取三部电影考察，"不难发现它们是按照几乎没有交集的电影观念分别完成的作品，这种情况下试图历史地给出一个'日本电影'的统一范畴几乎是没有意义的"。因为，它们"首先在世界电影史上突出地体现了那个时代的同期性，然后它们才是日本电影"。事实上，从早期无声片，到60年代的桃色电影，到70年代的新浪潮，都曾出现过观念性极强，人物和情节设定模糊，以至于观众不大会意识到影片"国籍"问题的类型片。

因此，与其冒险给出关于"日本电影"的学术化定义，不如从特性上描述日本电影是什么，不是什么，倒似乎更稳妥。对此，四方田的描述是：日本电影没有像好莱坞电影那样，在占据独一无二市场地位的同时，将自己的"普世性"作为一种意识形态向全球输出；也没有像"后来的某些国家的电影，成为政治阴谋与权力斗争的帮凶"；同时也没有像英国电影那样，受到来自美国电影的语言压迫。日片基本只在使用日本语的孤岛上，独立制作、发行、流通，自足且自恰，品质参差，大体不赖，但也没那么好。乃至日本电影观众在战后形成了一个思维定式：

好莱坞电影是娱乐，欧洲电影是艺术，而亚洲电影是认真学习历史的好教材。这种区分到了90年代完全失去了意义，而日本电影一般被认为始终不属于前面的任何一种。

日本电影的这种暧昧性（或曰多义性），不仅对一般的电影观众构成了理解的屏障，即使是专业的电影工作者，也难以廓清全貌。乃至在国际电影节的红地毯上，获奖的日本新锐导演，常被外国媒体问及与日本电影史的关系，而导演们一脸茫然、无所适从的尴尬，令四方田倍感焦虑。他在《日本电影110年》出版后，接受中国国际广播电

《日本电影110年》，[日] 四方田犬彦著，王众一译，新星出版社2018年1月第一版

台日语频道（CRI）的采访时，曾表达过这种焦虑，大意是：外国人常认为日本电影是铁板一块似的存在，可以随时拎出一部分来说事，但其实并非如此。当日本青年导演站在国际讲坛上，被问及你是否受过小津安二郎、黑泽明、木下惠介等已故电影大师的影响及如何影响时，也难怪青年导演们表现尴尬。因为，作为日本的电影人，几乎无人没受到过小津、黑泽和木下的影响，可这种影响是潜移默化的，类似于文化教养，并不会直接、线性地反映到创作中。所以当被问到何以被影响时，不知所云实在是再自然不过的反应。但另一方面，青年导演们所面临的状况，无疑也代表了电影史研究的缺席。于是，写一本日本电影简史，供文艺青年们阅读参考，应是写作的缘起和初衷。

当然，并非没有日本电影史。我的书房里，便有三四种日本电影史（包括战后电影史），作者有日本人、美国人，也有中国人。但这些电影史，无一不是硬硬的学术著作，动辄三卷本，读者"界面"未必友好。四方田作为文化学者，其实也没少出"板儿砖"，我自己便多有购读。但这本"110年"是对前著《日本电影100年》（中文版于2006年由生活·读书·新知三联书店出版）的改写。与前著一样，日文版均系集英社新书系列。而日本的"新书"，并非指内容的新旧，而是一种标准化的出版体例，开本比文库本略长，篇幅在10万字以内。基本定位是由某个领域的权威学者或名作家，以去专业化的笔法，面向一般读者，

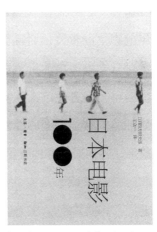

《日本电影100年》，（日）四方田犬彦著，王众一译，生活·读书·新知三联书店2006年6月第一版

传达学术文化新知。在出版不景气的今天，新书以廉价的书价和压缩的篇幅，受到读者的欢迎。

不过，想要在10万字的篇幅内，道尽110年的日本电影史，诚非易事。好在四方田是电影"老炮儿"、卓越的写作者，百年电影史谙熟于心，给人的感觉就像在日本盖房子似的，先搭好密匝匝的木架结构，然后再往结构中浇灌混凝土。如此，

以每个部分不足千字的篇幅，娓娓道来，时而以论代史，重构了一部百年文化史。如此"建筑工法"，其实对学术写作者来说，亦不失为一种值得借鉴的摹本。

但如果只是一本面面俱到、四平八稳的电影通史的话，"110年"的学术价值也许会大打折扣。可实际上，这不仅是百年电影史的重构，而且在很大程度上，是一位资深自由主义学者对日本电影史的价值重估。但凡了解一点东洋电影事情的人会懂得，很多观点，其实并非老生常谈，而是散发着迷人芳醇的精酿鲜啤，沁人心脾，且经得起品味，回甘绵厚。如他对东瀛影坛神话般存在的女星原节子的分析，读来令人击节。

原节子原本一直在山中贞雄的古装戏中饰演配角，默默无闻。1937年，在日德合作制作影片《新土》中，被德方导演、种族主义者阿诺尔德·范克选中，出演女主角。原节子以节制、收敛的演技，完美地诠释了范克心目中的"标准日本女性"，一炮走红。从此咸鱼翻身，以可堪与外国女性媲美的身材和"脱日本"的容貌被捧上神坛。从此，原节子以美貌的法西斯少女形象，活跃于整个战时的东洋影坛，乃至"后来日本人始终要面对她主演的电影所带来的矛盾"。但到了占领期，她摇身一变，又开始在左翼电影中出演角色。虽然有批评家对原节子"过于生硬的表演提出非议"，"而看惯了原节子在战争期间的电影中扮演军嫂、警嫂形象的广大观众，以迷茫与期待的复杂心情接受了她塑造的新形象"，以至于"在美军占领期的那几年里，民主主义女神的桂冠非原节子莫属"。更妙的是对这种华丽转身背后社会心理的剖析：

> 有意思的是当年范克对原节子的身材赞不绝口，说她是标准的日本女性，而在战败国国民日本人的眼中，原节子的高大身段又成了象征西方式新时代的隐喻。没有一个人对她的一百八十度转变公开指责。甚至可以说，就算有人意识到这一点也不会说什么。因为每个人或多或少都是和她一样的"转向者"。
>
> 电影界的战争责任问题和文学界、戏剧界、音乐界一样被故意淡化，做了一下形式上的处理后再也没人提了。

1946 年，曾经因为拍摄《上海》而幽于缧绁的导演龟井文夫，作为"新的出发"，拍摄了反省战争的影片《日本的悲剧》。在片中，他用叠印的手法处理了天皇裕仁从军服向西装的过渡，以这种蒙太奇式的艺术表现，表达一种实际上代表了彼时国民"最大公约数"的主张：理应受到追究的是日本军部，广大国民只不过是受了军部的蒙骗。而与此同时，川喜多长政、根岸宽一、城户四郎等战时电影界的大佬们，在名义上受到褫夺公职的处分后，不久处分即告解除，"他们又和战前一样有权有势，重回大公司老板的宝座"。如此观察视角，既"独"且"毒"，犹如伸进病巢内部的探头，可谓相当"内部"，非一般自由派知识人或电影人所能为也。

"110年"我读日文版在先，中文版在后，故对翻译问题也小有关注。译者王众一是我所见识过的真正日语"大咖"，堪称辞典级。而更难得的是，他还是如假包换的电影专家，过眼的老电影之多，在我看来，国内无出其右。跟他聊天，无论话题是什么，不出五句话，一准儿会被他带到电影的"沟"里。他对电影，特别关于日本电影的知识之丰富，几无死角。我至今记得十几年前，一次聊天，突然被问道："你知道《小兵张嘎》的日文片名译成什么吗？"我摇头。于是，他得意地吐了俩日语单词。直到大约三年前，我还记得来着，可现在终于忘了。他跟四方田犬彦私交甚笃，这我也知道。从"100年"到"110年"的迻译，应该都是四方田的请托。读过三联版的"100年"之后，再读这本新星版的"110年"，不仅注释和附录更加充实，学术性得以强化，一些微妙之处的处理，也让我学到了很多，这并非客套。

众一是做外宣媒体出身，出于职业的积习，他对中日两种语言中那些生活化的，特别是从当下大众文化中萌生未久，将要定型却尚未完全定型的各种俚语、流行词等鲜活表现异常敏感，且每每"试错"，大胆移入，以取代一些陈旧的、半死不活的学术表达。因此，他的译文读起来语感活泼流畅，既不失学术性，又嵌入了很多富于当下性的说法，不端不装，却很到位。如他把"110年"第四章的一个小标题"亀井文夫の偽装"，译成"亀井文夫的高级黑"，把小沼胜执导的影片『昼下りの情事 古都曼荼羅』（HIRUKUDARI NO JŌJI KOTOMANDARA，1973），译作《午后约炮·古都曼陀罗》，都令人忍俊不禁，拍案叫绝。我甚至一边读，一边脑补众一翻译到此处时小得意的神情，也是醉了。

《中国电影100年》，［日］四方田犬彦著，王众一译，生活·读书·新知三联书店2006年6月第1版

《中国电影110年》，［日］四方田犬彦著，王众一译，生活·读书·新知三联书店2018年1月第1版

18　在美术馆里约会，是一种怎样的感觉

　　人在东京时，什么都可以不知，但有几个地方是必须要了解的，不为别的，因为这几个地儿都是约会热穴（Hot Spot）——所谓"人在异乡，无酒会慌"嘛，如新宿东口的ALT、JR涩谷八公口的八公犬塑像、新桥站日比谷口的蒸汽机关车、六本木新城的大蜘蛛雕塑等。我在那类地界没少约会，但更多是在书店，如新宿东口纪伊国屋书店、京王口的丸善书店，池袋东口的淳久堂书店，神保町的三省堂、东京堂猫头鹰店，等等，不一而足。

　　在书店约会有个好处，就是基本没啥心理负担，无论到早还是迟到，都不至于出现一方干等另一方的情况。加上有的书店，咖啡厅就设在画廊内，现磨手冲的咖啡不是一般的好喝，多半杯碟中还附赠一枚精致的曲奇。说实话，一边啜咖，一边翻着新入手的卷册，有时候真恨不得让对方多迟到一会儿。也许是我耽读书店悬疑小说的缘故，我看东京、横滨、京都等大

都会书店里的书客，总禁不住想象其职业身份和趣味。东京有足够多的书店，光实体旧书店就有近千家。在如此景深繁复的舞台上，每天都上演着形形色色的约会与邂逅，其中有些还会有后续和结局，书店悬疑虚构创作想不发达也难。几年前，上海浦睿文化引进的《古书堂事件手帖》，皇皇四卷本，写的就是以北镰仓站前的旧书店为舞台发生的故事。不过，那间旧书店却是架空的。

除了书店，日本还有一种公共空间也适合约会，那就是美术馆。应该说，对文青来说，没有比在美术馆里约会更文艺的勾当了。当然，除了文艺，客观上，还有一些特性，是美术馆"独占"的。

首先，是地理的近便。日本大都市的美术馆，多位于车站周边，交通便捷，一般在站内都有清晰的标识。如大型美术馆比较集中的六本木地区，有多条地铁线路交会，但无论你乘哪条线，一出检票闸口，去国立新美术馆、森美术馆，或由安藤忠雄设计并担任馆长的21世纪设计美术馆（21_21 DESIGN SIGHT）等，出哪个口，在哪儿左拐，再步行多少米，一清二楚，参观者只需照箭头方向"按图索骥"即可，万无一失。

其次，是立地条件和人文景观绝佳。美术馆（Art Museum）和博物馆（Museum）的语源，是希腊语"mouseion"，原意为执掌学问和艺术的缪斯女神的神殿。中文的"美术馆"，亦源自日文，是明治期日人对"museum"一词的翻译。语源如此，而现

前往江之浦测候所的车站——JR 根府川站

代的美术馆作为一种空间媒介，其"链接"的对象物，是艺术，直接关乎美。因此我们可以说，其他文化设施未必需要那么美，甚至可以不美，但美术馆则必须美，否则便不配称"美术馆"。这里说的美，并不仅仅指收藏和展示品，而是包括了美术馆的建筑及其周边环境在内的全部要素。换句话说，是对环境艺术的一项评价指标。大约十年前，我曾在《新京报》上撰写过《美术馆之国》一文（见拙著《中日之间》，中信出版社 2014年 1 月版），大致梳理了日本近代化以降，国家"美术行政"主导的、长达一个多世纪的美术馆建设历程：

至八十年代，已经没有无公共美术馆的地方自治体。不用说县、市，很多经济繁荣地区，甚至达到"一镇一馆"

的水平，仅东京地区，便有近百所。很多地方的美术馆，是当地最豪华、最醒目的地标性建筑，不仅举办艺术展事，还兼具市民文化中心的功能。其建筑前的广场上，鸽子悠闲地觅食、散步，少男少女音乐组合K歌，飚街舞。

就美术馆的生态而言，除了国立和地方自治体主导的公立设施外，还有企业和私人美术馆、画廊，形态可谓多元。毋庸讳言，馆廊如此林林总总，美术馆业界势必面临严峻的竞争。而何以在竞争中立于不败之地，环境艺术是一个必要条件。于是，各层级的美术馆除了在策展上竞合之外，也尽可能利用各自的环境特点，浑然天成地嵌入自然或城市的人文景观中，作为"美的装置"，昼夜不停且年中无休地辐射影响力，拓展着美的外延。

当你在东京市中心大手町漫步，看到一个半世纪前的红砖洋馆——三菱一号馆美术馆被周围高耸的现代写字楼环抱在中间的时候，不但不会嫌它规模小、过于袖

杉本博司设计的江之浦测候所是日本最现代的环境艺术美术馆之一

珍，反而对经它装点过的那一片空间的历史沧桑感和像裸露的地层似的文化纵深感心存敬意。当你在东京国立近代美术馆观完展，走出馆内书店的自动玻璃门，再从停在前庭一角的面包车小卖店买一杯生啤酒（东京国立近代美术馆是日本少有的提供酒精饮品的美术馆之一），然后坐在木椅上，望着眼前一箭之遥的皇居和宫墙外的护城河时，会有一种强烈的穿越感：一部近现代艺术史竟与眼前的大皇宫重叠交错，且混搭得浑然天成，难分彼此。我每次去京都行脚，有一个必访之地，不是京都御所、二条城，也不是清水寺、金银阁寺，而是京都国立近代美术馆。看过全部展览，我会走到四层的休息室，坐在漆成红色的巨大长凳上，隔着落地窗，俯瞰平安神宫的大鸟居和对面洋范儿高贵的京都市美术馆，白川静静地流淌，远处的山峦一片苍翠……我都忘记了在那儿约会过多少朋友，拍摄过多少枚照片。

在日本逛美术馆，还有一个重要的动力——书店。所谓书店，其实是美术馆附设的卖店（Museum Shop），商品以与馆内展示内容相关的图录和出版物为主，也有一些纪念品和工艺品。图录因多为非出版物，无书号，价格比同类图书便宜得多。虽说是图录，但既有高规格印刷的图版，又有关于那个主题的相关解说，甚至学术论文，作者均为相关领域的顶尖学者，颇有学术和收藏价值。且图录的发行，仅限于画展的档期，属于

"过这村，没那店"。如果 N 年后再想找的话，便只有到旧书店里去淘，那可动辄就是稀珍本的价格了。如 2015 年 9 月，在东京永青文库举办的浮世绘春画展，因全部藏品来自大英博物馆，很多是首次在日本公开，观众趋之若鹜，不在话下。展览图录一巨册，标价才 4000 日元，绝对是物超所值。当然，除了图录，还有艺术图书，其专业性堪比艺术系书店，许多十几年前，甚至二十几年前出版、坊间早已绝迹的旧版书，馆内店还在销售。我曾在以港口旧仓库改造的艺术空间、横滨 BankART 的书店里，淘到过十数册《美术手帖》的过刊，每一册都是我积年寻觅的目标。对我个人来说，馆内店还是一个捡漏宝地：时常遭遇作家、摄影家的签名本。我先后在东京国立近代美术馆、东京都现代美术馆、东京都写真美术馆和横滨美术馆的馆内店里，买到过摄影家森山大道、荒木经惟、须田一政、北井一夫等人的签名本摄影集十余种，且那些全新签名本均按书的定价出售。我敢说，随便一本拿到旧书店，可轻松卖到一倍乃至数倍的价钱——"捡漏"云云，诚非戏言。

拉回正题——约会。客观地说，在美术馆约会，固然交通便捷，节省时间，可成本不菲。因为与欧美不同，日本的美术馆普遍较贵。即使只看某个企划展，也要 1500 日元上下。而一张既可看常设展，又可看企划展的共通券，两三千日元也是稀松平常。再加上观展后的咖啡和"买买买"的话，一次约会的预算最少也不低于 5000 日元。那么，问题来了：跟谁约？会女友的话，这点预算自然不在话下。可如果是一般朋友的话，那还真得想一想——即使不为自个想，也要为对方考虑，日本毕竟是 AA 制文化的国家。不过，我全然不必顾虑这一层。因为，我在美术馆基本只约会艺术家和策展人朋友。艺术家自己也有定期观展的需求，无需客气。而策展人，是指那种供职于某个美术馆，作为"学艺员"从事艺术研究的专业人士。也是巧了，我在东京、京都和金泽这些被认为"好有文化"的城市，都有一些策展人朋友。跟那些朋友约的话，去他（她）们的美术馆，会友兼观展，不亦乐乎？更爽的是，有免费观展的特惠。我一般是提前约好，下午按约定时间过去，到目的地后打个电话，策展人朋友会带一只"Guest"（来宾）的名牌，连同最新企划展或特别展的图录一并给我。然后，我观展，他（她）先回职场。待我看完展览和馆中店后，再次致电。朋友出来，我们再一起去附近的居酒屋，遂进入"夜间部"的节奏。

金泽二十一世纪美术馆的空间装置——"游泳池"

约会艺术家、策展人朋友，一年之中总有那么几次。而具体定在什么时间，一般要看艺展的档期。日本美术馆的策展活动，极富计划性，有些重要展事，因涉及从海外调运展品，并伴随运输、保险等巨额预算，往往是提前数年就定好的规划。各种艺术资讯，确保你不会漏掉任何重要展事。提前一年，各种艺术"MOOK"或刊物，会告诉你翌年度日本重要美术馆全部展事的内容和展期。你要做的，只是根据自个的档期和荷包的丰盈程度，选择其中的"必须"者。当然，选择即代价："必须"的背面，是不得不对大部分艺展"割爱"的无奈。

写到这儿，我倒是想到了我所在的城市北京的状况。帝都与全国一样，在过去十五年中，完成了美术馆建设的狂飙突进。从硬件上说，其"高大上"庶几已与发达国家比肩。但在软件上，差距真不可以道里计。仅举一例：去年，798艺术园区内有一家我常打卡的画廊，拟举办日本摄影家须田一政的摄影展。提前数月，我就从网上和微信等各种渠道得到了展讯，翘首以盼。因我是须田一政的粉丝，写过关于"须田调"的评论，并入藏过数种摄影家的签名本摄影集，对此展是志在必观。可我发现展讯上未写展期的具体时间，只有"近期内"的模糊表述。于是，我隔几天就会看一下那间画廊的官微，看有无具体安排发布。如此，两三个月转瞬即逝。因为需安排一次出国旅行，而我又怕错过须田展，便致电画廊，确认展期。不承想，接电话的女生告诉我，他们也不知道何时才能举办。这让我真的困惑了：可……难道不是你们自己发布的办展通知么？怎么会不知道呢？电话那头，女生抱歉地说："因为全部展品从日本海运过来，早就到了天津新港，但在海关卡住了。何时能通关，我们也说不好……"

我瞬间联想到前几年发生在自己身边艺术家朋友身上的遭遇，在心里说，那就是不可抗力了。是的，不可抗力，或曰不确定性。如此状况之下，你能期待本土的美术馆编本"MOOK"，列出未来一到三年内重要展事的计划吗？不如意事十常八九，可与语人无二三——在一个不确定性的时代，为文责计，我想还是暂不推荐在本土美术馆的约会方案为妥。

19　人间事，唯春光、美本和艺展不可负

　　大约是 1997 年初冬，一个周日的中午，我和大学同学 T 君骑车去旧书店扫街。为什么说"扫街"呢？因为那时节，我们去旧书店淘书是一正事儿，一去至少半天，一般会预先设计好路线图，"扫"上几家店。我们约好在新街口中国书店见面，然后从那儿去了琉璃厂。逛完琉璃厂，又去了东单。

　　当时东单北大街西侧，青年艺术剧院的边上，有一家中国书店，但也卖新书，气质比较文艺，书品也很"正"。寒舍颇有几种好书是出自那家店，如日文版内山完造的《中国人の生活风景——内山完造漫语》(东方书店，1979 年初版)：扉页上钤有"人民美术出版社藏书"印，而扉衬页上则是版画家、东京内山书店老板内山嘉吉先生的题款："人民美术出版社惠存"；署名是"完造末弟内山嘉吉"。

　　记得那天到东单时已经快到下午四点了。太阳西斜，但如果不在胡同口的话，被临街的建筑物遮挡，基本觉不出阳光的

内山嘉吉赠予人民美术出版社的完造著作日文版:《中国人の生活风景——内山完造漫语》, 东方书店, 1979 年初版

　　温暖, 加上白天一直在吹的小风变成了阵阵劲风, 人早就手脚冰凉, 飞快钻进东单中国书店, 直上了二楼卖场。我依稀记得那家店一楼净是些教材辞典, 乏善可陈, "硬货"在二楼。有一大开本新书, 放在带玻璃门的书柜中, 煞是扎眼, 书名是繁体字:《民国艺术——市民与商业化的时代》。我让店员从柜子里拿出来, 捧在手中翻阅。书是硬壳精装本, 封面是梅兰芳在《御碑亭》中饰演的孟月华、潘玉良的油画和广告招贴画的组合; 封底上端是电影明星袁美云的剧照, 玉手持花, 笑容暧昧, 下端是张大千所绘时装艳妇, 脸庞像是从敦煌壁画里走下来的唐朝美女, 而肢体和姿势则透着好莱坞范儿, 大胆风骚。扉页、扉衬和封底衬页采用"民国蓝", 环衬上的图案是《点石斋画报》中的一页, 描绘了清末戏园演出京剧时的盛况。全书

177 页，铜版纸彩印，在那个时代，堪称奢侈。更主要的是，所谓"民国范儿"在媒体上定型之前，对我个人来说，那才真正是一本劲道十足的"民国范儿"读本，而且是"民国文艺范儿"。其中多数内容，即使在今天来看，也仍未过时。我在书柜前至少磨叽了一刻钟之久，女店员一直在警惕地盯着我。但 210 元的标价，到底还是让我把书放回了柜子。然后，走到旧书区，收了两本不打紧的书。时隔二十多年，我已全然记不得那天买了哪些书。

出了东单店，通常会顺道去北边约一站地的灯市口中国书店和再往北约两站地的隆福寺中国书店，最后再踅进北新桥的人民文学出版社读者服务部，就算齐活了。但那天，因跟朋友在一起，而且是我动议的，便想扫完街后，请哥们儿小酌。于是，出了东单店，我们没再进别的书店，想径直去朝内小街找个小馆子打牙祭。但在路上，边骑车边有一搭没一搭地聊着天，我有些心不在焉，脑子里总在闪回刚才那本图册。到了东四十字路口，遇红灯。我单脚踩地，另一只脚蹬在脚踏板上，听朋友闲扯。绿灯一亮，他刚要蹬车，被我拽住车把："哥们儿，我还是得回去一趟，把那本书拿下。要不你丫先回吧，咱们改天再喝。"说罢，我过马路，掉头往回猛骑。到了东单店，一步上俩台阶，直奔二楼新书区的书柜前，让服务员拿书，开票，交钱，走人。后来，关于民国文化的书坊间真没少出，可就因为有过这个插曲，我独钟这本《民国艺术》。

《民国艺术——市民与商业化的时代》，马未都等策划，国际文化出版公司 1995 年 7 月初版

客观地说，那本书本身其实并没有那么重要，但这个故事我却总也忘不了。我喜欢的日本作家、书志学者鹿岛茂有本书，书名叫《书比孩子还金贵》。冯至在早年的作品《桥》中写道："我不能空空地怅望着彼岸的奇彩／度过这样长、这样长久的一生。"我当然知道那是一首情诗，但随着马齿徒增，有时竟会觉得它是一首恋书的诗。活到这把年纪，不会再惆怅"这样长、这样长久的一生"，反而平添了一种譬如朝露、倏忽即逝的宿命感、无常感。但唯其如此，亲近美本的冲动，才变得更加纯粹，更加忘我，也更加所向无敌了。反正从那以后，凡想要的书，只要品相够完美，我基本都会设法拿下。伴随着祖国经济起飞过程中持续的"货币宽松"，甭说是 210 元的书了，后来比这贵 5 倍 10 倍，甚至是 20 倍的书，也照收不误，爱谁谁了。好在志在必收的目标是越来越少了。有时，深夜在书房自酌、码字，举目四望，竟会有种"内无怨女，外无旷夫"式的小小自得。

读书人与珍本美本的邂逅，是在书店这个特定的场域（就一般传统案例而言，不包括现在的网店和书商运营的读书人微信群）中的因缘际会，本身就是小概率事件。而一旦邂逅，又受制于定价合理与否和读书人的荷包、收藏条件等因素，"结缘"的概率更打了折扣。说起来，其实并不比一次约会导致儿孙满堂的概率大出多少，用日文禅语的"一期一会"来形容怕不为过。否则的话，大藏书家岂不多如过江之鲫了吗？

相比较而言，比起珍本美本之于读书人的小概率来，文青艺青们邂逅一部佳片、一场好的舞台剧和一次好画展好影展的概率确乎更大些，兑现也比较容易。在这个全球化盛极而衰、开始后退的时代，艺术似乎成了全球化程度最高的产业。这点只需留意下朋友圈，便可略知一二：从策展内容到艺术藏品的

北海道洞爷湖畔的公共雕塑

跨洋大挪移，到各种艺术展事受众的全球行脚。前者简单，显而易见：受制于艺术文化产业政策、国际保险体系不完善等瓶颈，中国的一流美术馆、博物馆很少举办大规模国际性艺展，出自西方名家之手的稀世珍品鲜有在本土艺术殿堂亮相，而落地于一线城市繁华街头、充斥于各种公共空间的城市雕塑和艺术品，说好听点是三流货，是关于"刻奇"（kitsch）的物理定义。而与之相对的是，中国名家在日本和西方的展事上频频露脸，过去二十年来，中国当代艺术之强势，在西方被称为"China power"，包括最近被媒体曝光的中国本土艺术大鳄"抄袭门"事件，恰恰反证了这种策展的国际化和艺术品的乾坤大挪移。而抄袭者居然踏踏实实地一抄三十年，最终是因为展览办到了受害者、比利时艺术家的家门口布鲁塞尔，才遭遇"滑

北京望京京密路口的城雕作品

铁卢"的事实，则表明了这种流动的单向性和信息不对称。

与艺术品的流动性相比，艺术受众全球行走的动静更猛，规模更壮观，且经过社交媒体的放大，以相当夸张的形式呈现了出来。社交媒体经过近十年的发展，已略带疲相，在不同国家都有不同程度的表现。如在日本，LINE、Twitter 和脸书（FB）等"老铺"的人气开始下坠，年轻人更热衷上 Instagram，乃至有个新词叫"インスタ映え"（意为在 Ins 上发照片圈粉）。而在中国，微信的独大优势虽尚未被打破，但不知不觉间，朋友圈的口味已悄然改变——原先那种纯秀西餐日料和东西洋盛景的朋友圈，已乏人点赞，代之以更"有文化"的"硬核"内容：观展追剧，参加艺术品拍卖会，出席高端论坛等。一个最近的显例，是于东京国立博物馆举行的颜真卿展。

东京国立博物馆门前等待观看颜展的人流

2019 年 2 月 24 日，特别展"颜真卿——超越王羲之的名笔"落幕。据不完全统计，在一个月零一周的展期内，有近 20 万人观看了展览，其中包括即将退位的明仁天皇和皇后陛下，其盛况超越一年一度于奈良国立博物馆举办的、以日本皇室藏宝为主要内容的正仓院展。究竟有多少国人观看了展览，虽然缺乏精确的统计（据主办方称，租借中文导览录音器者，约占四成），但社交媒体上动静之大，确实了得。我曾对日本作家朋友半开玩笑地说："如果你没专程赴东京

颜真卿特别展图录

观展，如果你观了展而没发朋友圈，如果碍于种种你虽未能前往观展，但却未转发关于颜展的公号文的话，那么借用太宰治式的表述，叫作'小资失格'。"

在撤展前五天（2 月 19 日），笔者怀着略带愧疚而自卑的心情，走进了上野公园内的东博。我一大早从石川县的金泽乘北陆新干线赶到东京，把行李寄存在神保町的酒店，便赶到上野。我对上野公园非常熟悉，未走一步冤枉路，径直来到巍峨壮丽的东博正门口时，差不多是正午一点。我松了一口气，准

备看完颜展后，搂草打兔，再顺道去同一公园内的东京都美术馆，看另一个江户绘画展。但很快就发觉自己"图森破"：为了入场，先在寒风中排队70分钟，同时被告知，为观览颜真卿《祭姪文稿》（简称"文稿"）的真迹，还需再排70分钟。如此，整整半天的时间泡在了颜展上。因我翌日就要离开东京，另一个画展便不得不割爱了。不过，必须承认，这一下午泡得超值。

书法是最具象，同时也最抽象的艺术。判断一幅字、一卷手札或一通文人短简之"好"与"不好"，艺术价值如何，自然不乏见仁见智的成分，但历史文化背景、书体的发展与流变及对创作者生平思想的把握，是客观硬标准，避不开也绕不过，而这正是2019年颜展的学术诉求之所在。此展汇集了源自台北故宫博物院、香港中大文物馆和日本各大博物馆美术馆所藏之精粹，共计177件，其中颇不乏数年乃至十数年才一露真容的国宝级文物。最吸睛者，当然是颜真卿于公元758年一挥而就的悲愤之书"文稿"。与王羲之的《兰亭序》并称"双璧"的"文稿"，在书界一向被尊为"天下第二行书"，但因《兰亭序》的原本已无存，"文稿"的真迹自然备受推崇。据说，以往在台北"故宫博物院"也只是展出了正文部分，而这次东京展，却连同前后跋文一并展出。"台北故宫"所藏1261年前出于中唐名臣之手的书帖，并乾隆帝233年前的题跋、钤印，竟然呈现于21世纪10年代末的日本观众面前，真令人恍然有种肇始于大唐的"全球化"一路绵延至今的、今夕何夕般的错觉。

不过，若是单纯只为了吸引观众前往、一睹宝物真容的话，便有些类似于今天日本某些佛教禅宗流派大本山寺庙所辖的藏宝馆似的，"恃宝物以挟天下"，那么颜展的学术价值怕是也会有所削弱。可别忘了策展与主办方是与日本近代化历史几乎等长的东博（创设于1872年，是日本最早的博物馆），其在国家"美术行政"格局中的定位与学术野心，决定了不容以"聚宝盆"式的藏宝暴发户心态和半吊子的策展思路办展。所以，我们才有幸看到了这一场熔美学与文化于一炉的文化飨宴。颜展以相当专业的学术视角系统梳理了甲骨文以降3500年的汉字书法史，揭示了书体进化的秘密，凸显了颜真卿这座书法史上醒目的巅峰，同时也没有忽略那些隐身于层峦叠嶂的书法史景深后面的大小山峰。因此，我们才得以看到从欧阳询、虞世南、褚遂良、怀素，到柳公权、苏轼、黄庭坚、米芾，到李公麟、赵孟頫、董其昌、傅山，到何绍基、赵之谦和日本空海和尚、嵯峨天皇等历代书家的真迹。更重要的一点，你不是在商业画廊或艺术品拍卖场上冷不丁地见识那些真迹，而是在经过悉心编纂的书法史脉络中，领略那些稀世奇珍的风格与风骨，及其赖以形塑的文化源流。

这其实也是东瀛各种艺术文化展的特性与妙处之所在。我曾在一篇文章中谈过在日本美术馆淘书的趣事①，展览图录不仅有独特的学术价值，且基本属于"过这村，没那店"，而颜展图录，正是最好的注脚。这本由每日新闻社初版发行的图录，大16开、358页，四色印刷，内附两张折叠跨页，分别为颜真卿的"文稿"和怀素的《自叙帖》，书末附有全部作品图版的日英文索引。通常，艺展图录多是展期内，在博物馆（或美术馆）内的卖店中销售，一俟撤展，图录即告绝版。但颜展的图录，以公认的学术品质和古雅脱俗的装帧品位，广受欢迎，不仅展期内在东博的卖店中销售，且同时在银座茑屋书店、新宿纪伊国屋和池袋的淳久堂等连锁书店中寄售，展事虽已打烊，图册仍在走货，连笔者居住地帝都望京的艺术系书店都在接受预约。一本非主流出版物，居然如此热卖，为近年来所仅见。

对我个人来说，观展和图录收藏是一枚硬币的两面，缺一不可。好的艺展，一定要辅以精美的图录、画册，否则便有失完整性。因为一个严肃有品的艺展，是策展人对艺术家的邀请或重新发掘，是对过往某个时期艺术思潮的回溯和重要艺术流派的重构，是公开的艺术演示，是艺术家与艺术受众跨越时空的对话。而艺展有档期，撤展后如观众仍对特定的艺术现象保持关注，或准备深入研究的话，图录是必备资料。特别是海外

① 见《东京文艺散策（增订版）》，台湾远景出版公司，2018年1月初版，第35页：《在美术馆里约会，是一种怎样的感觉》。

的艺展，多对摄影有严格的限制，若没有图版提示的话，完整的形象记忆很难持久。

这方面，中日两国的艺术展览体制，可谓两个极端。必须承认，中国不是没有高水准的艺展。但一个常常困扰我的问题是，再好的艺展，也难以期待会有高品质的图册。这方面状况甚至是倒退的，早年一些重量级艺展，还有图册发行，但近十年来，真的是可遇而不可求了。近如2019年3月，在中央美术学院美术馆举办了一场题为"先驱之路：留法艺术家与中国现代美术（1911—1949）"的展览，是对20世纪上半叶，在现代艺坛异常活跃、同时又严重分化的旅法艺术家群体的一次整体检阅，追踪了一些艺术圈的"失踪者"，打捞了一批珍贵的艺术史料，颇不乏头一次曝光于公众视野中的油画、雕塑作品。就学术性而论，堪称近年来鲜有的高水准展览。然而，除了纸质门票外，居然连一张印刷宣传品都没有，遑论图册。撤展前最后一天下午，笔者观展出来后，见无片纸资料，真有心重新买票再看一次，好顺便记一些笔记，无奈已无时间，不能不说是一种遗憾。

这刚好与日本的状况构成两极之比照。一般来说，中国艺展的受众仅限于艺术文化圈，其影响也绝少辐射到圈外。因此，圈内该知道的会知道，圈外则不必知道。近年来，因了社交媒体的高效传播，似乎开始有"溢出"效应，不少文青艺青四处跑场子，但其实业界的藩篱犹在，隔膜依旧：你难以想象一个北京南城的房产中介雇员，周末会倒几趟车跑到798、草场地观一场摄影展。道理也简单，因为朋友圈的构成本身，就是高度同质化的。

相对于社交媒体的朋友圈传播，日本都会的艺术资讯传播主要还是靠传统出版物和印刷品"硬广"。乍看上去，这种资讯的生产与发行机制似铺天盖地，叠床架屋，不无"野蛮生长"之嫌，实则多重构成，有序覆盖，客观上达到迅捷有效的传播，且不囿于阶层。如把这种信息生态自上而下、从高端到低端做一番梳理的话，大致应如下：

——出版物。这里所谓的出版物，是指由正规出版社出版，能进入各大新书店和亚马逊等主流发行渠道的艺术资讯类案内书或"MOOK"。因系资讯类图书，定价相对便宜，远低于普通单行本的价格。此类出版物的特点是针对性和计划性很强，打个比较牵强的比方，属于长线的"天气形势预报"，告诉你未来一两年内，日本国内有哪些重要的艺术节、双年展、三年展，及东京、横滨、京都、神户等全国的主流美术馆，有哪些重要展事，如《濑户内海艺术祭公式 Guide Book》《横滨三年展公式 Hand Book》和《札幌艺术祭案内》，如按年度发行的《美术展必见 Hand

Book》等"MOOK"。

——"ZINE"。指那些非由正规出版社出版，也不进入主流发行渠道，而是由独立的艺术机构或艺术家个人编纂，由特定画廊、美术馆或艺术家工作室自主发行的、定期或不定期的艺术刊物，分有偿和免费两种。这类出版物，多为小众趣味读物，是针对部分"铁粉儿"定制发行的图文书，多由名艺术家或名装帧设计家操刀装设，高品质印刷，印量

摄影集装帧设计家町口觉设计的著名 ZINE "1000 BUNKO" 两种

小，唯其不进入主流发行渠道和公立图书馆，才更富于版本和收藏价值，有些价格不菲。如笔者所藏、著名视觉书籍装帧设计家町口觉负责创意装设的"1000 BUNKO"[①] 系列，文库开本，封面、书脊和封底统统为素白，每种均为一个艺术家的黑白作品摄影集，正文 1000 页，加上序跋约1020 页，像一本加厚的平装本《圣经》，用纸考究，印装工

---

① 即日语中"文库"的罗马字拼写，是日本出版标准化形态之一，即中国人常说的"口袋本"。

艺达到了极高水准。过去十年，只出过三四种，虽然只在位于东京六本木深巷中的一间摄影画廊销售，但在艺术圈名头甚响，初版本早已价格不菲，一册难求。

千万别以为不进入主流发行渠道，便没有市场。每年春夏两季，不定期于银座、表参道等繁华地段举行的"东京艺术书展"（Tokyo Art Book Fair），动辄有四五百家艺术机构出展，会场人头攒动，奇装异服的艺青小资穿梭其间，真正是秀腿如林的"美本之森"，人气甚至超过了历史悠久的东京国际书展（TIBF）。

——"FREE PAPER"。即各种免费印刷品，从地铁车厢内的"吊广"到张贴在车站等公共设施墙面的艺展广告，到各大美术馆、博物馆等艺术现场，到处是印刷精美、可自由取阅的艺术资讯纸。在东瀛全国大大小小的艺术机构，当你在窗口购买门票时，一准会随入场券同时得到一份小册子——关于该文化艺术设施的介绍，内容包括历史沿革、参观注意事项和交通路线等。在公共区域，一准会摆放着类似中国城市的阅报栏似的资料格，上面按时间顺序插满了各种企划展、特别展的印刷品海报，一律免费索取。因这类印刷品多为 A4 规格，很多参观者会自行携带 A4 的透明文件夹，观展后去那儿索取自己感兴趣的海报。如果你没带文件夹的话，也不怕，设施中的卖店一准会有印着最新特别展图案的文件夹作为小礼物出售。所以，长年在日本观展的一个"副作用"，就是各种印刷品和塑料文件夹会越积越多，弃之可惜，留之用处也不大，时间久了，还是会优先成为"断舍离"的对象。

这三类资讯，并非各自孤立存在，而是相互交叉，相互覆盖，相互提示，相互链接，共同构成了一张巨大而密致的艺术信息网，绝无死角。譬如，你在东博颜展上入手的资料，也包括了在另一间百年老店东京都美术馆举行的题为"奇想的系谱——江户绘画的奇迹世界"展的资讯；去了"奇想的系谱"展，你会发现当月"写美"（东京都写真美术馆）正在举办一个英国的"摄影起源展"。而去了"写美"之后呢，保准你会得到更多资讯，甚至包括即将开幕的京都国际戏剧节（京都国际舞台芸術祭2019）和濑户内海国际艺术节（瀬戸内国際芸術祭2019）的案内资料……可以

东京大江户博物馆和北京首都博物馆联合举办的"北京与江户"展，大江户发行的图录

说，日本的艺术文化产业，就是这样一个密切关联、不断增殖，你中有我、我中有你的开放性共享系统。

这个系统体量足够庞大，资金足够雄厚（这一点，只需稍留心一下每年举行国际性艺展的规模和频度，及其海外艺术品收藏的实绩，即可管中窥豹）。但碍于系统极强的计划性，策展企划并不易通过，而一旦通过，则殊难调整，有时会显得弹性不足，运转效率似乎也不是很高。不过，有一点是肯定的：只要在系统之内，你入手的资讯会有重合，有浪费，乃至需不定期地断舍离，但断不会有遗漏，系统可确保你基本不会错过任何有价值的艺展，只要你有时间，有一定的资金支付各处的门票（与美欧相比，日本博物馆美术馆的价格稍贵）。

我其实很早就意识到这个系统的无敌。但早年为生计奔波，无暇随意观展，认识也浅尝辄止，对这个系统背后的运行机制多少有所了解，还是近几年的事——不过此乃题外话，就此打住。我想强调的是，多亏了这个网格致密的系统，过去五六年来，使我有幸在美术馆这个只用射灯照明的挑高空间，与一群近、现、当代的艺术怪兽相遇，在他们超强气场的包围中，领略一件件作品的神妙，回味那个被燃烧的个体艺术人生所照亮的大时代（而不是相反）。

此次观颜展之前，我在京都国立近代美术馆（简称"京近美"），看了"世纪末维也纳的平面设计"展。对我来说，也是

位于东京六本木的国立新美术馆是已故建筑大师黑川
纪章设计的超大、超文艺、超治愈的美术馆

一场"事先张扬"的艺展：2015 年，"京近美"从私人收藏家的
手中，一次性收购了 302 件（套）作品，均为签名版手印版画、
海报、藏书票，极少量制作的节目单、日历和书籍杂志的插画
原作及其素描底稿——说白了，净是些通常被视为艺术"周边"
的作品。但正是这批"周边"作品，加上此前分别于 2006 年
和 2011 年购入的另外两批收藏，系统还原了 19 世纪末到 20 世
纪初，以古斯塔夫·克里姆特（Gustav Klimt）、奥托·瓦格纳
（Otto Wagner）和埃贡·席勒（Egon Echiele）为代表的、一群带
有浓烈世纪末情绪的维也纳"非主流"画家、建筑师和装饰设
计师艺术奋斗的轨迹，"京近美"也成了仅次于维也纳分离派美
术馆的世界级分离派艺术文献的专业收藏机构。此番展览，即

是对这三批收藏的一次学术梳理和整合：克里姆特那些以金粉装饰的传世裸女画作，维也纳工房出品的带有强烈现代设计风格的线条圆润、做工精湛的樱桃木家具，明显借鉴了东洋浮世绘技法的、多色木版画，和以之为封面、插绘的定制发行画报，以及题材本身即够热辣，表现也相当惹火的彩印藏书票、海报……世纪末是放浪颓废的，是靡烂的，但同时也有种对新世纪的殷殷期待。正如"京近美"展的副标题所揭示的那样，平面设计是"刷新生活的艺术"。

我曾带友人、作家吴兴文先生去望京一家艺术圈内部的小众艺术系书店扫货。恰逢店家刚从海外进了一批新书，吴老师挑了一本关于维也纳派平面设计的英文版图册，煞是华美。作为华语文化圈藏书票研究第一人，吴先生对维也纳分离派及其所代表的世纪末风格的平面设计"艺术革命"相当了解。从书店出来，在溜达到另一家艺术书店的路上，他一直在给我讲维也纳分离派和克里姆特，说克里姆特当年在画室中，长年穿着袍子，袍子里面是不穿内裤的……而诸如此类的细节，在我从京都携回的这本厚达391页的图册和另外两本克氏评传中，屡遭"揭底儿"。如此，不到三个月的时间，克里姆特在我心中，终于从一个执迷于表现性与死的纸醉金迷的大画家，定格为一个"不穿内裤"的大画家。

当然，我多年来从东瀛博物馆、美术馆中的所获，要远超出坐实一个大画家不穿内裤的公案。2018年4月，在东京森美术馆开幕的"建筑日本展"①，无论从哪个角度来说，都是一场极其重要的展览，从规模到密度，均令人震撼，足以颠覆对建筑的传统认知。笔者在上文中说，艺术是今天日本全球化程度最高的产业。而在艺术的诸分野中，公认最国际化的领域，则非建筑莫属，尽管建筑在构成上已然溢出了纯艺术的范畴。2019年3月5日，2019年度普利兹克奖授予了88岁的建筑师矶崎新。普利兹克奖被称为建筑界的诺贝尔奖，而矶崎新是获此殊荣的第八位日本建筑师。授奖词中写道：

建筑日本展图录

　　在追寻意义的过程中，他创造了高质量的建筑，直到今天，他的作品仍无法用任何一种风格来定义。

　　矶崎新在30岁之前，至少有过十次环球旅行的经历。他

---

① 即"建築の日本展——その遺伝子のもたらすもの"，2018年4月25日至9月17日，于森美术馆举行。

在世界各地旅行时，心中始终憋着一个自我追问：什么才是建筑？后来，他以遍布全球的一百多个建筑项目的设计方案，回答了困扰整个青年时代的疑问，自称"世界公民"，因其作品被认为既是西方的，又是日本的，所以也被他的同僚、已故建筑大师黑川纪章称为"建筑思想家"。

青年建筑师矶崎新的设问，其实也是所有现代日本建筑师，特别是战后一代建筑师的本体性追问，实质上是何谓日本建筑，或者反过来说：日本建筑何为？因文明发展、自然风土、气候环境等原因，日本未曾留下如雅典卫城、古罗马斗兽场、西斯廷大教堂或紫禁城那样气势恢宏，视觉上瑰丽庄严的"高大上"历史遗迹。但这并不等于说日本建筑其来无迹，是"基因突变"的结果，从海上鸟居、草葺屋顶的农舍、千利休的待庵，到镰仓大佛、金阁与银阁、天守阁与城下町，难道不正是日本文化身份（identity）的证明吗？

明治维新之前，日本并没有近代意义上的"建筑师"，一个也没有，连"建筑"这个概念本身，也是幕末期从西洋舶来的产物。但在近代化之后，从幕末到明治、大正，直至昭和前期，东京、横滨、大阪、神户等大都会却化作了西洋建筑的道场。起初，清一色是洋人建筑师，后开始出现本土的"建筑家"，且日渐其夥。日本逐渐摸索出一整套现代建筑工法，独创了和洋结合的建筑模式——所谓"帝冠样式"，由日本建筑师独立设计的、功能性与审美完美合体的车站、市政厅、博物馆等公共设施已遍地开花。事实上，从战后到 21 世纪，由东洋建筑师在日本国内和世界各地创作的一长串令世界瞩目的、堪称伟大的建筑工程，正是这种历史轨迹的延伸。可以说，近代以降，日本以西方为摹本、以"超克"为目标的漫长竞跑早就过了终点红线，已进入构筑独自的目标，并向国际社会辐射价值与能量的领跑阶段。

此番"建筑日本展"，是对日本建筑一个半世纪历史的深情回望，一次大整理。但整理的目的却不是为了断舍离，正如展览的副标题——（日本建筑的）"DNA 所带来的东西"所表达的那样，它试图回答日本建筑"从何处来，往何处去"的基本问题。2018 年 5 月中旬的一天，我整个下午泡在森美术馆里，穿行于一个个用木材和层叠的瓦楞纸板制作的建筑模型之间，看着贴在墙上、陈列在玻璃柜中的建筑设计素描和各种建筑文献，人被一种感动给层层包裹，至今难忘。

像那样"有温度"的展览，记忆中还有一个：2017 年 2 月开幕的"都市·生活——18 世纪的江户与北京"① 展。此展名义上是东京都江户东京博物馆与首都博物馆合办，理论上，同样的文物分别在两地展出，东京在先，北京于后（2018 年 8 月 14

---

① 即"北京と江戸——18 世紀の都市と暮らし"，2017 年 2 月 18 日至 4 月 19 日，于东京都江户东京博物馆举行。

日至 10 月 7 日）。因展览内容，对我相当重要，故志在必观。但那会儿我正在生病，不适合长途旅行，按说等待一年半之后的首博展，是一个比较现实的选项。可是，一想到要去帝都的首博观展，坦率地说，我的内心是崩溃的：地铁，而且是长安街沿线车站，地铁安检、博物馆安检，排队插队、馆内的嘈杂，粗陋印刷的图录（如果有的话）……于是，我决定赴东京观展。

春节长假过后的一个周末，我飞到东京。翌日下午，去了位于两国的"大江户"（东京人对东京都江户东京博物馆的昵称）。当我在展厅入口处，看完分别以日文和中文书写的前言，我就在心里确定：来值了！照例是整个下午，泡在了"大江户"。然后在馆内卖店，购了两册展览图录。其中一册，作为礼物寄给了东京的日本友人。整个展览，怎么说呢，完全是一部关于江户时代庶民生活与文化的生动教科书，且与清代的北京城互为参照，融知识、趣味和审美于一体。后翻看图录中的出品索引，方知共展出了 185 件陈列品，其中颇不乏稀世奇珍，如从柏林国立亚洲美术馆借调的、表现江户时代日本桥一带的庶民生活和商业繁荣，被称为"和版《明清上河图》"的超长绘卷《熙代胜览》的真迹。

我后来向去过首博看展的作家朋友了解到，北京展场上出品的陈列物相当有限，很多以印刷品替代。而且，不出我所料，不仅《熙代胜览》未露面，更无图录销售……

　　不过，遗憾总还是有的。去年夏天，"殁后50年：藤田嗣治展"在东京都美术馆举行。我因做嗣治研究，并出版了传记《藤田嗣治：巴黎画派中的黄皮肤》（山东画报出版社，2014年1月初版），所以格外关注此展，早就做了观展计划。但由于个人原因，终未成行，抱憾至今。好在日本朋友帮我买来了精印图录，而且是两种封面！聊慰吾心。

　　与美本、艺展的邂逅，多半凭运气，说来也是一种机缘。对我来说，宁可错过约会，不可错过美本和艺展，还真不是说说而已。错过一次约会，还可以再约，大不了换着约，不在话下。可若是错过了美本和艺展的话，说不定就永远错过了。如东博颜展上的《祭姪文稿》，包括被尊为"宋画第一"、在20世纪20年代末从动荡的中国流入东土的李公麟作《五马图卷》，下次复露真容，真不知要等到猴年马月去了。敢不悍然赴约么？

20　日本的写真集文化

作为世界摄影大国，日本有一些"天然"优势是他国所不具备的，诸如相机制造和胶片生产大国、高度普及的艺术教育、发达的印刷媒介，等等。其中，不能不提的一点是：写真集出版大国。

"写真集"是日文，即摄影集之意。应该说，摄影集哪国都有，并不新鲜；在笔者的收藏中，有一套题为《团结胜利的党的第十次全国代表大会万岁》的彩色新闻图片，8开24页，是新华社、人民美术出版社于1973年9月联合出版的摄影集。因此，中国也是有摄影集的国度。但有无摄影集文化呢？答案基本上是否定的——因为迄今为止，中国的摄影集出版，并未形成一股潮流，也几乎从未对文化产生过大的影响。但反观日本，我们看到，摄影集既是出版物，也是一种媒介。它与摄影展一样，是照片的一种输出、观看方式，而且是很高级的形态。一位读者保有一本绝版摄影集，与一位收藏家拥有名摄影家的几帧签名原作的心情大致差不多。根据不同的版次，二者的市场价格也有可能不相上下。

摄影集有多种定义。而不同的定义，导致对其起源的说法不一。如果以"可复制的若干摄影的集成"作为摄影集的一般定义的话，那么，有"摄影之父"之称的英国人福克斯·塔尔博特（William Henry Fox Talbot）于 1841 年制作的系列摄影作品《自然的铅笔》（*The Pencil of Nature*），似乎可看成是史上最初的摄影集。摄影集共分 6 册，每一册由直接贴于纸上的银盐照片 3 至 5 帧构成，共计 24 帧，表现了巴黎等欧洲都市的风光。这部摄影集现存 15 部，其中一部藏于东京都写真美术馆，属于 I 级馆藏。笔者曾几度尝试借阅浏览，迄未遂愿。

1938 年，纽约现代美术馆（MoMA）举办了沃克·埃文斯（Walker Evans）的摄影个展，同时推出了题为"American Photographs（1938）"的展览图录。图录一改此前单张图片互不关联的排列方式，以一种连续性的体例来编纂，被认为是现代摄影集的始祖。1952 年，法国摄影家亨

作者藏《沃克·埃文斯：美国影像》，浙江摄影出版社 2014 年 9 月版

利·卡蒂埃·布勒松（Henri Cartier-Bresson）出版了摄影集《决定性瞬间》（*Images a la Sauvette*），封面是野兽派大师亨利·马蒂斯的肖像摄影。

作者藏布勒松摄影集，Thames & Hudson 社 2006 年版

1956 年，由《每日新闻》社以别册的形式出版刊行的《雪国》，是日本最早的摄影集之一。正如印在摄影集扉页上的题记所表达的那样："这是一本记录日本人生活的古典之书。"摄影家滨谷浩用镜头和胶片记录了东北地方新潟县的村人贺新春、祈丰产的"追鸟"民俗行事，探索了战后日本人当如何自处的根本性问题，与战前的摄影有大不同。著名文化学者柳田国男在摄影集的序文中，把以滨谷作品为代表的战后新摄影评价为"不仅有助于学术研究，而且有种使日本人免于丧失国民性和精神性保障的机能"，是一种"看不见的文化"记录，提升到关涉日本文化身份的高度。滨谷浩与此前两年刚出版了摄影集（《杰作写真集》）的另一位摄影大师木村伊兵卫一道，开创了战后摄影的新路，那种镜头几乎全然不为被摄体所察觉的"纯客观"摄影风格，成了日本记录摄影的标准。

1960 年，土门拳出版了《筑丰的孩子们》，表现了一个为社会所遗忘的人群——废矿区儿童的挣扎。其高度写实的表现力，唤醒了全社会对成为经济发展和能源革命牺牲的草根群体的关注，土门拳也成了社会派记录摄影的代表性大家。

1961年，细江英公出版了摄影集《男和女》。丰饶性感的女体，大胆、充满性暗示的姿势，或暧昧或亢奋的表情，无不强调着感官性，给人以异常强烈的撞击感。乃至摄影家东松照明明言"恐怖"，摄影评论家福岛辰夫称之为"不幸的实像"，小说家松本清张用"奇怪的幻想"来形容，而诗人谷川俊太郎则认为"这正是为恢复正处于沦丧之中的我们的生命而尝试的系列仪式"。作为有某种明确媒体诉求的摄影家，细江除了用舞蹈家土方巽做男模特外，还有意识地活用传统日本绘卷的工艺于摄影集制作中，在和纸上印刷，以樱红或菊黄的土布压边，摄影画页中间穿插以纵排的诗歌（山本太郎诗），以谋求一种跳跃的节奏感。整个摄影集就像一部《源氏物语》的绘卷，今天的人体摄影与传统的和本装帧相结合，寓现代于古风之中，其高度的形式感，远大于单纯的人体摄影。事实上，摄影集已然构成了某种复合媒介，有些类似于多媒体。

日本摄影家中，有自觉而强烈的媒体意识者，当首推荒木经惟。1970年，时任电通公司广告摄影师的荒木把自己的摄影作品手工装订成25卷，然后用公司的施乐复印机复制了70部，命名为《施乐写真帖》（私家版），分赠给亲友同事。翌年，又把与妻子阳子从婚礼到蜜月旅行的照片自费印刷出版。这本胶印的黑白摄影集，共 108 页，封面上有摄影家题写的书名《感伤之旅》，右下角同样以手写体注明"1000 部限定 / 特价 1000 円"。因系自费出版，付梓后，荒木委托纪伊国屋书店代售时，社长田边茂一建议他写一篇自序。摄影家当场便用左手（荒木是左撇子）一挥而就，复印后插在摄影集扉页的后面。荒木写道：

我已经无法忍受。这并非因为我是慢性中耳炎的缘故，只不过是由于时尚摄影的泛滥：那些跳出来的脸、跳出来的裸体，出来的私生活、出来的风景，统统是胡扯八道，完全无法忍受。可这些作品，与那些撒谎写真不同——这个"感伤之旅"是我的爱，是我要当一名摄影家的决心！这并不是说我拍摄了自己的新婚旅行，便把它当成是真实摄影。只是说如果把摄影家的出发当作"爱"的话，那么我则是从"私小说"起步的。是的，我一向觉得自个就是一部私小说。因为我觉得只有私小说才是最接近摄影的。我只是把新婚旅行的过程原封不动地排列了一下而已，反正请翻翻看吧。显得旧了吧唧的灰白色调子终于以胶印的形式呈现出来了，成了越发感伤的旅程。我成功了。你也会满意的。我从日常的渐次流逝的顺序中，感到了某种东西。

作者藏《野岛康三写真集》（复　　作者藏土门拳写真集《风貌》，
刻版），AKAAKA 社 2009 年版　　ARUSU 社昭和二十九年版

　　这实际上不啻为荒木的《私写真宣言》。自此，他开辟了一个所谓的"私写真"时代。某种程度上，也因了他神话般的存在，日本的摄影集制作进入量产时代。

　　荒木经惟，是出生于东京下町的"江户子"。其父是木屐艺人，也是业余摄影师，荒木自小亲近照相机，与此不无关系。荒木的出生地，离江户时代以来东京最著名的花街吉原很近。旁边就是净闲寺，是风尘神女了断尘缘之地，这对他的生死观有至深的影响。性与死亡，是摄影家不懈表现的两个母题。可若是对荒木的作品细加体味的话，这两个母题实际上是合二为一的，那就是——死亡。

荒木的性表现中，有浓烈的"死之味"。哪怕他拍摄象征女阴的花蕊，都像是在福尔马林药水中浸泡过似的。最能体现这一点的，是他于1993年出版的一部名为 *Erotos* 的摄影集，这个词其实是他根据"eros"（性爱）和"thanatos"（死亡）合成的造语词。而最极端的表现，莫过于他在1992年出版的摄影集《感伤之旅·冬之旅》中，赫然印着因子宫癌去世的夫人阳子的"死颜"。在摄影家本人看来，既然是"私写真"，那么摄影便应该记录个人生活中的一切，于是他记录了最终对阳子的"失去"。但舆论和文化却不作如是观：摄影集付梓之际，另一位重量级摄影家筱山纪信与荒木对谈，筱山表示，从日本文化和伦理角度，荒木的极端表现是"绝对不能允许的"。二人从此绝交。

作者藏筱山纪信写真两种

荒木经惟的摄影集生产，是一个神话，一个由摄影师、摄影艺术、媒体和印刷技术共同制造的神话：迄今为止，荒木已经出版了逾500种摄影集，而且还将持续下去。这在190年的摄影史上，是一个空前的纪录。对这位"私写真"摄影家来说，他所面临的终极问题也许只有一个，那就是：自己最终的"死颜"将如何记录？当然，这是后话。

20世纪50年代后期，日本实现战后复兴，经济开始起飞，社会思潮空前活跃，艺术生态也相当繁荣。1959年，摄影评论家福岛辰夫及摄影家东松照明、佐藤明、细江英公、奈良原一高等十人成立了摄影同人团体"VIVO"，出版了一批颇具影响力的摄影集，如东松照明的《11时02分Nagasaki》和《日本》，细江英公的《男和女》和《蔷薇刑》等，均是代表战后摄影艺术成就的名摄影集。这一群摄影家，都有自觉而鲜明的艺术诉求，他们在保持摄影的记录性的同时更强调照相机的特性，主张以多重曝光等技术手段，自由表现。他们被称为映像派，其艺术实践也被看成是战后摄影领域中的前卫艺术。

而与之相对，1968年，由摄影家中平卓马、森山大道和摄影评论家多木浩二等创办的新锐摄影刊物provoke（《挑衅》），则主张"摄影非艺术""非表现"论，认为理应从摄影的"本源的真实性"出发，将"记录写真"进行到底。在艺术理念上，这一派其实与荒木经惟的"私写真"是相通的，中平卓马、森山大道与荒木经惟私交也甚笃。记录派虽然也都是很专业的摄影家（如森山大道出道前是细江英公的暗房助理），但他们近乎原教

作者藏蜷川实花写真集两种

旨的"记录"观念，使他们过于轻视技术和设备。荒木经惟和森山大道都经常使用傻瓜胶片机拍摄，而森山所用的傻瓜相机甚至多是从别人那儿临时借来的，随拍随丢。

日本是传统的媒体社会，大众传媒极其发达，尤其是影像媒体，战前便已初具规模。至20世纪六七十年代，随着经济的高增长，印刷技术突飞猛进，加上精良的纸张，各种商业媒体争奇斗艳。摄影家的发表平台，一是专业摄影杂志，如《朝日摄影》《每日摄影》《摄影家》等；二是新闻、文化、娱乐性周刊的广告插页，如《周刊文春》《钻石周刊》《星期五》等；三就是摄影集。随着摄影"原作"观念的普及及画廊、美术馆举办的摄影展成为摄影的主要观看形态之前，摄影集几乎是摄影作品的最终落地形式，也是最"高级"的形式。如有些摄影家在推出自己的摄影集时，会制作两种版本：普及版和限定版。前者即我们通常所看到的批量精印摄影集。后者则根据不同的

投资，亦有若干形式。我见过的最豪华版本，是每一幅画页都是实物照片，是那种摄影家手工印放的银盐照片，扉页上有摄影家的签名，一般只出数十册。考虑到银盐摄影作品的版数，绝对是不折不扣的珍版。

史上动静最大的摄影集，是筱山纪信拍摄的女明星宫泽理惠的裸体写真集 *Santa Fe*（《圣达菲》），1991 年 11 月，由朝日出版社出版。筱山是日本最富人气的商业摄影师，以拍摄女明星的裸体写真见长，几乎拍谁谁火，屡试不爽，用他自己稍带自我炒作的话说："筱山写真不是摄影，而是事件。"据说，他说服女明星拍摄的话，从来只有一句，言简意赅："脱脱看？"一次见宫泽的母亲，筱山习惯性地随口说了句："理惠说话就十八岁了，要不我们拍个裸照吧。"不承想，宫泽母亲立马接过话茬道："要拍也要等到连休过后。"连"老炮"如筱山者也顿时傻掉了。要知道，彼时的宫泽理惠那可是天王巨星，如日中天，能是说拍就拍的？不过，全日本都知道，理惠完全被掌控在爱财如命的乃母手中。

一言既出，驷马难追。筱山考虑，非得选一个摄影史上的圣地，才配得上宫泽理惠"圣处女"般的气场，遂决定在世界级摄影大师阿尔弗雷德·斯蒂格利茨（Alfred Stieglitz）曾拍摄系列作品的美国新墨西哥州梦幻之城圣达菲拍摄，并以地名命名摄影集。

商业归商业，但客观地说，宫泽理惠摄影集确实堪称精品中的精品。人气绝顶的日荷混血女明星，在北美明媚的阳光下，轻解罗裙，玉体含羞，鲜嫩欲滴。甫一付梓，便纸贵东瀛，共售出 155 万部，刷新了摄影集大国日本的发行纪录，并于 1999 年再版。摄影家筱山纪信更加踌躇满志，美少女写真集的订单不断，行情看涨。

不过，*Santa Fe* 出版后，有好事者根据摄影的时间推算，认为当时宫泽理惠的实际年龄只有十七岁零十个月，尚未满十八周岁。那还得了？筱山纪信涉嫌违反《禁止儿童色情法》，还真刀真枪地闹上国会，折腾了一通，结果不了了之——此所谓畅销摄影集的"负面效应"。但事情也有另一面，而且说带有"里程碑"性质亦不为过，只是这"里程碑"听上去有些"那个"罢了——说白了，正是这本摄影集，成了日本现代出版"体毛解禁"的标志：此前，遮遮掩掩，不能正面表现，务须经过技术修正才能在出版物上亮相的局部体毛，至此，开始坦然登场了。

作者藏筱山纪信拍摄的宫泽理惠写真集 *Santa Fe*，朝日出版社1991 年 11 月第 2 刷。

21   春情抄——日系桃色电影兴衰考

无论是世人的想象，还是现实，日本都堪称情色文化大国。若与邻国相比，中国更是"输在了起跑线上"，无论这"起跑线"是划在平安时代、江户时代，还是战后。大凡见识过东京的新宿歌舞伎町，那些以娱乐杂志的过刊为主要经营对象的旧书店和成人漫画店，或曾经像便利店一样繁盛一时，遍地开花，如今却几乎绝迹了的录像带出租屋的人，想必对东洋情色文化产业的规模之大、声势之猛和生态之多样细腻印象深刻。但囿于不同的国体国情、制度文化及法律，国人至今对日本情色文化想象大于理解，多少有些盲人摸象，不得要领。譬如，把庞大的情色文化产业等同于 AV，而说到 AV，则言必称"苍老师"。其实今天，无论从规模，还是就份额而言，AV 产业已难称大。而在代有才人，各领风骚，特别是邻家女孩范儿"素人"明星走红的时代，苍井空恐怕连三流都勉强。如果说，东瀛的情色文化产业是全光谱的话，AV 只是其中一个并不算宽的波段罢了，且属于晚近产业，历史很浅，满打满算只有三十来年。所以，言必称AV，只能说是窥一斑而不知全豹了。

战后日本影坛的一对明星伉俪大岛渚和小山明子

以源流论，就平面印刷媒体以外的产品形态来说，前AV时代的王者，非桃色电影莫属。所谓"桃色电影"（Pink Film），虽然单就字面的意思而言，与西方的"色情电影"（Pornography）或"成人电影"（Adult Movie）似无甚区别，且内容有很大交集，但若以文化史，特别是电影文化史的观点而论，则有其特定的定义及语境，很难"一勺烩"。

其实，对日本来说，在桃色电影出现之前，色情片也并不是一个全新概念。电影文化学者四方田犬彦在《日本电影110年》中说，"在日本，古典意义上的色情片早在战前就已经有了"①，却并未举出具体例证。不过，据我所知，日本一些电影博物馆中，藏有16mm胶片，内容是"猥映画"。所谓"猥映画"，

① 《日本电影110年》，〔日〕四方田犬彦著，王众一译，新星出版社 2018 年 1 月第 1 版，第 214 页。

即战前对色情片的称谓。而 16mm 胶片，也基本是战前电影工业的通行标准。战后，出于放映活动大众化的需求，胶片规格统一为 8mm。笔者收藏的关于战前思想警察"特高"的资料中，也有大正期对"猥映画"的检举记录——起步可谓够早。

战后初期，高知县曾有个电影同好团体叫"土佐（土佐即高知县的旧藩名）的黑泽"，拍摄了一系列表现男女性事的地下影片。片子主要以 8mm 胶片拍摄，但也有部分 16mm 规格的拷贝。即使用今天的标准来评价，黑泽小组的创作题材也是相当出位，不仅有对性器官和性行为的直接表现，而且有完整的人物和情节设定，风格前卫，有堪称独特的审美支撑，被称为"土佐物"。虽说是地下电影，但他们会在一些著名的温泉街举办试映会。彼时，能去名泉泡汤者，不是一般人，拷贝也屡被收藏者以不菲的价码收购，在电影圈口碑不胫而走的同时，也招来了警方的关注。虽是纯艺术家团体，却颇富斗争经验，每个成员都有代号，一旦遭警方突袭，立马切换到另一套语言系统，并伪装现场，有人覆面逃遁，有人佯装游戏，每每化险为夷……如此攻防，屡试不爽。近四十年后，一位署名伊集院通的作家，出版了一本书《回想"起风了"：土佐的黑泽备忘录》①，以"土佐的黑泽"的名义，记录了这个日本战后独立电影

---

① 伊集院通『回想の「風立ちぬ」—土佐のクロサワ覚え書き』、マガジンハウス（1991 年 5 月）。

史上破天荒的事件。"土佐的黑泽"，其实是该团体中一位或不止一位摄影师的化名，而作者伊集院通，被认为是其中一位摄影师，在书中自称松田。

但包括黑泽小组的创作在内，严格说来，并不属于桃色电影的范畴。所以，在电影史上，对战前到战后初期有限的性题材创作，习惯上称为色情片，或按英语的习惯，称"蓝色电影"（Blue Movie）。那么，被称作桃色电影者，到底是哪一类影片呢？其与既有的地下色情片究竟有哪些异同呢？

首先，就内容本身而言，作为类型片，桃色电影与传统色情片一样，都是对男欢女爱的表现。权威的《广辞苑》对"桃色电影"的解释偏重功能性——所谓"适合成人观看的性内容的电影"，却并未涵盖其电影史意义上的含义。另一位电影学者佐藤忠男的定义多少弥补了这种缺憾：

在末期的新东宝公司，经历过用超低预算制片的一部分电影人，在公司倒闭后，开始尝试在独立制作公司中以更低的预算来制作色情电影。他们让不知名的女演员裸体表演，也不使用布景，仅带着摄像机在公寓的某个房间里，短短几天时间便完成拍摄。因为这种电影的预算一般是三百万日元，所以也被称为"三百万片"。又因为片中充满性描写，所以又称"桃色电影"。不仅如此，该类制片公司还被区别于既成的社会派、艺术派的独立制作公司，被戏称为"色情制片公司"，并受到了蔑视。[①]

佐藤版的定义虽不失全面，但由于桃色电影这种类型片本身的"另类性"，不仅是受到既成的独立电影制作公司"蔑视"的问题，其实是受到整个社会舆论的"蔑视"——确切地说，是被主流社会完全"无视"了，乃至鲜有媒体关注，资料之少，若不是一些日美学者的开拓性研究在先，梳理这段历史将大不易。

有必要解释的一个大背景是，20世纪五六十年代，随着电视机的普及，电影院观众锐减，广告收入下滑。加上伴随着经济的高增长，人力资本和制片成本高企，电影业日益呈现"斜阳产业"的晚期症状，新片产出难以为继。而与此同时，大都市影院林立，电影发行网络极其发达，院线高度依赖平均每周推出三部新片的既有上映节奏。在这种情况下，不加入邦画大手六社（即六大国产片制作公司：松竹、东宝、大映、新东宝、东映和日活。1961年，新东宝倒闭后，变成五大，继而又变成四大、三大）的新片配给网，主要以独立制片的小公司为主力的、所谓"十八禁剧映画"（即禁止十八岁以

---

① 《日本电影史》（下），［日］佐藤忠男著，应雄主译，复旦大学出版社，2016年5月第1版，第83页。

下青少年观看的影片）发行系统开始受到青睐：原先一年连十部都难产，到 1963 年，竟拍了二十余部；翌年，产出逾六十部；1967 年，达二百二十部，已逼近五大所把持的院线新片发行量。同一年，专门以桃色电影业界新闻、明星八卦为报道内容的《成人映画》杂志创刊，日本俨然成了桃色片天堂。以至于后来日活公司破产重组后，剑走偏锋，打出了所谓"浪漫色情片"①路线，效颦桃色电影的策略竟得重生。可以说，如此状况既是佐藤版定义中未尽展开的背景，也是催生桃色电影的动因。

是白天鹅，还是丑小鸭，得生出来才晓得。在日本电影史、映画书志学和亚文化史上，公认桃色电影"第一弹"的《肉体的市场》（『肉体の市场』），诞生的契机正是佐藤忠男所强调的、彼时"六大"之一新东宝公司的倒闭。1960 年底，新东宝经营难以为继，终于宣告破产。1962 年初，大藏贡注册成立了大藏映画公司。鉴于市场恶化和资金短缺的状况，大藏映画决定走现实主义路线，把产品线定位于"成人映画"，旋即推出了《肉体的市场》。该片由另一间独立制作公司协力映画制作、小林悟执导，大藏映画负责发行。说它是"第一弹"，是因为符合桃色片的三个基本条件，即：成人指定（"映伦"＜映

---

① 即"ロマンポルノ"。

画伦理管理委员会>术语，即面向成人）、独立制作、剧情片。但该片作为"十八禁"上线之时，尚无"桃色电影"的概念。1963 年，映画评论家村井实为另一部独立制片的成人映画、关孝司执导的《情欲的洞窟》(『情欲の洞窟』)而接受娱乐报纸《内外 Times》的采访时，在对日本国内外不同时期出现的各类色情、成人电影做了一番比较之后，突然灵光一现，随口诌了个"Pink Film"的说辞，不意竟成了日本电影史上一场旷日持久的艺术运动的滥觞，其影响之深，一时无两，风头甚至不让"新浪潮"。

客观地说，桃色电影的动机和动力都是商业的。对此，被认为是这场运动之"始作俑者"的大佬们，非但无人否认，而且刻意利用这种"优势"，并使其最大化。如传媒界桃色电影第一推手、名记者扇谷正造便毫不隐晦地说："甭管啥时候，女人的裸体总是不赖的买卖。"不过，话虽如此，关于桃色电影的报道其实绝少占据大报大刊等主流媒体的版面，而是长期主宰了那些隐藏在后街深巷中的娱乐刊物的选题，可存在感却一点不少。大藏贡则说：

> 性当然是和平的象征。性电影中自然少不了露骨的场面，但如何呈现才是问题之所在。横竖要做桃色电影的话，就要拍真正的桃色片。砸更多的银子，用更好的演员，就是要

把片子打造成一种商品，能使它正大光明地通行于世。^①

至于什么才是"真正的桃色片"，大藏自己也未必真有谱。在大制片公司主导的市场狂泻，而独立制片公司的活路尚不明朗的情况下，多数业界同人，特别是经营者，基本也是"摸着石头过河"。

倒是一些直接投身创作的导演，反而更有"皮肤感觉"，事实证明，他们的直觉往往也更靠谱。如以喜剧风格见长、先后制作过"女澡堂""色情狂"等众多系列桃色片，后转型为著名电视娱乐节目主持人的山本晋也，回忆当时作为 NET 电视台（即后来的朝日电视台）的 AD（Art Director，艺术编导），一次替人打工，去了桃色片的拍摄现场，亲眼目击美貌女优精赤条条的场面，内心像被什么东西给撞了一下似的，当即决定了未来的进路："就干这个了。"后来他自己也承认，"那是为本能所驱使的决定。"^② 佐藤忠男认为，山本晋也的桃色作品"有一种日本平民电影的传统格调"，"虽然有些粗俗，但是作为令人感到亲切的猥亵之谈，却不失为难得的佳作"。^③

---

① 二階堂卓也『ピンク映画史』，彩流社（2014 年 8 月）、93 ～ 94 頁。
② 山本卓也『風俗という病い』，幻冬舎（2016 年 10 月）、88 頁。
③ 《日本电影史》（下），［日］佐藤忠男著，应雄主译，复旦大学出版社，2016 年 5 月第 1 版，第 89 页。

另一位后来暴得大名、且备受争议的导演若松孝二更直接，干脆放言："男人和女人之间，除了战争没别的。"① 显然，若松所谓的"战争"，指的就是发生在榻榻米上的，或蹂躏床单的战争。若松是一位传奇导演，人称"桃色电影之王"。当然，这个称呼并不尽是正面含义，却也道出了其成功与桃色片的关联。作为从社会底层起步，一路打拼到巨擘级的电影大师，其个人奋斗确实相当励志。

若松从东北地方宫城县的农业高中退学后进京。为糊口做过各种营生，送过报，当过和菓职人学徒，后流落黑帮组织荒木组，在新宿一带活动。在一次与对立团伙的群殴事件中被捕，后虽被判缓刑，却蹲了半年拘留所。但正是这六个月的牢狱之灾，在若松身上刻下了耻辱的烙印，也熔铸了贯穿其终生的反体制性格。他日后执导的电影中，无论是桃色片还是纪录片，常有杀警察的情节，即与此有关：

> 胸中日益膨胀的怒火，让我面向电影的世界。直到现在，那种愤懑都是我一切活动的原动力……我绝对不承认任何权威。②

---

① 《地狱中的爱神——日本另翼电影史》，［美］杰克·亨特著，吴鸣译，吉林出版集团，2012年5月第1版，第37页。

② 『若松孝二·戦い続けた鬼才』，河出书房新社（2013年1月）、198頁。

一介"浪人"如若松者，竟然梦想跻身电影界，谈何容易！要知道，当年，新人导演清一色是一流大学出身的秀才，如若松尊敬的前辈、"新浪潮"运动的精神领袖，也曾有过数度合作的大岛渚，便毕业于京都大学法学部。因曾在外景地跑过龙套，若松偶获电视副导演的职位。因缘际会，在电影业空前不景气的1963年，又成了桃色片导演。起初以"野武士"的身份，与若干独立制片公司合作拍片，后成立了自己的制片公司"若松制作"（Wakamatsu Productions）。

若松的成名作也是一部话题之作，即拍摄于1965年的《墙中秘事》（『壁の中の秘事』）。影片描写了一位学生时代曾投身学运，婚后生活在公寓里的"昼颜"型中产主妇，在丈夫离家期间，与昔日相好鸳梦重温。情夫虽然是一个身上带着原爆伤痕的前和平运动斗士，现在却混成了靠越战发财的俗物。两人仿佛要刻意填补沦为俗人后的失落感似的，一边鄙视对方，一边沉溺于性爱之中。而对过的楼里，住着一位虽面临高考，却心不在焉的考生，终日专注于偷窥对面窗里的情事。终于有一天，实在无法自持，闯进那女人家，实施强暴（尽管可能也刚好应了女人内心的渴望）。可悲的是，"昼颜"人妻显然对中产生活心生厌倦，感觉早已麻木，无论他怎么折腾，都无动于衷。结果，少年一怒之下，杀了她，"就像杀死一头生病的动物"。

这样一部片子，让审查机构——"映伦"烦得要死，对是否放行犹豫不决。但发行公司也很鸡贼，居然绕过审查程序，抢先把片子送到了柏林国际电影节。尽管日本政府呼吁撤回，同时对制片公司施压，却未能阻止国际上映和国内低调发行。果然，该片在国际社会引发了"丑闻般的反响"，《世界报》（*Die Welt*）评论道："这位年轻导演（指若松孝二）显然不知道在性领域，有哪些题材是不可触碰的。作品虽然表现了现代日本生活的憋屈、政治的混乱和道义的颓败，却是无力的……"西方舆论的反应，点燃了国内的舆情，此前绝少关注桃色电影的大报和评论家也纷纷发表评论，痛斥"国耻映画"，并追究名不见经传的"若松孝二"是何方神圣。

丑闻是成名的捷径——如此高调的舆论攻势，让若松捂嘴偷乐。以其出身和履历，他深知自己绝不能人云亦云，走一般的成名路线。当初，从制作公司接下这个本子，原本是另一种叙事，描绘中产子弟所面临的人生压力和社交困境。若松硬是"劫持"了剧本，照自己的思路重置了叙事框架：从原爆的创伤到越战，从为学运燃烧的青春到人妻被压抑的性欲，挣扎在精英路线与"考试地狱"夹缝中的苦逼考生，城市化进程中被讴歌的公寓团地与中产逼仄的现实生活空间，结局是拉斯柯尔尼科夫式的杀人……矛头对准新兴的中产，佐料是窥视、性与暴力——完整一左翼文艺家范儿的叙事。多年后，他对媒体吐露了自己的初衷：

> 反正桃色电影是被人们当成了垃圾箱。饶是如此的话，我觉得不如索性把那些在大制片公司断无实现可能的、我自己的主张用影像的形式发散出来。[①]

任凭舆论发酵，也无论业界作何评价，事实证明了若松当初设定的"逆袭"战略的完胜。正是这部片子，若松被戴上了"桃色电影之王"的"桂冠"。当然，对这顶带有讽喻性色彩的"桂冠"，若松肯定是不舒服的。但他的回击策略，没别的，只能是等待时机，发动下一场逆袭。

应该说，作为以桃色片的商业套路杀入电影界的"野武士"，若松确实深谙消费社会的受众心理，并善于反手利用。1993年2月，他曾对一位美国记者坦陈道：

> 那个时候，我不被大的电影公司接纳。为了拍电影，我不得不以桃色电影的形式来拍。而且我的电影必须被最大多数的观众看到，所以我经常弄个耸人听闻的片名来吸引更多的观众，如《前进前进二度处女》等。当观众看到"处女"两个字的时候，他们会想象影片中有黄色的场景，

---

① 二階堂卓也『ピンク映画史』、彩流社（2014年8月）、285頁。

然后会跑到电影院去看。更重要的是他们对看到的东西非常开心，即便电影不是他们所期待的那种，你不认为是这样的吗？①

今天，为商业媒体爱用不已的"标题党"等玩法，其实早就是若松玩过的剩货。

毋庸讳言，若松执导的百余部影片（还不算他作为制片人监制的片子），品质参差，鱼龙混杂。但无一不贯穿了"若松流"的美学原则，并做到了极致，颇不乏在电影史上被一再提及的类型片。从最初的窥视、性和暴力，后来又加入了监禁、S/M等源自萨德哲学的要素，及对人在虐待或受虐的极度亢奋状态下，出现类似白日梦般的异常幻觉的探索和表现。即使在桃色电影同人中，若松也是走得最远的，乃至被称为桃色片的"过激派"。

但是，如果若松一味沉溺于对"过激派"的过激表现的话，那他终究不过是一介桃色片导演，而殊难担起后来被媒体加冕的"先锋""前卫"等名头。桃色电影空前繁荣的20世纪60年代中后期到70年代初，也是战后日本的大时代。被称为"新左翼"的社运，风起云涌，越烧越猛，漫长的"政

---

① 《地狱中的爱神——日本另翼电影史》，[美] 杰克·亨特著，吴鸣译，吉林出版集团，2012年5月第1版，第58页。

治的季节"不仅迟迟不落幕，革命之火甚至延烧到了朝鲜和阿拉伯。若松孝二，这位身上带着异色标签的桃色片导演，密切关注着时局的发展，如鱼饮水，几乎对每一场"国际大气候"和"国内小气候"都做出了冷暖自知的反应，并记录在胶片上。

1970年，作家三岛由纪夫策动陆上自卫队"崛起"未遂而切腹后，他拍摄了追踪三岛私人武装"盾之会"历史的纪录片《11·25自决之日——三岛由纪夫与青年们》（『11·25自决の日　三岛由纪夫と若者たち』）；1971年，与挚友、导演足立正生一道赴巴勒斯坦采访后，拍摄了描绘阿拉伯游击队日常生活的纪录片《赤军—PELP·世界战争宣言》（『赤軍-PFLP·世界戦争宣言』）；1972年，联合赤军浅间山庄事件发生后，历经三十五年的沉淀，拍摄了《实录·联合赤军——通向浅间山庄之路》（『実録·連合赤軍　あさま山荘への道程』）……

唯其被终生贴着"反权力、反体制"的标签，若松逢"权"必反，且无论左右。但他所反对的，始终是体制化的权力和权力的体制化。包括他在电影中表现的暴力和酷刑，其实恰恰是反暴力、反酷刑的表现。为此，他早就上了警方的黑名单，生前数度遭公安警调查、抄家。《实录·联合赤军——通向浅间山庄之路》上映后，因片中对赤军的暴力、整肃、内斗等细节多有曝光、谴责，据说前"新左翼"分子和赤军活动家们集体拒绝观影。但日本赤军女领袖、曾组织"赤军派阿拉伯委员会"

的重信房子，在狱中获知若松去世的噩耗后，在病榻上撰写了悼文，称若松是"战友、兄弟"。

2012年10月，若松遭遇车祸，头、腰部受重创，昏迷五天后去世。笔者应邀为《财新周刊》撰写了盖棺文《若松孝二："不与国家权力斗争的导演，没有拍电影的资格"》——题目其实是若松生前语录。后来，我在一个同人观影会上曾半开玩笑地说，若松之死，是他最后一次"反权力、反体制"的结果——因为，他过马路时未走斑马线。

在日本桃色电影史上，若松孝二当然是一个另类。其实有趣有料、可圈可点的导演、制片人颇多，若松虽然高产，可真正能赚票房的作品很有限。正因此，在桃色片圈内，若松孝二被视为电影作家，而非纯粹的电影导演。当然，二者并没有明确的界限。但一言以蔽之，用电影学者二阶堂卓也的话说："电影导演把片子放在商业的框架中，重视娱乐性。而电影作家则是把电影作为艺术来考量，寄托自己的思想于胶片上。"从这个意义上说，若松孝二的搭档足立正生是一位优秀的电影导演。足立在日本大学映画科读书时，便显现出这方面的才具。若松作为"过激派"的许多创意，如果没有足立的"导演"之功，其实很难实现。二人合作的一系列作品，共同使用大谷义明的笔名。其中，颇有一些惊悚的话题之作，如1966年拍摄的《胎儿偷猎时》(『胎儿が密猟する时』)，被认为是一部虐恋经典，有很强的萨德哲学意味：全片登场人物只有一男一女俩主人公，权力关系却前后反转——从 S 到 M，施虐者（男）最后被受虐者（女）杀死：

> 被杀死了的定南，始终保持着胎儿般蜷缩着的姿势。或许对于觉得活着本身就是痛苦的他而言，只有返回到幼儿期才能够得到安息吧。[①]

大岛渚也是一位业界公认的大导演，虽然在电影史的分类上，一般不被看成是桃色片导演。大岛最骇世惊俗的作品是《感官世界》（亦译为《爱的斗牛》，即『愛のコリーダ』，1976），而这部作品正是大岛与若松合作的结晶——大岛是导演，若松担任制片人。碍于题材的敏感，作品不惜采取"出口转内销"的玩法，以规避审查风险：先期在日本国内（京都）秘密拍摄，拍摄后的胶片出口法国，若松亲赴巴黎监制，剪接制作后的完成品再输入日本，名义上算是"舶来"的成人片。这部以真实历史事件为蓝本改编的影片的主题，可以说是大岛与若松这两位导演的"最大公约数"：性与权力。而后者则包括了性政治意义上的权力（征服与占有）和国家权力的双重要素。

---

① 《日本电影史》（下），［日］佐藤忠男著，应雄主译，复旦大学出版社，2016 年 5 月第 1 版，第 88 页。

吉藏和阿部定在密室中昏天黑地，嘿咻几个回合之后，吉藏像一片羽毛似的飘到街上，鹅毛大雪中，与全副武装列队通过的皇道派军人擦肩而过。他当然并不知道自己见证了一个历史转折点——"二·二六"事件，这对居酒屋掌柜也没意义。那场戏显然是"始作俑者"——两位知识分子气质浓厚的电影家的刻意安排：个人与国家、和平与征伐（虽然在榻榻米上的另一场征伐刚刚结束），所有的张力和时代矛盾，在同一个场域中浮现。

不过，这两件事儿，虽然都发生在1936年，但其实相差了整三个月。让物理上不可能遭遇的两桩事在一枚胶片上对接，以延续并放大"高潮"（两种征伐的高潮），到底是谁的主意，不大清楚。但脚本是大岛渚担纲，从道理上说应该是大岛。这部"进口片"上映后，反响之大，票房之丰，可想而知。仅发行公司的纯利便达3.3亿日元，若松借此一气还清了巨额债务，从此实现了财务自由。

我以为，正因为有如若松孝二、大岛渚这种背景复杂、艺术成色更复杂的大导演，桃色电影才没被电影史抹杀。这方面，如与后来的AV相比照的话，问题的焦点颇清晰：因制作成本更低，周期更快，法律规制也更宽泛，且制作更晚，更易于数字化，理论上，AV的产量大大高于桃色片。但除了一些名优的出品，为业界和粉丝铭记外，那些海量的非名优出品，包括素人 AV 作品，怕是早已湮灭无闻了。

还有一个不同，是 AV 作品多以女优名流传，而桃色片则多以导演名流传。与那些为江湖代代传颂的一长串香艳馥郁、摄人魂魄的 AV 名优的芳名（其实多为艺名）相比，桃色电影女明星们就没那么幸运了。同样是美若天仙、肤如凝脂的女优，待遇竟有云泥之别，想来不觉为之神伤。可历史从来是不公平的，这又怨得了谁呢？正如 AV 导演也没处去说理一样。

上文中谈到，桃色片的制作成本，多为"三百万片"。其实，这是早期到盛期时的行情，而且是平均水平。实际上，具体到不同的导演，有不同的业绩。订单多的，价码就高些，否则就不济。像若松孝二那种实绩，应该算是业界中坚了，其实并没有几个人。据 1967 年度《桃色电影白皮书》(『ピンク映画白書』) 记载，电影发行公司的平均收购价格为每部二百七十五万元（日元。以下同）。基本上越往后，价格越走低。而即使是在盛期，也有那种刚出道的新人导演，为确保拿到订单，向制作公司报企划书时，不惜跳水，动辄注明"二百万元以内搞掂"。这种恶性竞争，也不利于维系市场。

那么女优的片酬大致是什么水平呢？这方面因女优的条件，人气大小，主演还是配角，有相当的个体差别，殊难一概而论。如 20 世纪 60 年代中期，一位前松竹公司伞下歌舞伎座的人气女优松井康子，每部片子能挣到十五万元。比较理想的是制作公司的专属女优，每月能拿到二十到三十万元，大约相当于彼时上班族初薪的十倍。但有实力签约专属女优的独立制片公司，寥寥无几。绝大多数女优，都是按片计酬，实际状况颇不堪。

桃色电影主要看女优。相比女优，男优更不济，基本是拿日当（即日酬）。即使是中坚层实力派演员，也就是八千到一万元。每部片子下来，能挣三五万就算不错。而一部桃色片能拍三五天算是长的。越到后来，拍摄周期越短。极端者有三下五去二，一昼夜工夫就搞定的。乃至在20世纪60年代早期的黑白片时代，有的男优甚至一年都不换西装。

说到黑白片问题，还有一个趣话。1968年前后，有些制片公司尝试投放了一些半彩片（Part-color Film），即一部片子中有部分黑白胶片，部分彩色胶片。但黑白与彩色的搭配很考究：一般是黑白，但快到"濡场"（日语，性爱场面）时，切换成彩色。待"濡场"结束后，再切回黑白。从全彩胶片已成理所当然的今天看来，如此猫腻确实颇富实效。观众毕竟不是专门为看床戏而来，情节过渡也不可少。叙事部分有一搭无一搭地扫两眼，挨到浴室和寝室的镜头，随着绵软甜腻的音乐流动，银幕忽然间被肉色的丰腴填满，接着是交股叠臀，娇喘呻吟盖过了音乐……如此，既节省了彩印制作成本，也招徕了观众，一石二鸟，不亦悦乎？

一般的桃色片，时长大约六七十分钟，有完整的情节，中间穿插五六场床戏，或女子的入浴场面。但制片人和导演深知，裸戏不宜过多。一来确实有对品位的担心，桃色片毕竟不等于春宫；二来也有更现实的顾虑：肯脱的女优太少。而脱戏的多少，又是直接制约制作成本的要素。对此，资深导演渡边护深有感触：

> 五年前（指 1965 年前），女优脱衣可是大事。到"濡场"时，明明刚才还挺欢实的女优一下就不说话了，现场也静了下来。拍完后，带着做了什么严重事儿的表情，脸蛋儿通红着，捂着胸，跑进休息室。最近一段时间，脱衣之前的程序和话语应酬，似乎变得重要起来——这是一个要求女优演技的时期。再过两年，恐怕只要脱就成了，这也脱了，那个也脱了，哗哗地晾给观众。到了故事和脚本成了相对次要的时候，那就是一脱到底定乾坤了。那样的话，床戏没准儿得增加到八场才成。①

即使女优演技再好，或者索性抱着一切为了赚片酬的打算，

---

① 二階堂卓也『ピンク映画史』、彩流社（2014 年 8 月）、209 頁。

一旦裸裎在摄影灯前，在演职人员的视线下，与男优的身体纠缠在一起，若是没有一副训练有素的强大神经的话，也难胜任。

不知为何，桃色片女优多集中于团块世代[①]。人气女优如辰巳典子、谷直美、林美树、祝真理、珠留美、白川和子、真湖道代、宫下顺子等等，可以拉一个单子，基本都是团块世代。大概与战后生活品质改善，发育变好有关。日本电影女明星引退后，彻底遁世者不少。近如原节子：从四十二岁退出银幕，直到2015年，以九十五岁高龄辞世，没有一丝消息，很多人以为她早就不在人世了。桃色片女优的遁世倾向似乎更强烈，很多人演了没几部，就突然消失了。也有人中途脱落后，走向卖春、吸毒，甚至死于非命。

大部分桃色片女优寿命都不长。说来有些残酷，毕竟是靠脸和身材吃饭，如果说与世无争、心态平淡者，对人老色衰、身材走形等生理变化还能接受的话，最大的问题是缺乏经济保障。如果不是那种与制片公司签约的专属女优，又没有通常上班族那样的年功序列积累的话，按片计酬，疲于奔命，朝不保夕是常态。

当然也有例外。比较安逸、稳定者，是开店。如曾在三年内高效出演过五十余部桃色片的辰巳典子，嫁人后即引退，随

---

① 指战后第一次生育高峰，即1947到1949年间出生的人。

后在下北泽开了一间酒吧，经营至今，已成"后现代共和国"（笔者对下北泽的爱称）的名店。辰巳典子原本就善于饰演女酒保等带点风尘味道的角色，如今成了虽稍显富态，却风韵犹存的妈妈桑，更是"足以慰风尘"了。

另一位以饰演和服人妻出名的看板女优城山路子，出身于新东宝第二期，后移籍东映，作品颇丰，却始终拒演全裸戏。但在引退之前的最后一部影片《饵》（1966）中，被有桃色电影"一代商魂"之称的大导演向井宽声泪俱下地说项，终于同意褪下了真丝的和服襦袢（穿和服时的裹衣），饰演了片中的好色未亡人，令粉丝眼界大开，彼时的老电影海报已成文物级。早在女优时代，城山就作为副业，在东中野开了一爿叫"Riz"的居酒屋。引退后，副业成主业，和服女优变身和服老板娘。东中野离新宿近，也热闹，据说向井宽、若松孝二和渡边护等一干桃色片大佬们常去小酌。后城山入鬼籍。但店还在，也依然红火。

囊昔，播磨（今兵库县）俳人滝野瓢水（1684—1762）曾劝阻动念为游女赎身的友人道：

> 莫取到手中。
>
> 还置于野地里罢，
>
> 一朵莲华草。①

———————————

① 原文为"手に取るな　やはり野に置け蓮華草"。"蓮華草"又称紫云英。笔者译。

桃色电影黄金时代的女优们，就是莲华草。她们的时代虽然结束了，但仍活在银幕上，活在一代又一代观众的感官中。

心，也是感官。

22　好有文化的大正

　　在回溯、检讨日本近现代史的时候，我毫不掩饰对大正时代的心仪。一个主要原因在于，那不仅是一个令人联想到当下中国的年代，而且是一个"好有文化"的年代。换句话说，大正时代有不同的面向：既有被称为"大正民主"的、锐意推进宪政的"实的"一面，也有被称为"大正浪漫"的、文学艺术勃兴的"虚的"一面。而笔者的关切，更多集中在"务虚"层面，诸如新闻出版、都市化，以及伴随着现代消费社会的确立，在生活方式和文化上的变化，等等。其中，理论上自然也涵盖了"大正浪漫"的全部外延——简而言之，即"文化大正"。

　　"大正"，是史上最羸弱、短命的天皇嘉仁在位时期的年号，取意自《易经》，所谓"大亨以正，天之道也"。大正时代，有狭义与广义两种划分：狭义者，单指大正天皇在位的时期，即从 1912 年 7 月 30 日至 1926 年 12 月 25 日，不到十五年；广义者，则泛指从明治末年日俄战争以降，到昭和初年"满洲事变"（即"九一八"事变）爆发——大致相当于从 1905 年到 1931 年，即 20 世纪初叶三十年左右的光景。可别小看这三十年，日俄战争一役，日本向世界证明了其"文明"的实力，向亚洲证明了黄种人可以打败白种人的"种族"实力，从而一举挣脱了"黑船袭来"以降，由西方列强加诸其身的一系列不平等条约，进而跻身列强，平起平坐；短短数年间，领有南库页岛及其附属岛屿，攫取东清铁路，吞并朝鲜——地图扩大了数倍，一跃成为与欧亚大陆山水相连的"大陆国家"，战略野心也急速膨胀。适逢一战，欧洲疲惫，为日本带来巨大商机，明治期确立的"通商国家"战略扮演了重要角色，晚近制定的优先发展重化学工业的产业政策歪打正着，日本迅速成为"亚洲工厂"，并向"世界工厂"迈进。产业转型的推进，带动了都市化的发展，大阪、东京成为大都会，郊外开始出现卫星城，面向有闲阶级和上班族的娱乐休闲产业需求旺盛——正如彼时的商业广告"今日帝剧，明日三越"所表现的那样，一个大众消费社会已初步成形，并呈现火火的发展势头。

消费是文化的营养液，有消费活动便会有消费文化。于是，白桦派、《赤鸟》主义、岩波文化与讲谈社文化等精英主义文化应运而生。1922 年（大正十一年），朝日新闻社在日本新闻同业者中率先引进可自动折页的高速滚筒印刷机（美国 Richard March Hoe 公司制），取代了原先的马立诺型（MARINONI）印刷机，效率大大提高。至大正中后期，《大阪每日》《大阪朝日》等大报的发行量已突破百万份。1925 年（大正十四年）创刊的《国王》杂志，系讲谈社出版的大众娱乐刊物，也是日本史上首次发行突破百万册的杂志（1928 年 11 月增刊号发行 150 万册），堪称战前出版史上的奇迹。这些文化，无一不具有相当的生命力和持续性，有些延续至今仍远未式微，如岩波书店、讲谈社和《朝日新闻》；有些虽然在历史中湮灭，但其"变种"犹在，且影响力了得（《国王》模式具有极强的示范效应，广为"克隆"，今天日本很多流行娱乐杂志都继承了其"DNA"）。东洋虽然求"新"进取，却并不厌"旧"，甚至有种根深蒂固的怀古趣味，从某种意义上说，是保守到家的保守主义（这也是为什么那个国家有那么多百年老店，乃至千年老店的主要原因）。文化学者竹村民郎发现，百年来，上班族们所穿的西装，除了款式上略有调整外（如彼时是"裤子的腰间部分比较宽，往下则变细的款式"），"在颜色方面，从鼠灰色的西装受欢迎这点上来看，大正时代上班族的喜好与现代是相同的"。

确实没有哪个时代像大正时代的日本人那样，言必称"文化"，念兹在兹到了凡事皆文化的程度，从"文化锅""文化瓦斯炉""文化服装"，到"文化住宅""文化村""文化学院"，等等，不一而足。但倘若据此认为，彼时所谓的"文化"只是一枚"看板"的话，那就大错特错了——"看板"说，至少是不了解日人对文化，特别是舶来文化的决绝而彻底的探究态度。举个最简单的例子：西装和西餐，都不是日本的传统文化，而是西洋的物事。但日人经过吸收、消化，融入自己的智慧，却做出口味纯正的西餐和适合东洋人体形的西装，诚可谓"青出于蓝而胜于蓝"，不失为一个再创造。已故著名历史学家家永三郎说："所谓文化，是由人，即社会或构成社会的个人创造并享受之。文化包含三个方面，即创造的功能、做成之物和享受的功能。三者既紧密相连，又有某种程度上各自独立的一面。"而竹村民郎则认为："对大量使用'文化'一词的大正人来说，文化不是抽象的思想、宗教或艺术，而是由社会、经济基础中产生的精神。因为这个缘故，大量生产下所产生的报纸、杂志、电影……就是文化。以无线电技术高度发展为媒介所产生的广播放送，也在这层意义下属于文化。"

如果说，作为历史学者，家永三郎的定义侧重文化的起源及其发生机制的话，文化学者竹村民郎则从大正时代这个横断面切入，更偏重文化本身的特性。他认为，大正文化有三个明显的特征：即文化的商品化、大众化和中立性。他以大正时期的杂志文化代表——讲谈社的《国王》杂志为例，指出：正如可尔必思、国际牌插座、森永牛奶糖一样，这本以美国大众社会的现代生活方式为卖点的、"三分摩登味与新鲜感"的新锐杂志也是作为商品贩卖的。其次，虽然以美国大众文化为卖点，但杂志定制发行的对象，是日本都市社会的新兴阶层，因此是"美国大众文化与日本传统社会道德接枝的成果"，"通过编辑这个严密的过滤装置，以均质化商品的姿态呈现在世人眼前，不只在上流家庭的书斋，或是上班族的茶水间可看到，甚至被放在农家的暖房旁"——是谓大众化。至于所谓的中立性，其实是比较可疑的，这方面最有代表性的是报纸。如以所谓"不偏不党、公平稳健"的八字方针为标榜的《朝日新闻》，在一些特定的时期，也未能逃脱以"客观、中立"为名的权力追随，甚至在二战时自觉不自觉地扮演了战争协力者的角色。"新闻界巧妙地回避权力批判与自由的表述，而去追求人类共通的性、犯罪记事、耸动照片。再以性、犯罪记事、耸动照片为基调，追求最大的发行量，造成新闻社间相互竞争激化。……文化中立性招牌的背面，深刻地刻画了文化的商品性。"尽管仍然存在各种各样的问题，但竹村民郎认为，商品化、大众化和中立性这种"三位一体"的文化现象的存在本身，正意味着日本大众文化在大正时代初步确立的事实。报纸杂志、新闻出版，虽然在此前已经出现，且具有相当规模，但真正成为现代意义上的大众传媒，却是在这个时期。而"脱活字媒体"——电影和广播放送的出现，更是对大众文化的传播起到了推波助澜的作用。1925 年，诗人荻原朔太郎投书《中央公论》杂志，描述了他生平头一次面对广播时的奇妙感受："……广播这种东西，真的是非常不可思议，人的原声就这样直接传送，但我对这个不自然的机械声音，无论如何也不会想到是广播。"荻原自然不会想到，一个由广播放送开启的崭新时代，正徐徐拉开大幕。这个裹挟着巨大能量，未来发展方向却不甚明晰的时代，将在二十年后某个夏日的午后戛然而止。而这落幕的信号也是通过无线电广播传递而至，名曰"玉音放送"。

但如果大正期的大众文化仅仅是以对美国大众文化的"嫁接"为卖点的话，其实是难给人以"好有文化"的感觉，难称得起"文化大正"，也难有穿越后世的生命力的。照竹村民郎的研究，作为将"美国的大众文化，与对家、国家的因循主义（一致性、顺从性）为基调的传统社会道德接枝的成果"，仅仅构成了大正文化的基础。而作为大正文化的"上层建筑"——"以内在为对象的白桦派、大正教养主义的特征，则是将欧洲文化与反对以家为象征的家父长制相结合的成果"，这一块堪称是"文化大正"的精粹。

大正期最主要的文学现象是白桦派和教养主义（或称"教养派"）。1910 年（明治四十三年），由武者小路实笃、志贺直哉等作家创刊的同人刊物《白桦》周围，集结了一群青年作家、艺术家，如有岛武郎、有岛生马、里见弴、柳宗悦、犬养健、长与善郎、梅原龙三郎、岸田刘生等。因他们主要以《白桦》为创作平台，史称白桦派。白桦派作家（艺术家）有共同的知识背景，很多人出身于贵族学校学习院，却对曾出任学习院院长的乃木希典所代表的武士道精神和明治时期的国家主义思潮深恶痛绝。他们受夏目漱石精神的感召而走上文坛，呼吸着一战后的景气繁荣和"大正民主"所带来的自由空气，一扫此前自然主义的阴暗、宿命论的厌世观，主张"打开天窗、拥抱社会"。思想上，他们有选择地接受了欧洲文化的影响，汲取了以福楼拜、莫泊桑、易卜生、托尔斯泰、印象派为代表的19世纪浪漫主义、自由主义、人文主义的营养，自觉摒弃了虚无主义、存在主义等现代思潮，有很强的人道主义色彩和乌托邦倾向。如武者小路实笃倡导的社会实验——新村建设运动，甚至对中国的自由主义知识分子（如周作人、梁漱溟等）也产生了很大影响。

教养主义者（全称为"大正教养主义者"）与白桦派颇有相通之处，精神核心同为夏目漱石，实际上泛指漱石周围的一群具有极高文化艺术修养的高级知识分子，如石川啄木、安部能成、寺田寅彦等。他们均接受一流的精英教育，多有留学西洋的背景，精通中国古典和西学，既能写漂亮的俳句和汉诗，又长于丹青，主张通过学问和艺术的修炼，内化为精神气质，从而养成高度的人格。其集大成者，就是被尊为"国民作家"的文豪夏目漱石。无论是白桦派，还是教养主义者，当时都有一种虚幻的文化感觉，认为理想的东洋文化与19世纪欧洲文化具有同质性。因此，他们真诚地"向往所有人取得市民权、享受自由的欧洲化社会，持续与仍在家父长制压倒性影响下的日本的'家'的现实奋斗"。也因此，他们从骨子里蔑视"被大众文化征服"的美国文化。然而吊诡的是，正是这群对明治维新以降，甚嚣尘上的国家主义说"不"的文化反动者们，在他们"至纯"的乌托邦理想的背后，恰恰暴露了其价值体系中的"脱亚"性格。而这一点，也正是被明治期的国家主义意识形态洗脑的结果。

回头重新检讨大正期文化，我们发现，在移植了美国流行文化要素的大众文化与对19世纪欧洲文化一往情深的精英文化之间，确实有一道显赫的鸿沟和不小的张力，但两者之间也并非完全没有过渡与调和。从这个意义上说，竹久梦二的存在至关重要。

竹久梦二，这位明治、大正年间天才而短命的画家、诗人，虽然从未受过一天正规艺术教育，却用他那感伤的画笔，描绘了一个时代，被称为"大正的歌麿"。尤其是他笔下的那些长着瓜子脸和长长的眼睫、面带哀怨表情的吴服美女，既是对日本传统的致敬，同时也是对一个前所未有的、动荡不安的大时代无声的预言。正因为这一点，所谓"梦二式美人"才超越了传统日本画中美人画的范畴，成为"大正浪漫"的象征。

另一方面，梦二的成功端赖艺术媒介的发达——他是大众媒体的宠儿。而唯其媒体在大正时代才做大成真正意义上的大众传媒，艺术家如果早生或者晚生几年的话，其成功度可能都会大打折扣。所以，这位早逝的天才也是幸运的。笔者在拙著《竹久梦二的世界》一书中曾如此评论道：

> 梦二刚好在从明治末期到昭和初年，日本现代史的薄明时分精彩地绽放之后，訇然坠落，像樱花一样短暂。眼看栈桥伸向浓雾深锁、方向未知的前方，自揣无力走进漫漫长途的旅人，在桥头停下了脚步。幸也罢，不幸也罢，都是命定的。

竹久梦二短促的一生像极了大正时代：太急了，都来不及总结；太美、太酽、味道太复杂，以至于无法总结。也许，我们只能说：孕育了梦二的大正"好有文化"，而"文化大正"的如假包换的LOGO，就是竹久梦二。

是为序。

2013 年 5 月 14 日凌晨
于帝都望京西园

注：此文系为生活·读书·新知上海三联书店"大正浪漫丛书"撰写的序言。

23 书缘画事说捡漏

读前辈作家、藏书家的书话文字，最令人心痒的，不是说有多少旧书肆，遭遇过多少珍本善本，而是捡漏。捡漏没定义，至少我没见过。多划算的交易，才称得上是"漏"，也是见仁见智。

我个人的理解，漏分两种：一是以比实际价值低得多的价格购得心仪之书（物），交易当时就构成一个漏，且随着时间的推移，市场价格看涨，漏越来越大；二是入手的书中，有所夹带，且夹带之物，也有一定的文化价值，甚至其价值不下于书本身。

按说本土旧书业，其实规模并不大，经过"文革"后的恢复、重建，满打满算也就是四十年的光景，但商业化程度却提升得很快，那些为前辈津津乐道的漏儿话，庶几已成了都市传说。我淘书资历不深，范围不广，投入也有限，更主要的是悟性不高，故至今也没有可资写成书话的捡漏谈。微不足道的几件小漏，都是拜日本旧书店或古董市之所赐。

　　竹久梦二风华绝代，落拓不羁，画、书、诗、歌，无一不精，被看作大正浪漫主义的象征，是深刻影响了日本现代艺术和动漫等亚文化的一代宗师，粉丝如云。过去二十年，我在日本三大梦二美术馆（东京、金泽、伊香保）和一些商业画廊，过眼梦二真迹无数，也收藏了不少高品质的图册和"MOOK"，但从未奢望收藏一幅梦二画作。四年前，我带北京的朋友羽良去东京逛大江户古董市，遇到一位专出品竹久梦二画作的艺术古董商——一对来自茨城县的七十岁上下的老夫妇，后面的名字唤作广濑。广濑先生出品了两幅梦二作品，系装裱入框的完成品：一幅是《雪夜的传说》，另一幅是《北方之冬》，都是肉笔水彩；前者原画作于大正十五年（1926年），画幅较大，后者画幅则较小。两幅都是我个人相当熟悉的作品：

作者藏竹久梦二致幸德秋水的手绘明信片《北方之冬》

前者过于有名，我曾分别用于拙著《竹久梦二的世界》中国台湾印刻文学版（2012年6月初版）的封底绘，和山东画报版（2013年5月初版）的封面绘，但自揣肯定买不起"传说"的肉笔画（后一询价，果然如此）。不过，我更感兴趣的，恰恰是后者。

确切地说，后者是一通手绘明信片。背面是一帧水彩人物小绘：冰清玉洁的和服女裹着头巾，头巾连着披肩，头偏向一边，纤纤素手放胸前，背景是雪山寒树。署名是典型的梦二早期风格——简笔。这幅画大约初创于大正初年，应画过不止一幅。后于大正十年（1921），作为十联绘《女十题》中的一帧，正式出品，笔致更趋细腻。不同的是，因余白的关系，"北方之冬"的上面，多了"女十题"三字，原先在左侧的"梦二"署名，也署在了右下。明信片的正面是收信人和寄信人名址，包括通信住所在内，都是我似曾相识的——原来是竹久梦二致幸德秋水的明信片。左上角贴着一张邮票，邮资是"壹钱五厘"。

明治三十三年（1900年），日本政府颁布"私制叶书（即明信片）许可"令，遂以日俄战争为契机，私人手绘明信片大流行。这对艺青竹久梦二来说，无疑是一个绝好的商机，发妻岸他万喜开在早稻田鹤卷町的一爿绘叶书屋（明信片店）"鹤屋"开始热闹起来，夫妻二人一番前店后厂式经营，梦二出品的手绘明信片得以批量流入市场。而彼时，梦二是一个无政府主义者，与幸德秋水、荒畑寒村等左翼知识人过从甚密。后因所谓"大逆事件"，秋水遭官府构陷而系狱，翌年被处刑。噩耗传来，梦二在同人中发起为秋水烛光守灵活动，借以向当局表达抗议。

我一直对幸德秋水的生平思想甚感兴趣，他的生命短促，但社会关系相当复杂，可以说是那个时代知识分子的节点之一：他是启蒙思想家中江兆民的弟子，却与兆民的儿子、汉学家、古学家中江丑吉成为至交；他被判死刑后，知识界展开的营救运动是超越左右藩篱的，德富芦花和德富苏峰兄弟俩都为之奔波，苏峰请求赦免其死刑的请愿书送达首相桂太郎；秋水之死，在一高（战前的东大预科）校内引发了一场骚动；诗人石川啄木写了檄文《我们时代闭塞的状况》……梦二至死都是秋水的"脑残粉"，早年与之尺牍往还，不在话下，我曾见过不止一通书信。平凡社编纂、出版的权威"MOOK""太阳别册"《竹久梦二》卷（1977年9月初版）中，扉页附赠一叶梦二致秋水的手绘明信片，原件系日本近代文学馆所藏。收信人、寄信人名址，连字体、风格，与广濑出品的这一帧如出一辙。

笔者在与古董商广濑确认画作细节，假装像文物鉴定专家似的

　　我当即动念拿下，遂向出品人问价，被告知18万日元。公平地说，对这样一件艺术与文物价值并重的藏品来说，18万的价码其实已难称贵，但与我的荷包还是相去不小。而且我知道，大江户古董市一向奉行现金主义。于是，我决定杀价。我想起自己的透明手机壳里，夹着一枚印刻版《竹久梦二的世界》的

书签，而那书签的主题图，刚好是广濑先生出品的另一幅画《雪夜的传说》，遂把手机翻过来给广濑先生看，并自我介绍说是中文版竹久梦二的传记作者。同时，我当即用手机上网，打开日文维

广濑先生的出品与笔者的手机壳

基百科中"竹久梦二"的词条，请他看文末所附参考文献中对拙著的索引，着实令老先生吃惊不小。

接下来，便比较顺利地切入了价格交涉。我据实相告，手头没那么多"福泽谕吉"（指1万日元纸钞），但出于研究需要，想得到这件作品。老先生问能出多少？我说至多10万元。对方摇头，显然与目标价相差太远。我发挥前外企白领的谈判技能，继续交涉，表示这次是观光偶然路过此地，本无意交易，所以也全无准备。但自己作为研究者，很看重您的庋藏，不排除近期在线下，连同您本次出品的另一幅画在内，把梦二藏品一网打尽的可能，老先生的表情似有所松动，却仍固守底线。这时，在一旁听着的老伴儿插嘴道："就卖给这位先生吧。梦二的作品能到中国去，也是一种缘分呢。而且，人家一看就是正经的研究者，卖给这样的人，才是物有所归嘛。"一番话，说得老爷子气不打一处来，吐槽道："你这老太婆胳膊肘咋尽朝外拐哩？"

可吐槽归吐槽，语气上却开始松口，表示因为是手绘明信片，正背面均需呈现，故画框等材料是特别定制的，成本不菲，"若能再追加1万元的话，就卖了"。我立马清点荷包，见勉强能凑够，便当即成交。广濑先生给了我一张名片，没再说什么，但显然希望我兑现承诺，"今后也请多多关照"……如此，我在阅读竹久梦二逾二十年、出过三种梦二书之后，好歹算入手了一件"硬货"，不亦乐乎？

如果说，梦二手绘明信片，是我从价格上捡到的最大"漏"的话，却不是唯一的漏。大约七八年前，我从本乡的一家汉学系古书店淘过一本《日本儒学史》（高田真治著，东京·神田地人书馆昭和十六年初版）。书本身并不很贵，大约还不到5000日元，但书中夹着一叶彩绘明信片《日本红十字会救护班于战地医院的活动》，是寺崎武男的作品。寺崎是东京人，毕业于东

寺崎武男的战争画明信片

京美术学校西洋画科，后留学意大利，是活跃于大正、昭和期的名画家。从题材来看，应创作于太平洋战争时期，有很强的战争宣传画色彩，显然是画家"彩管报国"的产物。但作为史料，则不可多得。在日本雅虎拍卖等平台上，一帧出自寺崎级画家的战时彩色明信片，且保存状态如此完好，价格至少不低于那本儒学史。就形式主义者如笔者而言，买珠还椟和买椟还珠，到底哪个值、哪个亏，我常感困惑，永难拎清。可无论是椟还是珠，此一漏也，则是肯定的。

莫急，漏还有呢。去年秋天，在第58届神保町古书祭上，我从特选卖场的东京古书会馆淘了一本 *Yamamoto Takato* 的图册，也不很贵，大约6000日元。翌日，书被宅急便寄到酒店。晚上，我靠在床上边喝酒边翻阅，突然，从图册里掉出一页纸来。开始我以为是日文书中常常附赠的出版广告，但觉得尺幅偏大，几乎有32开书的大小，且落到地板上，是一种挺硬的感觉。从地上拾起一看，居然是一帧手工印放的老照片：画幅中央，骨感的旗袍美女与一位着西装的白人绅士坐在椅子上，中间的茶几上有茶杯，二人目光朝前，好像在观看一场秀似的；周围坐着穿海军服的士兵，有白人，也有黑人；远处还有士兵与另一位旗袍美女大跳其舞，大兵的手轻揽腰肢，头簪鲜花的美女双手搭在大兵的胸前和肩上……那氛围像是上海滩租界公园里的派对。照片的背面，用铅笔写着日文说明：百老汇歌剧《苏丝黄的世界》，纽约，1960年（03）。原来是百老汇的剧照，大约是一系列照片中的第三张。

百老汇舞台剧《苏丝黄的世界》，女主角是法越混血明星阮兰思（1960年）

后经友人指点，我才知道照片中央的女子，是法越混血的女明星阮兰思（France Nuyen），曾与马龙·白兰度相好。因白兰度劈腿，阮于绝望中放纵食欲，一度发胖，主演也被华裔明星关南施取代。退出娱乐圈后，阮成为心理咨询师，生活在巴黎，仍风姿绰约。这帧老照片曝光准确，构图均衡，人物动作表情自然生动，有十足的现场感和气场，一看便知出自摄影老炮之手。可惜我不是很懂摄影作品的价值，兴许远超过那本图册，也未可知。无疑，这又是一漏儿了。

近年来，最令我耿耿于怀的一个漏儿，是我十余年前从水户旧书店入手的一本中曾根康弘日文版回忆录中，竟然夹着一张中曾根其人的名片！上面只写着"日本国科技厅长官 中曾根康弘"，背面是科技厅的法定地址和电话，一看便知是"政治大物"的名片。片子的右上角还有用圆珠笔标注的年月日。具体日期我忘记了，但我知道，很多日人有在刚得到的名片上标注时间的习惯。那本回忆录并不很老，是21世纪初年的出版物，但中曾根担任科技厅长官，应该是在第二次岸信介内阁时期（1959年），同时兼任国家原子力委员会委员长，任上锐意推动核电事业。我想，这张名片大概是哪位官僚或科学家在与中曾根长官一番会谈之际的所得。多年后，偶然买了本中曾根回忆录，阅读时，为强化记忆线索，特意从名片匣中找出来，当书签夹在了书里。但读过后，竟然忘记了。后因某种变故，被家人处理给旧书店，又流转到了我手中——书籍真是奇妙的媒介。想到我是在茨城县水户市的古书店里淘到的那本书，说不定书和名片的主人也许与我曾经就职过的日本电力设备最大的制造商日立制作所有关，没准就是大前研一（大前研一早年曾供职于日立公司位于茨城县的日立工厂，是一位负责核电机组研发的工程师），也未可知……不过，纯系无聊想象。

可为什么说"耿耿于怀"呢？因为，在读过那本书之后，大概觉得用前首相中曾根康弘的名片当书签太过分了，特意拿出来，却并未刻意收好。也许后来在读某本书时，又为应急，随手作为书签插了进去……就这样，那张纸片已经在我的书房消失有年了。

所谓"咫尺天涯"，此之谓也。而所有这一切，都是捡漏惹的祸。

24 "中危"，就是在积读与藏书之间

我一向喜欢购读两类闲书：一是谈藏书的书——权且称书话；二是谈书肆的书——权且叫书店谈。无论古今中外，但以外国书居多。作者可能是作家、学人、藏书家、出版家，或艺术家、书店经营者，或兼具两种以上的复合角色。为什么说是"闲书"呢？因为看这种书不是为了学术研究，而是趣味使然，基本就像读诗集、画册似的，全无负担，可随手乱翻，"风吹哪页读哪页"。

但我这样说，容易造成一种误解，好像这种书很随意，人人可为似的。其实刚好相反，这类"闲书"对品位有极高的要求。泡书肆，需有闲有钱（至少得有车资和书金），今天还须签证。而泡过书肆，淘过珍本、美本的人，有几人写成了书话？遑论书店指南——别说指南了，我们连一张像样的书店地图都没有。说起来也难怪，在实体书店原本就不多，大潮袭来，又一间间消失的今天，"书店指南"庶几已成了"无米之炊"的近

义词。所以，若是论这类书的话，无论如何是洋书居多。可我今年入手的两种，却都是中文书，均甚喜欢：年初，是《蒐书记》；年中，是《人间书话》。后者是中国台湾作家、书人苦茶的书话，由联经出版。但这里，只谈前者。

我之喜爱《蒐书记》者有二：一是它介乎于书话与书店谈之间，涵盖虽广，却又相当有深度。对我来说，不仅是心有戚

《蒐书记——嗜书瘾君子的聚书实录》，辛德勇著，九州出版社2017年1月第1版

戚，而且对既成的认识有所补充，借用时下的表述，叫"涨姿势"；二是这本书与我有那么一点关系——作为最早的知情者之一，我有种近乎"偷窥"的快意。

先说二。2016年"世界读书日"（4月23日），我应孔夫子图书网邀请，在崔各庄的杂书馆做了一场讲座，结合拙著《东京文艺散策》，漫谈日本书业。一个下午，两场讲座。我讲完后，辛德勇教授登场，谈"买书的经历与感想"。虽然我与辛先生素昧平生，但我是他的读者。我自己讲完后，便在台下，接茬听了辛先生的讲座。事先我得知会后有签售环节，特意携了本辛著《读书与藏书之间（二集）》去，请他签名。不承想，碰

上了友人、九州出版社资深编辑李黎明兄。辛先生讲完后，黎明当即约稿，辛先生爽快地答应了。于是，便有了这本《蒐书记》。此书以辛先生在杂书馆的讲座内容为主，又汇集了一些他在各地访书淘书的旧文。其中有些篇章，是我以前就读过的。因了这种因缘，书甫一出版，我就买了一册，并立马读了。后又蒙黎明兄赠以毛边本，再次翻阅一过，深感受益。

辛先生说他不是藏书家，购书是"行走在读书与藏书之间"，但始终以读为主。我当然知道辛先生是勤奋研究的学者，从未"得筌而忘鱼"，但仍称得上是不折不扣的藏书家。1992年，他从西安"搬家进京的时候，用了一个6吨集装箱，里面绝大部分，都是在这期间买下的书籍"，而那只是他此前"十年爆买的结果"——作为藏书家的"起步"而已。进京后，文化资源更集中，更近水楼台，"买书的数量，增加更快更多"。没几年，便混成了琉璃厂、海淀中国书店等旧书肆的"老炮儿"，甚至享受赊账的待遇。有当代"藏书第一人"之称的韦力，在其近著《上书房行走》中，访问了42位藏书家，其中也包括辛先生的"未亥斋"。辛先生的著述中，有不少关于访书、版本学的文字，如《未亥读书记》，《读书与藏书之间》及其"二集"，新近出版的《那些书和那些人》，等等。如果连他都不能算是藏书家的话，那恐怕得修正汉语中"藏书家"的定义了。

毋庸讳言，我读《蒐书记》，最大共鸣是作者在日本各地访书的经历，这部分约占全书六成以上的篇幅。辛先生东瀛淘书，先后有多少次，我不是很清楚，书中也并没有很清晰的时间线索。据我大致的梳理，似乎集中在 1997 年秋和 2002 年底至 2003 年初之间。以东京为主，兼及京都、大阪，间或有和歌山等地的学人朋友跨海代购，虽不甚广域，却涵盖了日本书业的精粹。在东京地区，则以神保町为中心，辐射半径包括了本乡、早稻田两大书街，以及中央线沿线高圆寺、西荻窪等书肆林立的町镇。东洋书业文化之繁荣的一个标识，是古本祭、感谢市、即卖会等各类古书行事形形色色，你方唱罢我登场，其摩肩接踵简直堪比二十四节气，恒例活动多多，年中无休。对书客来说，好处是总有逛不完的书市，坏处是太费银子。笔者人在东京时，碍于预算和藏书空间所限，不得不采取自肃方针，"扫街"基本以神保町为主，本乡、早稻田则局限于几家艺术系和汉学系书店，而古书行事则只参加每年深秋时节的神田古本祭，其中包括东京古书会馆的特选展示即卖会和靖国通上绵延三站地的青空掘出市（露天捡漏书市）。对其他各种名目的祭、市、会，只有忍痛割爱了。因为，书人在书市上杀时间，只意味着一种结果：买买买。不仅笔者，我知道不少日本文化人，一年之中，只有在神田古书祭的几天，才放任自己买书，而平时是没有这笔预算的。所以，那几天，在熙熙攘攘的书市上，总能见到身披浅驼色风衣，手拉拉杆箱的中老年书客的身影——那八成是从东京站下了新干线，就直奔书市的地方书客。

而辛先生作为书客之"壕"在于，他在有限的滞留中，像赶场子似的，从一个祭，赶到下一个会，再赶下一个市，从一条书街，转战另一条书街，不只是乐此不疲，有时甚至令人错觉：其荷包似乎永远也没有底儿掉之虞。据我不完全统计，仅在东京一地，就逛过于神保町的东京古书会馆和西部、南部、城北古书会馆及神奈川县古书会馆举办的古本即卖会，早稻田古书掘出市、"BIG BOX"古书感谢市、爱书会古本即卖会、趣味古书即卖展、新宿伊势丹百货店大古书市、新宿京王百货店古书展卖会、府中伊势丹百货店古书市、日本教育会馆新兴古书市，等等。日本城市交通发达，但交通费颇昂。日复一日，在上述各站间往复穿梭，且不说书金，仅交通费一项，便是一笔不菲的支出。但书人也痴，一般是不大会算这种细账的，只要能淘到心仪的古本，捡到漏，便是值了。用辛先生的话说："逛一趟书市，总应该有那么一两部能让你连续兴奋一段时间的书籍。"

而读《蒐书记》，何止是一两部、三五部、七八部，简直可以说是一本书人掉进各种大漏、小漏中的"漏之谈"。书人读书话，有时会产生某种代入感——作者的叙事越是勾人，带入感便越强烈。看人捡漏，原是一件喜妒参半之事。不过，若是发现人之漏亦是我之漏的话，阅读的快感会在代入感的催化下倍增——这固然好。可也要警惕一点，那就是人捡之漏也会掉你的荷包。从这个意义上说，书话是危险的文字，好书话，就更危险。我之所以说读辛著常"心有戚戚"，正是感到了这一层的缘故。辛先生作为历史地理学者，藏弄当然以专业书为主。那些书我完全不懂，也无甚兴趣。但好在辛先生有"不务正业"的一面，所淘卷册中，闲书占了相当的比重——而这部分，刚好构成了我的快感和危险。如他从神保町的大云堂书店淘来的小山书店1950年付梓的《查泰莱夫人的情人》初版本，上下两卷，只花了800日元。我自己也曾在专栏中写过此书得而复失的故事。辛著中所描述的邂逅此书时的"诧异和激动"，瞬间把我带回到二十多年前的东京游学时代。

研究文人的购书单，有时比面对面交流，更能了解其人的品性。辛先生作为历史学者，在日所淘文艺书似乎不多，"查泰莱"之外，记得还有战时"笔部队"作家火野苇平的《海南岛记》和几种美术史、版画研究著作。而相对于文艺，则是大量的文化、历史和社科书籍，尤其是关于藏书的书（权且称之为书业文化），先生扫描范围之广、搜罗之广、研究之深令人叹服。如他对日本大藏书家、书志学者庄司浅水著作的搜求，在我心中唤起一种类似书友面对书友时才会萌生的异常亲切的感受。据书中记载，他先后在神保町和大阪梅田的古书店，入手过庄司浅水的著作四种，分别为《奇书·珍书·书蠹》《书籍的

乐园》和《庄司浅水著作集》的
两本零册。其中，两册"著作
集"系著者毛笔签名钤印本，好
像也是他入藏签名本之始，喜悦
之情溢于言表：

《奇书·珍书·书蠹》(『奇本·
珍本·本の虫』)，庄司浅水著，
学风书院昭和二十九年（1954）
12月初版

　　除了业师黄永年先生之
外，这是我第一次得到有作
者签名的著名藏书家的著
作。过去买书，本来不大在
意作者签名或是名家收藏印
章。看重庄司浅水的签名，
是因为敬重他丰富的书籍史知识，而且还非常喜欢他的文
笔。庄司浅水描绘出一片书的风景。

　　他还记录了《奇书·珍书·书蠹》的入手过程：在神保町
的山本书店，头一次邂逅此书，且是初版一刷（1954年），但书
价太贵，只有放弃，买了另外一本比较便宜的庄司著作《书籍
的乐园》。后来，在神田日本教育会馆的一个书市上，再次遭遇
同样的版本，品相完好，居然只卖400日元，甚至不及一杯现
磨咖啡。

作为书人，辛先生显然很喜爱庄司浅水："庄司浅水文笔很舒展，文章写得很随意，在这一点上，与中国的黄裳多少有些相似。不同的是，黄裳只懂中国古书，而庄司则西文很好，古、今、东、西，见多识广。因为知识庞杂，写起来自可左右逢源，挥洒自如"；"在中国，似乎还找不到知识这样丰富的书籍鉴赏家或是研究者"。他认为，1949年以前，只有上海收藏家周越然，中西书籍兼收，庶几近之，"但是，周氏的情趣和境界，都太像上海这座商埠，过于市井气，其藏书的规模和档次，更根本没法和庄司相提并论"，诚可谓知言。

我迷恋庄司久矣。窃以为，就书志学而言，举凡现当代中国，无可堪比肩者。说一句多少有些"酷评"味道的话，也许黄裳、周越然加起来，也远不及庄司的重量，也许还要加上作为藏书家的郑振铎、钱杏邨、周作人、唐弢，才勉强接近，也未可知。在辛先生眼中，"这也是中国人整体文化生活的水平，尚且远不及日本的一个显著例证"。我个人搜集庄司著作，少说也有十年，其绝大多数著作，均有庋藏，且多系签名钤印本。因庄司本人即是大藏书家，又以书为研究对象，其著作的一些纪念限定版超豪华，价格也超贵。辛先生淘得两本零册的《庄司浅水著作集》，全套皇皇十四卷，精装函套，于1983年出齐。涵盖了包括中国在内的古今日外、书业文化的方方面面，洋洋大观，无奇不有。我手中的一套，是全卷著者毛笔签名钤印本。

为辛先生所特别看重的《奇书·珍书·书蠹》，确实相当有趣。我至今犹记得，书的扉页后面，是几页铜版纸黑白照片插图，第一枚就是法籍日本画家藤田嗣治私藏、出版于 1711 年的真皮封面精装古本。按说在古本中，真皮封面倒也没那么稀罕。可那本书封的真皮，不是一般的兽皮，而是人皮装帧，是战前藤田访问南美时，厄瓜多尔总统的公子赠给画家的礼物。

　　辛先生毕竟是学者。同样是写书话，关注的视角和深度都不同于纯粹的藏书家，这也是令笔者感到"涨姿势"之所在。如他从一本收录于东洋文库中的《北京笼城日记》（服部宇之吉著，平凡社 1965 年版），谈到三菱财阀岩崎久弥如何从驻北京的英国人莫理循（George Ernest Morrison）手中购买藏书，命名为"莫理循文库"，其后又如何以该文库为基础，创设了驰名国际学术界的中国及亚洲历史文化专业智库"东洋文库"；又论及庚子之役与日本汉学研究的联系，从列强的庚款退还，谈到日本政府于东方文化学院名下设立的两所研究机构——东京研究所和京都研究所，后来如何成了日本国内两大汉学重镇，即东京大学东洋文化研究所和京都大学人文科学研究所的前身；从两本旧书——河野收的《地政学入门》（东京原书房 1981 年版）和山中谦二的《地理发现时代史》（东京吉川弘文馆 1969 年版），谈到日本"地政学"概念的由来，及与中国通常使用的"地缘政治学"的说法孰优孰劣，等等。在对古籍版本的把玩中，不知不觉间，东洋汉学史上的一些重要现象和艰涩的学术概念得以澄清。其深入浅出，举重若轻，实非纯文人藏书家所能为也。

出于对自己英语能力的不自信和对大陆汉译学术品质的不信任，辛先生一向注重搜集重要的西方思想学术日译本。如他曾收过一套1936年版美国学者卡尔·魏特夫（K. A. Wittfogel）的《东方专制主义》（Oriental Despotism：A comparative Study of Total Power）的日译本，"据云此书本来有商务印书馆的中文译本，但我一直没有遇到过"。据我所知，魏特夫因对马克思所谓"亚细亚生产方式"及中国社会停滞性问题的研究，也颇受日本学界重视。我的一位汉学家朋友就写了一本大部头的研究专著，据说已与北京一家出版社达成了中文版出版意向。魏特夫其名，近年来似不大为人提起，但在二十多年前的汉语学界，却是大名鼎鼎的人物，被昵称为"老魏"。1989年9月，他的像砖头一样厚的《东方专制主义》确曾在大陆出版，但不是商务印书馆，而是中国社会科学出版社。据我自己对本土学术出版的了解，近十年来，20世纪八九十年代付梓的大量版权书都已再版。但碍于种种，老魏的这本板砖是始终不得再版的几种西方学术著作之一。旧版已绝版多年，在旧书网上价格直线飙升，一册难求。辛先生既未得见中文版，搜求一套日文版以备用，确是正解。

作为书话，《蒐书记》的密度颇大，提及的书卷典籍也真不少。就日本淘书部分而言，除了辛先生学术领域中的专业书之外，文化、历史、书业方面，与我自己的藏书重合度很高，特别是那些闲书，频频"撞衫"——哦不，是"撞封面"。可在阅读过程中，我仍禁不住一再登陆日本古书网，下了几单。现在记得的，有卫藤利夫的《鞑靼》、奥野信太郎的《幻亭杂记》等三五种——这也是这本令我感到心有戚戚之作的"危险"之所在，也暗合了我个人对书话类书籍的判定标准：危险度与价值成正比。

国人东瀛访书，自黄遵宪、杨守敬以降，章炳麟、周氏兄弟、陈独秀、戴季陶、郭沫若、郁达夫、常任侠、丰子恺、谢冰心、周振鹤、汪向荣、严绍璗……可谓代有才人，前赴后继，也留下了海量的访书文字。其背后的动力和势能，正是百年来，中日两国经济社会文化发展的落差。但文人以肉身和脚步，丈量书肆与书肆间的距离，以手拎肩扛加万国邮政，胼手胝足地搬运并增殖文化的个体性访书活动，毕竟有其界限，无论是生理的，还是经济的和空间的。昔郑振铎曾以龚自珍的诗句"狂胪文献耗中年"自勉，以不懈访书自励，对抗"中危"。而经过积年而浓密的"全球化"访书之后，辛德勇先生的心理天平则从"读书与藏书之间"，日益向"读"的一端倾斜：

访书无尽，读书有时。我已经清楚感觉到，不断压缩的时间，正驱使我渐渐离却访书的诱惑。不停地舍弃那些你很想要的东西，这本是人生的一种必然和无奈。

我读到这段的时候，沉思良久。这种倾斜，对我个人的心理冲击之大，不足为外人道。"读书与藏书之间"的辛先生尚且如此，遑论经年行走在"积读①与藏书之间"的吾辈。不知这算不算"中危"？

注：《蒐书记——嗜书瘾君子的聚书实录》，辛德勇著，九州出版社，2017年1月第1版

---

① 日文"積読"，意为很多书该读而未读，越积越多的状态。

25 百年内山书店的开示

2017 年，是内山书店创业百周年。跻身百年老店，在神保町其实算不上什么了不得的业绩，但由于这家书店在现代中日关系史上所扮演的角色，确实超出了一般书肆的范畴，事实上，已构成中日文化交流史的一部分，故颇吸引两国文化界的关注，分别在上海和东京，举行了盛大的庆祝活动。

因迻译内山完造《花甲录》的缘故，自揣多少了解一些内山书店的历史。我个人把内山书店百年史分成三个阶段：上海阶段——1945 年前的内山书店，由内山完造主导；东京阶段则分两个时期——1935 年至战后

位于上海北四川路上的内山书店

1984 年，由内山嘉吉主导；从 1985 年至今，由内山嘉吉之子内山篱主导。而在这三个阶段中，或延续，或平行，其实先后有过三个内山书店：一是 1917 年创立，1945 年被国民政府接收的上海内山书店；二是 1935 年，按内山完造的意图，由完造的幺弟内山嘉吉在东京设立的东京内山书店；三是 1938 年，回日本养病的美喜夫人于长崎开设的长崎内山书店。

内山完造和弟弟内山嘉吉（1950 年，北京）

严格说来，内山书店最初的创业者是完造夫人内山美喜。二人婚后，完造仍奉职于大阪的参天堂药店，常驻上海，负责在大陆推销一种"大学眼药"。因夫君常公出，夫妻聚少离多，一方面为排遣妻在异国他乡的孤独感；另一方面，完造从内心不信任大阪商人，总怕被人坑，原本也正想做一点副业，以未雨绸缪。于是，夫妻俩一合计，决定先让美喜试开一爿小书店。1917 年夏，完造又去外埠出差，"旅行归来后，美喜已迁居至北四川路魏盛里的家里"。上下两层，一楼是一个八张榻榻米大的房间和厨房；二楼有俩房间，十一张榻榻米的房间和一个三角形的小房间（实际是玄关）。结果，小房间成了书店。起初连个书架都没有，在柜橱上面随意摆了百十来本书刊而已。因夫妇都是虔诚的基督徒，开始时只卖一些《圣经》研究杂志和基督教思想家内村鉴三的著作。读者基本上是上海日本人居留民中的基督徒和基督教背景的商务人士。此前，上海的日本人书店已有文路上的日本堂、申江堂和闵行路的至诚堂，魏盛里的内山书店算是第四家。

果然，大阪商人的不靠谱被完造言中：内山书店开业还不到三年，参天堂老板田口谦吉前脚去世，后脚完造就被炒了鱿鱼。于是，"我把大学眼药的上海营业权移交给了后来成为我的长期助手的中国人王植三先生，而我自己则成了妻子创业的内山书店的主人（其实是从妻子手里抢过来），专注于书店的经营"。从眼药商到书店老板，转身不可谓不猛。但在完造而言，开书店既是为稻粱谋，也是信仰的召唤。

如此，在内山夫妇胼手胝足的苦心经营下，内山书店从一爿位于弄堂甬道里的"玄关书店"，成长为中国首屈一指的日系书店。从战前到战时，在波谲云诡的中日关系的夹缝中，扮演了微妙而重要的角色，事实上，

1933年初夏，鲁迅与内山完造，摄于内山寓所前

成了那个时代中日文化交流，特别是左翼知识人沟通活动的平台。尤其是在鲁迅生命的最后十年，以鲁迅—内山为主线串联起来的作家名单，几乎涵盖了中日两国现代文学史上最重要的知识人。

内山完造本人是反战主义者，更是不可救药的悲观论者。这并不是随着战争推进，国际环境和交战双方实力发生变化后的"转向"，而是他始终不变的立场。他在《花甲录》中如此写道：

> 打一开始，我就持战争悲观论，曾说过"前途更无光明"——那是我对中日战争开始以来的信念。一次，在日本文化协会主持的工业俱乐部的讲演会后，我被两位陆军将官喊住："听了你的话，感到与军方的中国观完全相反，是这样吧？"我答道："军方的想法如何我不清楚，但我的确是这样观察中国的。"遂把彼时的讲话印成了小册子，由文化协会对外发行——这是中日战争刚开始时的事情。

结果被内山言中，自不在话下。但对预言者来说，预言的中，到底是幸还是不幸，倒要看预言者本人的三观了。就内山而言，尽管付出了极其惨重的代价，但内心是充满喜乐的。他早料到这一天迟早会到来，并为此在做着准备。早在战前的

1935 年，完造就嘱咐弟弟嘉吉在东京创办了东京内山书店。这种决策的背后，一方面是从上海内山书店经营者的立场出发，痛感国际间图书交流的重要性。虽然当时东京已有文求堂等几间书店在经营汉籍，但完造授意嘉吉应重视当下的"活中国"，经营新刊图书。另一方面，确也有种已窥到日本在中国文化存在感的边界，为事业延续而提前铺路的意味。得到日本投降的消息后，遂决定对上海图书有限公司等大股东，"将全部出资额予以返还"。接着，"对所有日本人和中国人店员，公开书店的全部资产和负债，并交代：洋纸一百五十连① 赠予鲁迅夫人许广平女士，其他物品请大家分取，我自己什么都不要"。后被国民政府限期离境，并禁止携带任何行李，仅穿一件对襟毛线衣就登上了回日本的遣返船。

战后的内山完造，全身心投入中日友好事业。先就任日中贸易促进会代表委员；1949 年，中华人民共和国成立后，发起成立日中友好协会，并亲任理事长。1959 年 9 月 19 日，应邀参加北京的新中国成立十周年国庆观礼时，突发脑出血。两天后，在北京协和医院去世。后埋骨于上海万国公墓，与美喜夫人合葬，可谓是用生命践行"中日友好桥梁"的先行者。而东京内山书店，则由弟弟内山嘉吉夫妇一手打理。

---

① 日本洋纸计量单位，1 连（R）相当于 1000 张洋纸，或 100 枚纸板。

如上海内山书店从"玄关书店"起步，逐渐发展成一间著名的人文独立书店一样，东京内山书店作为中国图书专门店的发展，也经历了几个时期。最初位于世田谷区祖师谷大藏一片出租屋中的店铺，两年后（1937年），迁至神田一桥。一桥时期，开始与中国国际书店合作，发行《人民中国》《中国画报》等大陆系刊物，成为战后初中期，日本知识分子了解中国的重要窗口。1966年2月，由郭沫若挥毫的"内山书店"四字行书看板，至今仍悬挂在神保町内山书店的门楣上。"文革"时期，日国内的日中友好团体和中国系书店，纷纷选择重新站队，但内山书店却以其公认的专业性，岿然不动。

1968年8月，内山书店再次迁移至神保町铃兰通，位于寸土寸金的书店街核心区。1974年3月，改组为株式会社，内山嘉吉任会长兼社长。嘉吉是一位卓越的经营者，在他的主导下，书店的业务规模不断扩大，在日本汉学界具有举足轻重的影响，稳居神保町中国系书店"御三家"之首（另外两家是东方书店和山本书店）。1985年9月，在东京内山书店创业五十周年之际，社屋改造工程竣工，原店铺扩建为七层楼的内山大厦，一至三层为书店。即使在百年老店扎堆栉比的神保町，拥有如此华屋的书店，亦堪称凤毛麟角。

内山嘉吉比完造小十五岁，受兄长的影响，早年就形成了不同于那个时代主流的中国观。1931年8月，在东京成城学园

鲁迅与出席木刻讲习会的普罗艺青们合影，鲁迅右侧是内山嘉吉（1931年8月22日）

小学部担任美术教师的嘉吉，暑假应兄长之约前往上海，在内山书店附近的狄思威路①上的一栋三层小楼里，举行了"木刻讲习会"，共有十三位青年木刻家参加。统共六天的讲座，鲁迅全程出席，并亲任口译。嘉吉在《鲁迅和中国版画与我》②一文中，深情回忆了与鲁迅共处的时光。讲习会头一天（8月17日），众人在内山书店集合，然后一起走到讲习会的会场。一向不修边幅的鲁迅，当天穿了一件崭新的白府绸长衫，"鲁迅先生风采奕奕出现在内山书店门口的形象，就像一道银白色的雪光，映照着我的心灵"。而后来据增田涉说，"那件长衫料子是史沫特莱

① 关于"木刻讲习会"的地点，内山兄弟的回忆有出入，本文权且以内山嘉吉的回忆为准。

② 见《鲁迅回忆录》（散篇）（下册），北京出版社，1999年1月版，1530页。

赠送给鲁迅先生作为纪念的。如果真的是这样，那么这一天一定是他初次穿上"。后来，嘉吉还不止一次在北京和上海的鲁迅纪念馆中看过那件长衫，"记得那件长衫的颜色似乎已变成淡淡的茶色了"。彼时，内山嘉吉不过是一介艺青，却得以近距离亲炙文豪，面对面地交流艺术观和人生观，受到前所未有的鼓舞，很大程度上改写了他的人生道路。他日后在日本出版了《鲁迅与木刻》一书，并于1985年被译成中文在大陆付梓。

嘉吉还记述了一桩对鲁迅内心的愧疚：

我记得是在讲习班第四天的午后，鲁迅先生来到我兄的书店，给我送来非常珍贵的礼物——德国著名版画家凯绥·珂勒惠支的作品：一幅铜版画和七幅一套的石版组画《织匠》。每一幅上都有珂勒惠支的铅笔签名，这是难能可贵的。这几幅画鲁迅先生都亲手用衬纸把它衬上，另外再用纸书写上画题，并在上面签上鲁迅的名字和赠予我的姓名。这一定是鲁迅先生非常珍爱的收藏品！据说，当时在日本也没有这两件作品，我那时激动之余，深感到不胜惶恐。[①]

如此馈赠且不说今天，即使在当时，也是珍品中的珍品。

---

① 见《鲁迅回忆录》（散篇）（下册），北京出版社，1999年1月版，1543页。

可是，"在1945年5月25日的一次空袭中，这些东西都被大火化作了灰烬，至今我一直感到悔恨交加"。

不过，也正是这种愧疚感，使内山嘉吉在书店经营之余，成了鲁迅文物和中国艺术品的收藏家、研究者。1947年2月，内山嘉吉亲自策展并成功举办了《中国初期木刻展》，所展出的六十八帧木刻，均系鲁迅生前寄赠嘉吉，"以求批评"的中国新锐青年版画家的作品。画展原计划只在神户举行，但反响热烈，遂陆续赴大阪、京都和东京巡展。巡展结束后，由日本华侨新集体版画协会出版了200部纪念本《中国初期木刻集》，扉页上印着"献给中国新兴木刻导师鲁迅先生"的题词——这是在日本出版的第一部中国现代木刻集，内山嘉吉无疑是背后的推动者。

战后初期的一天，内山嘉吉在东京都内为书客配送书籍。归途中，在水道桥站（离神保町一箭之遥，旧书肆林立，也属于广义的神保町书街）附近，见一间旧书店门前，堆满了旧书。凭着书店经营者的本能，他一眼就发现了书堆中的两本汉籍：《呐喊》和《彷徨》。抽出来一看，竟然是鲁迅的签名钤印本。不仅如此，扉页上都有鲁迅题诗！结果，"他只花了价值两杯咖啡的钱，就买下了这两本珍贵的书籍。"[1]笔者对水道桥一带的旧

---

① 见《鲁迅与日本友人》，周国伟著，上海书店2006年9月版，151页。

书肆轻车熟路，掷金无数，记得十几年前初次读到这个故事时，立马翻出神保町书街地图，试图索隐出是哪家书店，也大体有所心得。可毕竟时代不同了，鲁迅研究的显学化，加上旧书业的专业化和商业化，如此大漏，已殊难期矣！

嘉吉收藏的版本极其珍贵。因为，这是目前所知的鲁迅唯一一次在自己的著作版本上题诗赠友。两本书均题赠给日人山县初男，《呐喊》的题记是：

弄文罹文网，抗世违世情。

积毁可销骨，空留纸上声。

自题十年前旧作，以请山县先生教正。鲁迅（印）

一九三三年三月二日于上海

《彷徨》题记为：

寂寞新文苑，平安旧战场。

两间余一卒，荷戟尚彷徨。

酉年之春，书请

山县先生教正。鲁迅（印）

二题记均为迅翁独有的小楷行书，留白得当，技巧圆熟，一气呵成。两方名章，一朱一白，一隶一篆。查《鲁迅日记》可知，山县初男并非文化人，而是一名商人，曾在汉冶萍铁矿任日铁大冶办事处主任。经内山完造引荐，曾与鲁迅吃过饭。后向迅翁索书，鲁迅遂慷慨题赠。第一次赠书（《呐喊》）后，山县即致信鲁迅，并回赠一只台灯。1933年3月17日《鲁迅日记》记载："午后得山县初男君信，并赠久经自用之桌镫一具。"《题〈彷徨〉》一首末句"荷戟尚彷徨"，在收入1935年5月上海群众图书公司版《集外集》时，鲁迅将"尚"字改成了"独"。后内山嘉吉翻拍照片，提供给上海的鲁迅博物馆。如此，这两首重要诗稿的手迹才得以保存下来。

出版家赵家璧曾是上海内山书店的常客，也承蒙老板的关照："店主内山完造热情好客，他知道我是鲁迅的朋友，又在良友图书公司当文艺编辑，经常拿一大沓日本出版的书目和广告品塞在我的手里。我不单从他那里买过许多日文书做参考，也从这些书目广告中得到关于编辑、选题和装帧设计方面的启发和借鉴。"赵在良友时代主持的大型出版工程——著名的《中国新文学大系》，就是受了在内山书店过眼的《世界美术大系》等日系出版物的启迪后产生的创意，索性连"大系"的名头也一并"拿来"，倒也全无违和感。

1984年8月，赵随中国出版代表团赴日，东京内山书店自然在必访名单之列。当时，内山嘉吉已年逾耄耋，健康状况堪忧。但他还是在夫人内山松藻和儿子内山篱的陪同下，在东京一家著名的法国餐厅宴请赵，并对赵和盘托出了自己的一个夙愿：

> 日中两国各有一家内山书店的设想，从一九三五年到一九四五年实现了整整十年。现在日中友好已发展到一个新阶段，书籍的交易也是国际文化交流的一种形式，为了纪念内山完造，中国方面是否可以考虑在上海恢复内山书店，专售日文书刊呢？如果利用过去的店址，那就更有意义了。①

内山嘉吉自知不久于人世，想以赵为沟通管道，恳请中方研究应对。赵家璧回国后，也确实尽心张罗过一番，一度似乎也取得了一定的进展："从（1984年）11月30日《文汇报》的专题报道，看到我们国家领导，对此已表同意，店址犹待商谈。我想内山嘉吉先生在病中听到这个好消息，一定会莞尔而笑吧。"②同年12月，内山嘉吉病逝。就结果而言，夙愿终成了遗愿。

内山嘉吉作为东京内山书店的掌门人，身兼多种社会角色，

---

① 见《书比人长寿》，赵家璧著，香港三联书店，1988年1月版，298页。
② 同上。

其实相当"越界"。作为友好人士，生前与中国的出版界、学界和美术界均保持广泛的接触。我自己由于读鲁迅的缘故，对内山兄弟的名字当然并不陌生。大约是1996年冬天，我于东单街口的中国书店（毗邻青年艺术剧院，今已消失）曾淘到一册日文旧书《中国人的生活风景》，是东方书店于1979年6月出版的内山完造随笔集。扉页上有内山嘉吉的毛笔题签：

人民美术出版社　惠存

完造末弟

内山嘉吉

嘉吉学美术出身，长于书道，行书小楷遒劲洒脱，文人范儿十足。我当时并不知道嘉吉先生已经去世，甚至萌生过把此书再回赠给嘉吉先生的怪想法，也是可笑。

作为常泡神保町的书客，坦率地说，汉学系的内山书店并非我的"主菜"。每每去神保町，有限的时间，我一般会优先几家新刊书店和艺术系、历史系的旧书店。从铃兰通上著名的东京堂书店猫头鹰店出来，左手就是内山书店。但瞅一眼郭沫若挥毫的看板，却"三过家门而不入"，径直朝西，过了马路直奔樱花通上的文华堂等旧书店是常有的事。不过，即使按四五次中进去一次的频度，过去二十多年来，去过几十次总是有的。我常逛的是一层和三层，二层有很多中医、民间工艺和CD、DVD等电子媒介，我基本不看。

印象较深者有二。一是现任老板内山篱清瘦颀长，戴金丝边眼镜，像其他旧书店主似的，整饬的西裤衬衫外面，系着围裙（那种上下连身，在后腰部系带的布围裙，是日本旧书店业通行的作业服），气质儒雅，却不苟言笑。尽管内山书店是神保町少有的店内有电梯的旧书店，可总见他怀里抱着一摞书，楼上楼下地跑，要么就站在书架前，像是点检库存。老板娘是一位短发、圆脸，稍有些富态的中年女性，总面带微笑，对客人打招呼的声音很迷人。她一般会坐在一楼收款台内侧，收银或整理报刊（一层有很多两岸三地的报章杂志），总是很忙碌的样子。

二是内山书店的书皮，原色牛皮纸上，印有深咖啡色的、好像是青铜器饕餮纹似的纹饰，上下排列，一阴一阳，旁边是书店的"LOGO"："UCHIYAMABOOKS"。古朴而简素，是那种在众多独立书店的书皮中，可一眼就辨认出来的。

多亏了这种书皮，此刻，我坐在书房的桌前码字，只需抬头一扫，便能从四周的书墙中迅速挑出不同时期从内山书店淘来的汉和版书籍，如沟口雄三的《作为方法的中国》、内山完造的《花甲录》、藤井省三的《百年中国人》、何方的《党史笔记》

和中村真一郎的《江户汉诗》，等等。

摩挲这些书口已泛黄的卷册，意识到最早淘来的一本已逾二十五年。二十五年，对个人，是一段不短的时间。但对内山书店来说，只是四分之一的路程。而在这最后的四分之一之前，是一段更漫长的路程。其间发生的故事，横跨日本和中国，与鲁迅、内山完造等历史人物的名字紧密相连，可谓一部浓缩的中日关系史。此前谈论的故事，还会被继续谈论下去。同时，也会有新的故事发生。读书人与书店和书，真是一种奇妙的关系。仿佛受制于一个神秘的方程式，置于不同的时空场域，三者作为"变量"重新组合，竟会像万花筒似的，变幻出无限丰富的可能性，从而凸显迥异的文化景观，创造一段又一段独特的历史。

——这，就是内山书店的百年史给我的开示。

代后记：书厄、新冠与出版

新冠全球大流行，重创世界经济，文化也被强制按下了暂停键。日本旧书店空间逼仄，多属于"三密"（密封、密集和密切接触）场所，故在"紧急事态"中首当其冲，被迫闭店，平均歇业两个月以上。2020年4月底，一位常和我一起泡神保町的日本建筑师朋友来信，说看到书店街变成了"卷帘门一条街"，很是感伤，"疫后真不知还能剩下几间店铺"。原定于2020年10月25日开幕的第六十回神保町古书祭，也被迫中止——这是自太平洋战争以来所没有过的事态。更有甚者，是古书业者同人定期举办的古书交换会，也因会场涉嫌"三密"而被叫停。古书交换会，其实是一种拍卖性质的线下交易会，一向被视为古书业的"生命线"。每次召开，都会有来自全国的业者参加，他们或驾驶轻型货车，或乘新干线，携专用金属拉杆箱，风尘仆仆，满载而归。如此，源自文化中心的养分，便源源不断地流向地方。不承想，连"生命线"都被叫停，以至在《读卖新闻》的报道中，新冠疫情下的旧书业被形容为"风中的油灯"。

不过，我个人其实倒没有那么悲观。主要的一点，是东京三大书街（神保町、本乡、早稻田）上的书店多为祖业，哪怕门店一年半载不开张，最大的一块成本——地租是基本无忧的。何况，旧书的网上交易相当普及，且不说日本国内书客，就连住在北京的我，疫情期间，也没断了从几家平时有交往的古书店下单，除了神保町的店，还有札幌和金泽的旧书店。果然，随着形势的推移，后来陆续得到的一些信息表明，尽管新旧书店纷纷面临被迫停业、缩短营业时间的窘境，可交易并未中止。不仅未停，而且有一定的增长。如在疫情最紧张的 2020 年 4 月，政府宣布"紧急事态"，店铺关门，可最大的连锁书店纪伊国屋的网上书店，却异常火爆，销售额竟飙到 2019 年同期的四倍，以至于系统不堪重负，濒于崩溃。

疫情或许会改写书业的面貌，加速书店重组，但书店业并不等于出版业。书店可能停业，也可能倒闭，但书不会消失。事实上，近现代史上历次战争、自然灾害与社会危机，不仅没有摧毁出版业，客观上反而成了出版业涅槃、升级的动力。在1932 年的"一·二八"事变（淞沪抗战）中，全国首屈一指的出版机构商务印书馆遭日军轰炸，总馆厂一百余亩土地上的房屋建筑，包括商务附设的涵芬楼、东方图书馆等设施被夷为平地，机器设备和产品原料尽付焚如，火烧数日，一片废墟，"纸灰飞达数十里之外"。号称世界最大的照相机被毁，东方图书馆片纸未留，全部藏书 46 万册，悉数化作灰烬，"三十五载之经营隳于一旦"。在总资产一夜蒸发八成以上的情况下，张元济、王云五等管理层忍辱负重，厉兵秣马，广泛整合社会资源，推进商务复兴计划。经过半年的卧薪尝胆、艰难腾挪，1932 年 8 月 1 日正式挂牌复业。因各种版本档案都毁于炮火，复业后重印书的印次无法与以前衔接，于是在版权页上统一标注"国难后第一版"字样。王云五树立了"日出新书一种"的战略目标，并复刊 1904 年创刊的老牌刊物《东方杂志》，请胡愈之做主编。在管理层和员工胼手胝足的努力下，两年苦斗，初见成效。到全面抗日战争爆发前，出书品种数倍于前，资本金翻了近五倍，一跃跻身世界三大出版商之列（另两家为 McMillan 和 McGraw-Hill）。

有一张著名的老照片，后来被不少出版社和小资书店用作出版活动的海报，或做成明信片馈赠读者，我手头就有两枚明信片，分别来自读库和库布里克书店。严格说来，那张照片其实是新闻摄影，是对伦敦大轰炸的记录。1940 年 10 月 22 日，位于肯辛郡的荷兰屋图书馆，在德军的轰炸中遭重创，图书馆的屋顶坍塌，直接通天，烧焦的横梁掉落，斜搭在地面上。建筑已成废墟，惟两壁的书架还立着，卷册也在架子上，整饬如初。三位西装革履、头戴礼帽的绅士，站在书架前：一位仰头看书架上方的书，另一位在捧读，还有一位正试图从书架上把一本书抽出来。脚下是成堆的瓦砾，空气中还弥漫着烟尘，三人全然无视。这帧黑白摄影构图均衡，画面中充满了沉默的张力，有种强烈的隐喻性，每每观看，都会受到震撼。

但我个人更关注艺术品背后的历史及其后续。我看到的一个事实，是所有这些兵燹书厄，其实都未能阻挡出版业的发展。灾难过后，书籍往往会变成紧俏货，甚至一册难求。这种情形，并不囿于一时一地，在很多国家很多时代都发生过。如"文革"结束后，王府井书店门前，是等待购买世界文学名著的饥渴的人群。日本藏书家、学者庄司浅水回忆，"终战"之初，连《世界》和《人间》杂志都有人在炒，人们为买一册西田几多郎《善的研究》，不惜在书店门前彻夜排队。当然，那长龙不尽是读书人，其中也不乏黄牛。在黄牛们的眼里，书与火腿、黄油、威士忌一样，都是可囤可炒的短缺物资，但这也从侧面诠释了书籍的价值。

诗人、哲学家串田孙一，曾在书中讲过一个故事。太平洋战争后期，串田常泡的本乡旧书店，惊现了一套法国人埃米尔·布雷耶（Emile Brehier）著法文版《哲学史》，三卷本，真皮装帧，那是他一直在搜求的书。串田喜出望外，抱起书来就走向柜台，准备结账。不料，被老板告知：那是 T 先生让预留的书。T 氏是串田的前辈，也是朋友。人家在先，没法子，只得作罢。后串田又去了几次那家店，每次都见书好好地立在书架上。于是，串田跟老板商量："书不妨让俺先拿下。如果T无论如何想要的话，我回头再按书价让给他就是。"老板自然没意见，串田携书咏而归。不日，T去串田家串门，不意发现了此三卷本，禁不住"啊"了一声，串田遂据实相告。T先生听罢，二话不说，当即回家取了钱折回，把书敛走了。可不到半个月，在美军对东京的大空袭中，T氏的家和串田的家，均遭焚毁。当串田听说那套《哲学史》也成了牺牲品的时候，竟然有种难以言说的怪异心情，"觉得自己像是赚到了似的"。

原本该是T所有的书，被串田给抢买了。可串田觉得自个既然买了，便理应拥有，结果却阴差阳错，书又回到了T的手里。串田虽然没说什么，其实感到了窝心。可一听说书被烧了，又平生一种释然，觉得书即使放在自个家，也一样会被烧，"幸亏我没买"。如此一来，竟有种"像是赚到了"的心情，文人藏书家纠结的小心思溢于言表，简直无须翻译。可是，故事还没完。

串田在空袭中成了"丧家之犬"，旋即疏散到外地。两年后回到东京，又去了那家旧书店，赫然发现那部"被烧了"的《哲学史》仍立在书架上。店主看到串田惊愕的表情，主动道出了事情的原委："俺也觉得不可思议，不过这是俺从集市上收来的。"串田又惊又喜，遂以二十倍的价格再次将书拿下。他何以认准自己重金买下的就是原来失去的那套书呢？答案在于真皮装订。串田自己就是藏书家，对书籍装帧和版本学都有造诣，他根据书的出版年代，一看便知道那套书是经日本职人之手而变身的真皮精装美本。原来那个时代的法文书，付梓时多为草订平装本。但一些日本的爱书人，往往会将心爱的洋书，送到职人店里去改装——布面或皮面精装。而原本印量就有限的哲学专业书，被某位东洋爱书者买下，后又送到职人处升级精装，且是同样等级和颜色的真牛皮面，加上竹节书脊等细节，如此美本，天下断不会有第二套。

可是，书竟然"烧"而复现，委实蹊跷。串田做了一番推理：

> 我至今也没向Ｔ氏确认过。从我家拿走之后到遭遇空袭，只有很短的时间，是因急于用钱，将书出给了另一家旧书店，还是书被窃，却因搁在偷儿的家里而免于被烧毁的命运呢？反正是过了好几手，最后又回到了同一间书店，被插回同一只书架的同一排中，最后又到了我的手里……不过，从常识来判断，Ｔ氏因缺钱，不得已把书出给了下家，应是一个最易猜到的谜底。

这就是所谓"因缘之书"吧。同一家店，同一种书，书品几乎没变，惟坐地疯涨二十倍的书价，提醒人们时代空气的流变。

好书可保值，其实是一个常识。这不仅仅是由于某些珍本原本印量就极少，已无再版可能，而且因题款、藏家的改装，或不经意做的一个批注，抑或加盖的藏书印，书成为"天下唯一"本，其版本价值陡升的例子，不胜枚举。而如果中间隔了不止一个世代，经历了若干社会变局的话，那更是升值要素。数月前，我听一档日语广播，是采访日本女优作家室井滋。东洋女优爱写作，多随笔家并不稀奇，但像室井那样，出版各种类型的著书逾五十种，且颇不乏畅销书，就值得一说了——显然不是玩票，完全是职业作家的产能。室井出生于富山县滑川市，在单亲家庭中，随父亲长大。老爹曾是毕业于早稻田大学的失意文青，不断地写，却发表无门。室井显然遗传了父亲的"DNA"，连志愿的大学都是早大。十八岁时，如愿以偿，第一次上京进早大。临行前，老爹交给她一本包得严严实实的书——太宰治的《斜阳》初版本，并嘱咐道：日后万一遇到生活的困顿，生活费断供，入不敷出什么的，"可以把这书卖给东京的古书店，兴许管点用"。

室井滋作为女文青，文运比老爹顺，拍戏之余，书一本一本出，版税不少，老爹给的书自然一直留着，但也从来没当回事，随便插在架子上。一次，在家里派对，来了一群朋友，既有演员，也有文学界的作家和编辑。众人端着酒杯，在她的客厅和书房里聊天。突然，从书房传来连声惊呼，室井以为出了什么事，冲进去一看，一位作家朋友在书架前，手里正翻着那本老《斜阳》："这……不就是那位太宰么？不就是那个传说中的初版本么？战前版的书，竟然是完品，扉页上竟然还有作家的钤印……你就这么随意插在这儿？"经友人提醒，室井才恍惚意识到什么。不久，那本书被"下架"，用包袱皮层层包裹之后，躺进了银行的保险柜。

常年研究出版史和书业文化史的学者、《漫步神保町——日本书店街通史》的作者鹿岛茂注意到，旧书会在不同时期呈现不同的面向，从而也改变旧书业的生态。早期（明治期）的旧书街，"较之其他生活必需品，书籍算是价格较高的耐用消费品"。可战后，随着产业化的发展，消费社会逐渐坐大，"首先日常服装变成可一次性消费的普通消费品，书籍也步其后尘，逐渐演变成读完便可丢弃的普通消费品"。以至于一时间，连"神田神保町也失去了往日的光彩"。不过，他后来发现：

　　随着书籍不断向普通消费品转变，出现了一种令人意想不到的"反转"现象。那就是，在像快餐似的被消费的作为普通消费品的各类书籍中，生命周期最短的漫画类书籍竟因其昙花一现般的稀有性，赫然迈入了高价旧书的行列，成为人们竞相追捧的宝贝。这何尝不是一种悖论？

神保町是什么地方？那是日本全国，乃至世界的文化人都来争相淘宝的书业"麦加"。神保町只进"大人"书，不进漫画书，曾经是长年的业界共识。但在 20 世纪 70 年代后期，这种"共识"逐渐被打破，背景就是"新人类"世代（指出生于 1956 至 1957 年之间的战后新一代）开始成为内容消费的主力军。至 80 年代前半，以第一代"御宅族"（Otaku）为主体的消费群已变得相当庞大，而这个群体的最大消费特征，正是让·波德里亚话语中的所谓"符号消费"。御宅族的气质特接旧书店的气场，他们个顶个是收藏家、资料控，收漫画刊物动辄从创刊号到最新刊，一期不落，尽入囊中。他们最初只是以某几家专营漫画的店家为据点，有一搭无一搭地扫书，但能量不小，渐次蔓延，很快就占领了神保町全域，且关注、庋藏的畛域并不囿于二次元，书街遂被"激活"。

在鹿岛茂看来，出版业危机的根源，在于图书的"消费品化"：一般来说，新书从上市到书评发表会有一个时间差，可多数品种甚至等不到一轮媒体关注，便作为"旧书"而下架，或退货给中盘商，造成极大的资源浪费。当图书自主放弃了"长销书"（Long Seller）定位，而选择"短销书"（Short Seller）的营销策略的时候，出版的危机就开始了。而打破这种恶性循环的最有效道具，便是那些"过期"的书评。其实，绝大多数书评本身并无时效性，也不会"过时"，但因发表的媒体是报纸、周刊、半月刊或月刊，其所谈论之书便会随着媒体的发行周期，被"消费品化"，被统一打上"赏味期"的标签而下架，湮没于活字垃圾中——这才是问题的实质。

对此，鹿岛茂提出的解决方案是重新释放。他在众多实力出版社和媒体机构的支持下，创设了一个兼有电商功能的读书平台"ALL REVIEWS"。在平台上，网罗了一百二十多位学者、作家和书评家，从2017年7月起，将在主流印刷媒体上发表过的书评和作家访谈，以每天三到五篇的节奏，重新推送，目前已更新近5000篇。每一篇书评或作家专栏文后面，均附有包括日本亚马逊、雅虎、纪伊国屋书店在内主要电商的链接通道，只要通过"ALL REVIEWS"选购某种书籍（包括Kindle版），平台会按相当于实际书价0.7%~5.6%的比例，返还给书评作者相应的积分。通过这种形式，整合出版和媒体两方面的资源，把那些积压在中盘商仓库中的严肃学术文化书籍"挖掘"出来，并再度纳入二次发行轨道。通过"书评家—读者—出版社"三者之间的良性互动，让书籍从"短消化"回到"长销化"，甚至成为"耐用消费品"。按鹿岛茂的设想，未来将分阶段，把明治期以降，刊登于大众媒体上的全部书评一网打尽，以构筑一个虚拟的书评档案馆，这也是所谓"ALL REVIEWS"的真意。

神保町书街上一次被激活，端赖御宅族，而这一次，动静更大。不仅是日本，整个世界从大都会到小城镇，几乎都在差不多的时点上被封锁（lockdown）。店铺关门，白领们穿着睡衣在宅勤务（telework）。一夜之间，全球冒出了数以亿计的御宅族，每天对着智能手机和电脑屏幕，从事形形色色的内容生产。而且，这种对生活和生产方式的改写，甚至被认为是不可逆的，在疫后也会部分延续下去。据不完全统计，疫情期间，出版业是极少数的赢利产业之一。这种现象与图书在某种程度上从普通消费品，到耐用消费品的定位转移有无因果关系，到底是如何发生作用的呢？暂且先把问题搁下，权当抛砖引玉，期待出版界和文化界的进一步数据研究。

这是我的第一本书话集。全部文章均是过去七八年间，在《南都阅读》《上海书评》《新京报·书评》和"腾讯·大家""澎湃""一览扶桑"等书评类媒体上发表过的文字，在疫情期，重新编纂成辑。就对书业、特别是书店的影响而言，新冠不啻一场书厄。但饶是如此，它也确有不同于热兵器时代的兵燹战祸之处。2020 年 3 月，我曾在一篇微信公众号推文中断言"疫后将是不同的世界"。可在那个时点上，我所关注的还净是些大而空的问题，尚未建立新冠与书业的联系。在这本小书即将付梓的时候，问题才在我的头脑中变得清晰起来，遂有了这篇完全不像后记的后记。不过，既然是定稿于新冠期的书，且是书话，那么就新冠与出版问题做一番观察与思考，也算是顺理成章、适得其所吧，至少不枉这大半年戴口罩、狂洗手、戒外食的难忘的非常岁月。

感谢吴兴文先生再次为我牵线，玉成此书的出版——在我的心目中，书话是"高级"文体，是"美本"坯子，虽一直心向往之，却迄无实操的机会。感谢姜建强先生百忙之中慷慨赐序，他提出的问题——人的一生要读多少书——令我沉思再三。感谢浙江大学出版社启真馆王志毅先生的信任和友情。特别是本书责任编辑叶敏女士，对我的拖稿行径始终报以超常的宽容与耐心，对她的宽大为怀和在编辑过程中所付出的创造性劳动，请允许我再次表达谢忱和敬意。

刘　柠

2020 年 9 月 12 日